双葉文庫

警視庁公安0課　カミカゼ

# 首都爆発

矢月秀作

目次

# 首都爆発

## 警視庁公安0課　カミカゼ

登場人物

瀧川達也　三鷹第三派出所の警官だったが、「刑事の匂いがしない者」として公安0課から苛烈な引き抜き工作を受け、心ならずも作業班員に。正義感が強い。

藪野学　同・作業班員。潜入のエキスパート。卓抜した判断力と生への執着で数々の死地から生還。

白瀬秀一郎　同・作業班員。一見派手で軽薄な色男だが、情報収集・分析では驚異的な手腕を発揮。

千葉純男　同・作業班員。政治結社MSLPに潜入。

今村利弘　同・作業班主任。上層部の指令とあらば、仲間ですら平然と工作にかける非情な面を持つ。

鹿倉稔　警視庁公安部長。極秘で動く作業班の詳細を知る唯一の人物。

日埜原充　刑事総務課長代理。鹿倉と同期。

舟田秋敏　三鷹第三派出所で瀧川の先輩だったベテラン警官。闇深き公安から瀧川を守ろうとする。

有村綾子　娘の遙香を女手ひとつで育てるシングルマザーの書店員。幼なじみの瀧川に想いを寄せる。

## 第一章
# 闇《やみ》に潜《もぐ》る

1

千葉純男《ちばすみお》は、ホテルの一室で姿見の前に立っていた。

パリッとした濃紺のスリーピースを身に着けている。胸元のチーフやネクタイピン、眼鏡を何度も何度も確認する。

その表情は硬い。

今日が勝負だ――。

そう思うほど、顔が強ばる。

千葉は、警視庁公安部の作業班員だ。上からの命令で、〈MSLP〉という政治結社に潜入していた。

MSLPは〝新社会自由主義〟を標榜する新興の政治団体で、個々の自由を尊重しつつも、秩序ある平等な社会の確立を目指している。

彼らは〝アセンブリ〟という小さな集会をひそかに開いている。新自由主義者の〝ティーパーティー〟のようなものだ。

全国各地で小さな集会を企画しては、仲間と価値観の共有を深め、新しい仲間を勧誘している。

そうした活動自体に問題はない。

日本には言論の自由があり、政治結社の自由もある。

何事もなければ、一政治団体があるという程度の認識で事足りる話だった。

が、ある事件で、ＭＳＬＰは公安部の監視対象に急浮上した。

一年前の極左系環境保護団体〈グリーンベルト〉による、ミサイル輸入事件だ。

彼らはミサイルを日本に持ち込み、革命を遂行しようと画策していた。

事件自体は、公安部の活躍もあり、主導的立場にある人物らは死亡し、首謀者の目論見も阻止して、事なきを得た。

ただ、ミサイルはいまだ行方不明のままだった。

公安部は、その後、ミサイルの行方を追っていた。

そして、半年前、事件に関係した逮捕者たちの身元を調べていたところ、複数の関係者がＭＳＬＰに籍を置いていることがわかった。

ＭＳＬＰはモダン・ソーシャル・リベラリズム・パーティーの頭文字を取ったものだ。

日本語に訳すと、新社会自由党となるが、政党の届け出はない。

民間の政治結社と思われ、名も知られていなかったことから、公安の上層部も、早晩、全容は把握できると踏んでいた。

しかし、いざ、内偵に着手してみると、組織は複雑に構成されていた。

新規の者は、なかなかアセンブリに招待されない。アセンブリがどこで開かれるかも当日に決められ、会合が開かれる数時間前に、出席者に伝達される。

だが、捜査当局の関心に敏感なのか、少しでも不穏な空気を感じれば、アセンブリが開かれないこともしばしばあった。

アセンブリは、〝ファシリテーター〟という会議の進行役が主催し、各地で行なわれている。

ファシリテーターは、ＭＳＬＰの下部組織の幹部と見られるが、どこの何者なのかという情報はほとんどつかめない。

さらに、その上にはいくつかの上部組織があるようだが、そこも判然としなかった。

調査の結果、公安部は実態把握のため、作業班員を送り込むことにした。

その一人が、千葉だった。

千葉は、それまでの調査で判明していたＭＳＬＰの党員の一人に近づいた。

高木《たかぎ》大和《ひろかず》という三十二歳の青年だ。〈ソルマーニ〉というソフトウェアの製作会社の代表を務めている。

ソルマーニとは、北欧神話の太陽と月のことで、常に光の当たる企業であれ、という願いを込めたとのことだった。

従業員は五名。四名はプログラマーで、オフィスにこもって、ソフトウェアの開発とメンテナンスに専従している。

高木も優秀なプログラマーだと社員は言っていたが、現在は、経営に関わる営業や総務など、プログラミング以外の業務を一手に請け負っていた。

高木は物腰の柔らかい男性だった。顔は薄く、これといった特徴のない目立たない風貌だ。普段着ているものも茶系の地味なカジュアルスーツが多い。

人のよさそうな、という形容がそのまま当て嵌まるような人物だった。

高木が過去に左翼運動に傾倒したという情報はなかった。

学生時代は、主に、ボランティア活動に精を出し、青年海外協力隊にも参加している。

千葉は、小さなアクセサリー店の店長を名乗り、ソルマーニにＷＥＢサイトの作成を依頼した。

夫婦で開いたということになっている。妻役の女性も、もちろん作業班員だ。

高木との打ち合わせの中で雑談を重ね、少しずつ懐《ふところ》へ入っていった。

千葉は脱サラをして店を開いたことになっていた。

会話の中で、ちょこちょこと、今の会社組織のあり方について、憤懣《ふんまん》を吐露した。

また、店を開いてからの、取引先の高圧的なダンピングにも、時折言及した。

むろん、すべては公安部で描いたシナリオだ。

新社会自由主義者の理念は、個性を尊重した秩序と平等。滅私奉公をさせようとする企業や立場に笠を着た傲慢不遜な経営者は敵だ。

彼らの主義主張をくすぐるような言動を繰り返し、彼らが望むアクセサリーショップの店長とその夫婦を演じ続けた。

高木は慎重だったが、付き合いが三カ月過ぎた頃、それまでにこやかに千葉の愚痴を聞いていた高木から、突然、集会に誘われた。

高円寺《こうえんじ》のワークショップで開かれた集会だ。

集まったのは、小さな商店の経営者やフリーランスのライター、イラストレーターなどだった。

初めは、ヘルシーなスムージーを口にしながらたわいもない話をしていた。

しかし、そのうち、傲慢な企業や経営者の話に変化し、やがて、日本社会に対する批判へと変わっていった。

千葉は、それを、自店で作ったアクセサリーに仕込んだ盗聴器で録音し、分析した。

高木たちの誘導は、実に巧みだった。

ネット上にあふれる日常生活の憤懣を参加者から引き出し、その原因がどこにあるのかと話を膨らませ、最後にそれを日本の社会体制批判へとつなげる。

誘導していたのは、高木だった。

高木の柔らかい口調と人畜無害の風貌のせいか、参加者はみな、自分たちが最終的に社会批判へ導かれていることに気づいていないようだった。

宗教の勧誘でも行なわれる手法ではあるが、突飛な教義や何かへの信仰というものがない分、参加者に拒絶感はない。

様々な反体制組織を見てきた千葉は、高木の巧みな洗脳術に感心しつつ、同時に危険だと判断した。

以後、高木からはちょくちょくワークショップに誘われるようになった。

千葉は、これがアセンブリだと思っていたが、ある時、参加者から、もう少し大きな会合があるらしいと聞かされた。

慎重に調べを進めてみると、ワークショップはアセンブリへの参加資格を見極める前段階の意味合いを持つようだった。

そこで、アセンブリへの参加が認められた者の分析をしてみた。

アセンブリへの参加が許されたのは、大半が四十歳以下の社会における若手だった。

仕事熱心で、ワークショップでも積極的に発言する者が多い。

が、扇情的に社会体制を批判する者は選ばれていなかった。

すぐに感化され、過激思想を抱く者は意図的に選んでいないという印象を受けた。

むしろ、社会に憤懣を抱きながらも、仕方ないと諦念してしまう者が、多く選ばれていた。

その人選も絶妙だと感じる。

すぐ過激な思想に走る者は、時に暴走し、社会から排除されてしまう。

その影響は個人だけに留まらない。

どんなに優れた思想であっても、たった一人の暴走のために不気味で過激な思想という烙印を押されれば、一般社会から拒絶され続ける。

そうなると、組織の理念を広めることは困難になる。

誰がMSLPを主導しているのかは知らないが、上層部の人間は、そうした過去の反省の上に立ち、慎重に組織づくりを進めているように見えた。

千葉は、彼らが好むであろう人物になりきって、着々と高木の信頼を得ていった。

そしてようやく、高木から次の誘いが来た。

『僕が所属する団体が主宰しているアセンブリという集会があるのですが、参加してみませんか』

それが今日だった。

場所は、京都の高級ホテルのサロンだった。

千葉はアセンブリ前日、公安部から装備品を調達し、そのホテルに招待されて宿泊した。アセンブリには、これまで千葉が会ったことのない者が多く参加する。何より、これまで謎だったファシリテーターの一人を特定できることが大きい。ファシリテーターの身元を割り出し、このアセンブリからファシリテーターに近づいていけば、より上の人物と接触することができる。

ミスは許されない関門だった。

千葉は腕時計を見た。午後一時十分前だ。

「そろそろだな」

最後に身だしなみを確認した。

タイピンや眼鏡に仕込んだ盗聴盗撮装置が不自然でないことを、念入りに確かめる。

そして、上着の前合わせを引っ張り、鏡の前で笑顔を作って、部屋を出ようとした。

と、部屋の内線電話が鳴った。

千葉の顔から笑顔が消える。

受話器を持ち上げ、耳に当てた。

――小川《おがわ》さんですか？

高木の声だった。

高木には〝小川清《きよし》〟と名乗っている。

「ああ、どうも。今から会場へ向かおうと思っていたところです」

千葉は軽快な声で言った。

——その会場なんですが、変更になりまして。

「どちらですか？」

——今からそちらに迎えに上がりますので、待機していてください。

「そうですか。わかりました」

千葉は受話器を置いた。

部屋のカウンターに置かれた椅子に浅く腰かける。

バレたか？

疑念がよぎる。

アセンブリの開催には慎重だ。少しでも懸念があれば、中止されることもある。

ただ、不測の事態がなくても、警戒して場所を変えることがあるとも聞いている。

もし、バレているとすれば、すぐにでも撤退すべきだが、単に場所を変えるだけであれば、拙速に動くべきではない。

いずれにせよ、ここで高木の指示に従わなければ、高木を通じての潜入工作は失敗に終わる。

千葉はスマートフォンを出した。

妻役の女性作業班員に〝場所が変わった〟とだけメールを送った。送信を確認し、メールをすぐ削除する。

ネクタイピンと眼鏡も外した。

万が一、身体検査をされれば、盗聴盗撮の実態が発覚する。

自分の脳裏に刻み込むしかない。

千葉はクローゼットのバッグに盗聴盗撮器の付いた眼鏡とタイピンをしまい、ノーマルのタイピンと眼鏡に替えた。

ドアがノックされた。

クローゼットを閉じ、ドア口に向かう。ドアを開けた。

「お待たせしました」

千葉は笑顔を作った。

高木が微笑み、立っていた。普段と変わらない地味な茶系のカジュアルなジャケット姿だった。他に人のいる気配はない。

「いえ。場所はどこですか？」

「ここから車で十分ほどの場所にある貸しスペースです。私が案内しますので。行きましょう」

高木が促す。

千葉は部屋を出て、高木の後ろをついて歩いた。

高木の様子をつぶさに見やる。変わった様子は見て取れない。

どうやら、バレているわけではないようだな。

千葉は内心ホッとし、高木と共に駐車場に降りた。

その日以来、千葉の消息は途絶えた——。

2

瀧川達也《たきがわたつや》は、空いた時間、三鷹《みたか》の商店街にある中華食堂〈ミスター珍〉の手伝いをしていた。

午後九時を回り、客がいなくなった。最後の客の食器を下げ、テーブルを拭く。

「達也くん、看板片づけてくれるかい」

小郷泰江《おごうやすえ》が言った。

「はい」

瀧川は、布巾を置いて外に出た。電気を落とし、コードを看板に巻きつける。

作業をしていると、有村綾子《ありむらあやこ》が帰ってきた。

「ただいま」

「お帰り。遅かったな」

「新刊の入れ替えで大変だったの。遙香《はるか》は？」

「さっきまで下で勉強してたけど、もう寝たんじゃないかな」

「そう。いろいろとごめんね」

「俺は何もしてないよ。遙香ちゃんは言わなくても、自分のことは自分でするから。偉いな」

瀧川は看板を店の中に入れた。

瀧川と有村綾子、遙香母子は、ミスター珍の二階に間借りし、共に暮らしていた。

綾子が暖簾を取って、瀧川の後から店に入る。

「あ、おかえり」

泰江が満面の笑みを向けた。

「遅くなってごめんなさい、おばさん」

「仕事だろ？　仕方ないよ。食事は？」

「まだ」

「じゃあ、すぐに作ってあげるよ。唐揚げ定食でいいかい？」

「うん、助かる」

綾子が言う。

厨房で翌日の仕込みを行なっていた店主の小郷哲司《てつじ》は、会話を耳にして手を止め、定食を作り始めた。

綾子は、ドアを閉めて暖簾を内側に掛け、真ん中あたりのテーブル席に腰を下ろした。

「ビール、飲むか？」

「一杯だけ」

綾子が言う。

瀧川は泰江から瓶ビール一本とコップを二つ受け取り、綾子の向かいに座った。

綾子がコップを持つ。瀧川はコップにビールを注ぎ、自分のコップにも手酌でビールを入れた。

「お疲れさん」

コップを合わせる。

瀧川はビールを一気に飲み干した。綾子は半分ほど飲んでコップを置き、ふうっと息をつく。

疲れた様子だった。

「大丈夫か？」

瀧川が訊く。

綾子はコップを両手で握り、微笑んだ。が、力がない。

綾子の勤める隆盛堂書店《りゅうせいどうしょてん》は、閉店の危機に見舞われていた。

昨今の出版不況の影響で近隣の書店は次々と閉鎖している。

地元に根付いて営業してきた隆盛堂書店は、街から書店の火を絶やさぬようなんとか踏ん張っていたが、業績は芳《かんば》しくない。

アルバイトの人数を減らし、社員がフル稼働で回しているものの、残った者は酷使され、疲弊していた。

「もう、本屋はダメなのかなあ……」

綾子の口から、つい弱音がこぼれる。

「紙の本はなくならないよ」

瀧川はビール瓶を取った。綾子のコップにビールを注ぎ足す。

「そうなんだろうけど、やっぱ、閑散としてるお店の中を見てるとね」

綾子は少し口をつけ、またコップを置いてため息をついた。

「大丈夫だよ」

泰江が唐揚げ定食を持ってきた。綾子の前に並べる。

「うちもチェーン店や新規のお店があちこちにできて、一時期はもうやってけないかなと思ったけど、心配なかった。うちの味を出せるのはうちだけだからね。隆盛堂さんも他の書店にはない三鷹の歴史とか、ゆかりのある作家さんの本とか置いてんだろ？　特徴があれば生き残れる。あんたたちがその火を消さないことが大事なんじゃないかい？」

「そうですね。うん、そうだ」

綾子はグッとコップを握った。ビールを勢いよく飲み干す。

「そうだね、おばさん。うちにしかない特徴を、もっと打ち出せばいいんだ」

「そういうことだよ。うじうじ気にしてる間があるなら、そういうこと考えないと。腹減ってるから気が滅入るんだよ。食べちゃいな」

泰江は豪快に笑い、厨房に戻った。

「おばさんには敵《かな》わないね」

「だな」

瀧川は綾子と顔を見合わせ、笑顔を見せた。

泰江の楽観的な見立てを軽薄だと誹《そし》る人もいる。

しかし、泰江の言うように、現状を嘆いたところで何も変わらない。むしろ、悪くなるだけだ。

泰江のようにスパッと割り切って、良いところを見て伸ばそうとする心意気は、いつ何時でも必要なのではないかと思う。

何より、ミスター珍が長年続いてきた理由は、哲司の作る料理が美味しいのはもちろん、切り盛りする泰江のキャラクターによるところも大きい。

いつ来ても変わらず元気な泰江を見ていると、自然と笑顔になる。

常連さんの中には、泰江に元気をもらいに来ている人も多い。

瀧川もまた、細かいことは言わず、なんでも豪快に笑い飛ばす泰江に救われている。

綾子は笑顔を取り戻し、唐揚げ定食を食べ始めた。

「そういえば、達也君。次の仕事はいつからなの？」

「さあな」

達也は顔を横に振った。

グリーンベルトの事件が解決した後、一度だけ、小さな潜入事案のサポートに駆り出された。

それが半年前。事件は一カ月でカタが付き、それ以降、公安部長の鹿倉《かくら》から要請はない。

「ほんと、不思議な仕事ね。何カ月も家に帰れないと思ったら、何カ月も仕事がなくて家にいられるなんて。うらやましいんだかなんだか」

「あまり、ありがたくはないよ」

瀧川は苦笑した。

作業班の仕事に〝規則正しい〟という言葉はなかった。

ある日突然、対象への接触を命じられ、事件が片づくまでは拘束される。

事件が片づけば、任を離れ、放置される。

いつでも職務に就く心構えをしておかなければならないが、それがいつで、どのような事件に関わるのか、直前になるまでまったくわからない。

今回も五カ月ほど休んでいるような状況だが、一時たりとも気は休まらない。早く、普通の警察官の業務に戻って、もう少し規則的な生活を送りたい。

「まあでも、休みがあるのはいいよね。今度の旅行、行けそう？」

「ああ、連絡が入る気配はないから大丈夫だ」

瀧川は言った。

来週の水曜から金曜にかけての二泊三日、遙香を連れて三人で、伊豆《いず》に温泉旅行へ行くことにしていた。

綾子も疲れているし、遙香も母親が遅くに帰ってくる状態が続き淋しい思いをしていたので、瀧川が企画した。

自分も少し三鷹から離れて、心身をリフレッシュしたかった。

「旅行に行けるなんて思わなかったな。楽しみ」

綾子が少し頰を染めて微笑む。

綾子からプロポーズされたのは一年前。瀧川も綾子と一緒になり、遙香を自分の娘として育てていくことに異論はない。

ただ、作業班員の仕事を続けている限り、自分が無事でいられる保証はなく、万が一、家族に迷惑をかけてしまうこともあり得ないことではない。

綾子や遙香を、不安定で危険な状況にある自分の人生に巻き込むことだけはしたくない。

なので、瀧川は綾子を待たせていた。

遙香も、綾子と瀧川が結婚しそうな雰囲気であることを感じているようだが、何も言わず、健気にその時を待っていた。

同じ屋根の下で暮らすほどに、瀧川の中で、有村母子が自分にとって大切な人となっていくのを感じていた。

だからこそ、今、勢いに任せて家族になるということはしたくない。

とはいえ、これだけ時間があって、家にいるのに、何もしないというのも心苦しかった。

普段は、遙香の勉強を見たり、塾などの送り迎えが必要な時は、瀧川が出向いている。

遙香といる時間が長くなるほど、我が子のように愛おしくなる。しかし、まだ他人。時折覗かせる淋しそうな遙香の顔を見るに付け、胸が痛かった。

そこで、小旅行を提案した。

遙香は目を輝かせて喜んだ。

シングルマザーとして働く綾子に、これまで子供と旅行する余裕はなかったようだ。

今も仕事は忙しい。

が、あまりに喜ぶ娘を見て、なんとか平日に休みを取り、それに合わせて、瀧川が日時と場所を決め、宿泊先を手配した。

行き先は河津町《かわづちょう》だ。伊豆半島の南に位置する観光地で、三月上旬には河津桜を楽しめる。遙香も春休みにあたるので、平日でも問題はなかった。

綾子と遙香のために用意した旅行だったが、その実、瀧川自身も楽しみにしていた。旅行など何年ぶりだろうか。以前、旅行に出かけたときのことを思い出せない。

警察の仕事をしていると、なかなか旅行の予定を立てられない。

地域課の交番勤務でも、まとまった休みを取るのが難しいうえ、近隣で事件が起これば、問答無用に駆り出される。

仮に予定を立てていても、その直前に事件が起これば、すべてをキャンセルして捜査にあたらなければならない。

作業班員の仕事には辟易《へきえき》していたが、こうして旅行の予定を立てられたことは、特別な部署に籍を置いていたからでもある。

何が幸いするか、わからないものだ。

「もう、桜咲いてるかな?」

「見頃みたいだぞ。俺も行ったことがないから楽しみだ」

「ほんとに?」

「嘘言ってどうすんだ」

瀧川は笑った。

綾子もうれしそうに笑みをこぼし、唐揚げを食べた。

平和な時間だった。静かで平凡なこの時間は大切にしたいものだった。

鹿倉との約束で、作業班員から解放されるまで、あと一年半。それまで次の仕事がなければいいのに、とも願う。

綾子が食事を終えた。瀧川は席を立って、テーブルの食器を片づけ始めた。

「いいよ、自分でやるから」

「ここはいいから。早く風呂に入って、寝ろ。明日も朝からだろ」

「そう？　ありがとう」

綾子は言い、隣の椅子に置いたバッグを取った。厨房奥の二階への階段へ向かう。

瀧川は綾子を見つつ、食器を下げ、テーブルを拭いていた。

と、二階からバタバタと足音が聞こえた。

パジャマ姿の遥香が降りてきた。

「どうしたの？」

綾子が声をかける。

「あ、おかえり」

遥香は挨拶もそこそこに、瀧川に声を掛けた。

「達也くん！　さっきから、スマホが何度も鳴ってるよ」

遙香が瀧川のスマートフォンを上げて見せた。

「ああ、寝てたのにごめんな」

瀧川は遙香からスマートフォンを受け取った。ディスプレイを見る。〝0い〟と表示されている。

公安部の今村利弘《いまむらとしひろ》からだった。

瀧川の目つきが険しくなる。

「達也君……」

綾子が不安げに瀧川を見やった。

「大丈夫」

瀧川は綾子に笑顔を見せ、スマホを持って店を出た。

周りを見て、人気のない路地に入り、電話を繋いだ。

「瀧川です」

——何やってたんだ？

「すみません、充電中で部屋に置いていたもので」

——常に連絡が取れる態勢でいろと命じているはずだ。まあ、いい。招集だ。

「いつですか？」

――今からだ。本庁舎公安部の会議室に集合。すぐに来い。

今村は一方的に命じ、電話を切った。

瀧川はスマホを握り締め、大きなため息を吐いた。

3

瀧川は電車を乗り継いで、四十分ほどで霞が関にある警視庁の本庁舎に着いた。

五カ月ぶりの庁舎だ。が、正門を潜る足取りは重い。

エレベーターに乗り、公安部のフロアに上がる。と、タイトなスーツに身を包んだ背の高い男と出くわした。

「白瀬《しらせ》さん？」

声をかける。男が振り向いた。

「おお、瀧川君！　久しぶりだな」

白瀬秀一郎《しゅういちろう》は、満面の笑みを浮かべた。

瀧川が歩み寄る。

「今、どんな仕事をしてるんだ？」

白瀬が訊いた。

「何も。呼ばれたから来たんです」

瀧川が答える。

「君もか」

「白瀬さんも？」

瀧川の問いに、白瀬が頷く。

「僕は三カ月休みだったんだ。しばらくは仕事もなさそうだと踏んだんで、春には彼女と旅行する予定だったんだけどなあ。読みを誤った」

「彼女、いるんですか？」

「そりゃあ、一人や二人はいるさ。君と違って、僕ぐらいの男になると、女性陣がほっとかない」

白瀬はにやっとした。

「まあしかし、同じ時間に呼ばれたということは、潜入事案も同じだね。よろしく」

そう言って、瀧川の背中を軽く叩き、先に中へ入る。

瀧川は、白瀬の背中を見つめてため息をついた。

白瀬の言う通り、瀧川も読み誤った。なんとかしたいとは思うが、おそらく、このまま任務に拘束されるだろう。

肩を落としつつ、重い足を持ち上げ、中へ入っていく。

馴染みの顔の公安部員もいるが、特に挨拶を交わすこともなく、白瀬と同じく、入ってすぐ、カウンター前の通路を左へ進んだ。

今村が、一番奥の小会議室脇の壁に腕組みをしてもたれていた。

「遅いぞ、おまえら」

白瀬と瀧川を睨む。

「僕は横浜からですから、これでも早い方ですよ」

白瀬はさらりと流す。

瀧川は「すみません」と一言告げて頭を下げた。

「入れ。おまえらが最後だ」

今村はドアを開け、自分が先に中へ入った。

白瀬が入った。その後ろから続いた瀧川は、思わず、足を止めた。

公安部長の鹿倉稔《みのる》の斜め右に、藪野学《やぶのまなぶ》の姿があった。

「藪《やぶ》さん……」

「よお、おまえら」

微笑んで右手を上げる。が、その笑みは心なしか疲れているように見える。

藪野の真向かいには、竹内忠宏《たけうちただひろ》がいた。中肉中背のさっぱりとした形《なり》をした三十前半の男で、スーツをきっちりと着込んだ姿は、若手サラリーマンのようにしか見えない。

竹内は、パグの事案で共に捜査をした仲間だった。

白瀬は竹内の隣に座った。瀧川は藪野の隣に行く。

「ご無沙汰してます。大丈夫ですか?」

座りながら声をかける。

「大丈夫とは?」

「なんか、疲れてる感じに見えて。少し痩せたんじゃないですか?」

「潜入でダイエットしたからな。そのせいだろ」

藪野はこともなげに言った。

瀧川はそれ以上訊かなかった。

確かに、対象に潜入する際、ある程度、潜入先に合った容姿を作る必要がある。

労働者の街へパリッとしたスーツを着ていく作業班員はいない。

藪野がどこかで任務に就いていたとすれば、それもあり得ることだった。

今村はドアを閉め、鹿倉の左隣に座った。

「諸君、急な招集で申し訳ない」

鹿倉が一同を見回す。

「今日、集まってもらったのは他でもない。新しい任務についてもらうためだ」

鹿倉は言った。

やはりか……。瀧川は内心、深いため息をついた。

仕事に、自分の都合は関係ない。重々承知していることだが、初めての三人での旅行だっただけに、なんとしても行きたかった。

綾子と遙香がガッカリする顔を思い浮かべると、気落ちする。

「瀧川。抗弁でもあるのか?」

今村が訊く。

「いえ……」

瀧川が目を伏せる。

と、白瀬が手を上げた。

「部長。僕は大いに抗弁があります」

「なんだ、言ってみろ」

鹿倉はぎろりと睨んだ。

「旅行に行く予定があるんですよ、三月に。あと十日もすれば三月になりますが、それで片づきそうな事案ですか?」

「何、ふぬけたことを——」

今村が腰を浮かせる。

鹿倉は右手を軽く上げ、制した。

「残念だが、あきらめてくれ」

「任務は断わることもできる。僕が作業班員になるとき、そう説明を受けましたが」

「時と場合による。話を聞いてからにしてくれないか」

「話を聞けば、着任しなきゃならないでしょう?」

「千葉君が行方不明だ」

鹿倉は唐突に言った。

白瀬が目を見開き、口を噤《つぐ》んだ。

瀧川と竹内も驚いている。藪野は眉間に皺を寄せた。

千葉もまた、瀧川たちと共にパグと戦った仲間だ。

特に、白瀬や竹内とは行動を共にすることも多く、それだけ、二人には衝撃だったろう。

本当に連中との戦いは、死線を潜るようなものだったな……。

過去を思い出した瀧川は、ふっと顔を上げた。集められた作業班員を見回す。

鹿倉は瀧川の様子に気づき、そのまま話を続けた。

「今日、ここへ集まってもらったのは、パグ、もしくは、グリーンベルトの事案に関わった者だ」

「ミサイルが発見されてねえってことか?」

藪野がぞんざいな口ぶりで訊く。

今村は睨みつけるが、藪野は意に介さない。

「大枠はそういうことだが、少々事情は込み入っている。今村」

「はい」

今村は立ち上がった。

鹿倉の後ろにあったホワイトボードを自分の席の方へ引っ張り出し、回転させた。

裏面には関係図が記されていた。

「グリーンベルトの事案が落ち着いた後、千葉はそのまま行方不明となったミサイルを追っていた。他の公安部員の捜査により、グリーンベルトに所属していた者の中に複数、MSLPという民間の政治結社に籍を置いている者がいると判明した。千葉は、そこに潜らせていた」

今村がボード下の受け皿に置かれた赤のマーカーを取る。

「彼らは、ピラミッド様の組織を形成していると思われる」

ボードに描かれた図を指し示す。

ピラミッドの底辺には、〝ワークショップ〟と記されている。その上には〝アセンブリ〟。その上は〝ファシリテーター〟という言葉が書かれていた。もう二段、頂上まで描かれているが、そこは〝?〟とされていた。

今村は、これまでにわかった組織の全体像を説明し、千葉の話に移った。

「千葉は、このワークショップという最下部に潜入させていた。ここは一応、最下部として描いているが、実際、組織の末端として活動しているのはアセンブリだ。ワークショップの中にアセンブリに籍を置く者が混じっていると思ってくれればいい。我々は、アセンブリに属している者を〝党員〟と呼んでいる」

話しながら、赤のマーカーで情報を補塡していく。

「千葉は、アセンブリに参加するという連絡後に消息を絶った」

「つまり、千葉はアセンブリに参加できなかったということですか？」

竹内が訊いた。

「我々はそうみている。仮に、アセンブリに参加でき、なんらかの理由で連絡が取れないのだとすれば、ファシリテーターに会っている可能性がある。ここに属するのは中堅幹部と思われるが、ファシリテーターが一人でも判明すれば、組織の解明に大きく近づく」

「もし、アセンブリに参加できていなかったとすれば？」

白瀬が訊いた。

「最悪の事態もあり得る」

今村が言い切る。

室内の空気が張り詰めた。

瀧川は心臓が痛かった。

最も聞きたくない言葉だ。犯罪組織への潜入を主とする作業班員にとって、職務中の

〝死〟は絵空事ではない。

とはいえ、ここは日本。信じられない事件に遭遇してはいるものの、現場を離れれば、死は遠い感覚になる国だ。日が経つにつれ、死の実感は薄らぐ。

が、見知った仲間が消息を絶ち、最悪の事態もあり得ると聞かされると、否が応でも、自分が置かれている立場を意識せざるを得ない。

誰もが押し黙る中、藪野が口を開いた。

「そんな当たり前のことはどうでもいい。グリーンベルトとMSLPの関係はわかった。なぜ、そこにパグが出てくる？　ありゃ、野党議員の梅岡《うめおか》と赤沢《あかざわ》って極左のクソガキが、国内で武器を造って、武装蜂起しようと画策した事案だったろう。パグはもう潰れちまったし、武器の製造所はすべて押さえた。誰がどう関わってんだ？」

藪野が乱暴に訊いた。表情が険しい。

さもありなんと瀧川は思った。

藪野はパグに半年以上潜入し、死の危険に見舞われ、歯のほとんどを失うほどの怪我を負いながらも、最後まで任務を遂行し、組織を壊滅させた。

その間に、藪野と共に潜入していた親友の作業班員、友岡基裕《ともおかもとひろ》も片腕を失い、警察官を辞している。

藪野にとって、パグはすでに過去のものだったはず。いや、瀧川たちにとっても同じことだ。

が、また亡霊のように湧いて出てきた。

藪野が荒れるのも仕方がない。

「ワークショップに潜らせていた他の作業班員から、参加者の口から赤沢の名が出たという情報を得た。気になったんで、刑務所にぶち込んだパグの連中にMSLPのことを訊いてみたところ、何人かがその存在を知っていた。また、ファシリテーターには文化人も多いという話もある。そこで、パグの件を洗い直してみた」

「俺の捜査じゃ、足りなかったってえのか」

藪野が睨み上げる。

「落ち着け。あの時点では足りていた。新たな事実が出てきたというだけだ」

今村は渋い顔をして、藪野を見返す。一つ息を吐いて気分を切り替え、話を続けた。

「それで、だ。改めて調べ直した結果、梅岡と赤沢は互いに撃ち合ったと思われていたが、二人の手に銃はあったものの、赤沢の手に硝煙反応はなかった。つまり、赤沢は梅岡を撃っていなかったということだ。しかし、発砲された銃弾は二発」

「第三者がいたということですか？」

瀧川が訊いた。今村は頷いた。

「関係者の動向をあたってみると、梅岡の第一秘書が、我々が摘発した日以来、姿を消していた。その姿が目撃された場所がある」

今村は藪野を見た。

「ロシアだ」

今村の言に、藪野の眼光が鋭くなった。

「詳細は調査中だが」

「気になるな……」

藪野は腕組みをした。

「ともかくだ」

鹿倉が割って入った。

「千葉君の身に危険が差し迫っていること、パグから続く事案になんらかの組織が介在している可能性を否定できないこと、ミサイルがいまだ不明なことは事実だ。そこで、パグもグリーンベルトもよく知る君たちを招集した。明日いっぱいで用意を調え、明後日の午前十時にここへ集合しろ。これは命令だ」

鹿倉が白瀬を見据えた。

白瀬が息を吐いてうつむく。

逃げられないか……。瀧川も同じく、肩を落としてため息をついた。

## 4

午前零時前に店に戻ると、明かりが点いていた。

ドアを開ける。

「綾子、起きてたのか」

「うん」

綾子は瀧川に笑顔を向けた。

風呂上がりか、頭にはタオルを巻き、薄手のスウェットを着ている。

瀧川は、綾子の前に座った。

「綾子、あのな……今度の旅行だけど……」

「仕事、入ったんでしょ？」

「ああ……」

瀧川はうつむいた。

「さっきの電話で、そうじゃないかと思った」

綾子はさらりと言う。

「私の高校の時の友達が警察官と結婚したんだけど、その子、いつも言ってたよ。旅行の計画を組んでも行けたためしがないって。そういうときに限って、緊急の事件が入るんだって。子どもたちも、小さい頃はお父さんを嘘つき呼ばわりしていたらしいんだけど、そのうち、父親の仕事を理解して、良い意味で、お父さんとの約束には期待しなくなったそうよ」

「すまんな……」

「仕方ないよ。悪いことをする人たちは、こっちの都合なんておかまいなしだし」

「遙香ちゃんには、俺から言っとくよ。明日は一日、オフだから」

「だったら、どっか夕飯食べに行く？」

「仕事は？」

「一段落したから、早く上がれる。旅行は私と遙香で行ってくるから」

「すま――」

謝りかけた口に、綾子は人差し指を当てた。

「謝らなくていい。もし、達也君と一緒になったら、こんなことしょっちゅうなんだし。私も遙香も慣れなきゃね」

そう言って微笑む。気負いはない。

「疲れたでしょ。お風呂、沸いてるから、ゆっくり入って。私、そろそろ寝るから」

「ああ、ありがとう。おやすみ」

「おやすみなさい」

綾子は立って、笑みを残し、二階へ上がった。

瀧川は小さく息をついた。

綾子は笑顔を作っていたものの、やはりどこか、ガッカリとした様子は否めなかった。

それでも最後まで、瀧川を気づかってくれるところは、正直、うれしい。

これまで、ずっと一人で生きてきた。もちろん、様々な人に力を貸してもらってはいたが、所詮、独り身の人生だった。

綾子や遙香と深く接するほどに、独りではない人生を意識するようになった。

それは自分にとっても喜ばしいこと。だが、同時に、自分が警察官である以上、事あるごとに家族となる者には心配をかけ、落胆させることもある。

慣れなきゃ、と、綾子は言った。

その通りだ。

そうした生活に慣れるのは家族の方で、警察官として働く瀧川にはどうすることもできない。

いいのだろうか……。

綾子たちと家族となって共に生きていくことに、何の不満もない。しかし、それは同時に、二人に、これまでにはなかった心労を強いることになる。

それはそれで心苦しい。

瀧川は厨房に入って、冷蔵庫からビール瓶を一本取り出し、コップを持ってカウンターに座り、一人、コップを傾けた。


翌日の午前、瀧川は夜勤を終えた舟田秋敏《ふなだあきとし》と会っていた。

舟田は近くの交番に勤務している地域課の警察官で、瀧川の大先輩でもある。

グリーンベルトの事案では、舟田が公安部員の研修を受けていたことも知った。

瀧川が今、最も信頼を置き、何でも話せる人物でもある。

舟田と駅前にあるコーヒーショップに入った。並んで座る。

舟田はコーヒーを一口飲むと、大きく息を吐いた。

「お疲れのようですね」

瀧川もコーヒーを飲む。

「さすがに、夜勤は堪えるようになってきた」

舟田が苦笑する。

「すみません、お疲れのところ」

「いやいや、どうしているか、気になっていたんでな。よかった」

舟田は笑顔を向けた。

「どうした？」

目を細めたまま、訊く。

「実は……」

瀧川は、仕事が入って、旅行が流れたことから、今後の有村母子との付き合いに対する悩みを、包み隠さず吐露した。

と、舟田はますます目を細めた。

「君らしいな」

コーヒーを飲んで、カップを置く。

「舟田さんのお宅はどうだったんですか？」

「私は独身だよ」

舟田が答えた。

瀧川は驚いた。

舟田の家庭のことは訊いたことがなかった。が、てっきり、家庭を持っていると思い込んでいた。

「すみません……」

「いや、話したことはなかったからな。知らないのも仕方ない」

「失礼ですが、なぜ、結婚しなかったんですか？」

瀧川は率直に訊いた。

「公安のせいだ」

舟田は静かに言った。

「私は、同僚の件もあって、公安部員にはならなかった。だが、公安部は一度目を付けた人間を離さないことは知っていた。いつ何時、彼らの計略に嵌められて、連れ戻されるかわからん。それを考えると、家族を持つ気にはなれなかった」

舟田の言葉が重く、瀧川はうつむいて押し黙った。

「ああ、すまない。それは、我々の時代の話だ。今はそこまで強制はできん。君は不遇にも、彼らに目を付けられ、策に嵌められたが、抜けることもできる。今はまだ、その時期ではないが、あと一年半の約束は、私が必ず守らせる」

「ありがとうございます」

瀧川は頭を下げた。少しだけ、気持ちが軽くなる。

「まあ、それはそれとしてだがな。当時、私にも恋人がいた。彼女は、私と結婚してくれるつもりでいたが、私が自分の置かれた立場を気にしすぎて、踏み切れなかったというのが正直なところだ。あの時、決断していれば、どんな人生になっていたんだろうかと、この歳になると時々考える」

舟田が笑みを漏らす。やるせなく淋しげな笑みだった。

「瀧川君。君にもいろんな葛藤があると思う。しかしな。迷っているなら、踏み出してみることだ。進んだ先に解決する術はある」

瀧川の二の腕を軽く叩いた。

少し勇気づけられ、瀧川は口元に笑みを覗かせた。

「で、次の仕事はなんだ？」

舟田が訊いた。

作業班員としては、いくら親しく信頼できる警察官とはいえ、任務の内容を明かしてはいけない。

しかし、舟田は公安部のことをよく知り、グリーンベルトの件では、首謀者である大嘉《おおが》根《ね》の策略を見切った人物でもある。

任務に入る前に、話を聞きたい、と瀧川は思った。

舟田に顔を寄せ、小声で、ＭＳＬＰの件をかいつまんで話した。

舟田の表情が険しくなった。

「どう思いますか？」

「千葉君が危険な状態にあることは間違いなさそうだな」

舟田がカップを握る。

「君の話を聞く限りでは、パグの主宰者である赤沢、グリーンベルトを取り仕切っていた大嘉根。彼らがもしＭＳＬＰの仲間なのだとすれば、ファシリテーターという位にいたのかもしれんな。あるいは、その上か」

「やはり、そうですか」

瀧川は頷いた。

昨晩、公安部会議室で話を聞いたときから、その可能性は感じていた。

「舟田さんなら、どう動きますか？」

「私なら、あえて、千葉君が接触していた高木大和という人物に接触するだろう」

「なぜです？　彼が千葉さんを疑っていたとすれば、今後、近づいてくる者は警戒し、ガードを堅くします。ますます、千葉さんを窮地に追い込み、真相解明からも遠退くんじゃないですか？」

「いや、そうとも言えんのだよ」

舟田はコーヒーを飲んだ。

カップを置き、前を見つめる。

「高木という人物、またその仲間は、千葉君を公安部員と踏んで、自白させようとしているだろう。だが、千葉君は口を割っていないはずだ。自分の身を守るには、自白しないことが唯一の方法だからな。そこへ、また怪しい者がやってくる。彼らは、千葉君への自白強要を進める傍ら、新しく接してきた者は懐柔しようとすることもある。どんな手を使っても、情報を得たいからな。そこに付け入れば、千葉君が内偵できなかったアセンブリ、ファシリテーターと接触できる可能性は大いにある」

「あえて、怪しまれるということですか……」

「おそらく、鹿倉はそのあたりも考えているだろう。だが、瀧川君。君はその任務を断われ」

「なぜですか？」

「危険すぎる」

「危険なのは、この仕事を始めたときから覚悟の上です」

「君に無茶をさせないために言っているのではないんだ。君は、パグやグリーンベルトの件で、深いところまで関わっている。もし、MSLPがパグやグリーンベルトの上部組織なら、君を知っている者が組織内にいるとも限らん。むしろ、いると判断した方が良いだろう。そんな君をわざわざ潜らせるのは、人身御供《ひとみごくう》のようなものだ。鹿倉たちがそう命じてきた場合、君を当て馬として使おうとしていると考えられる。話には乗るな」

「ですが……」

「死ぬぞ」

舟田は小声だが鋭い口調で言った。

瀧川は思わず息を呑んだ。

「君が活動できる場所は他にもある。そこに注力すべきだ」

舟田は瀧川の肩を握った。

「自分を守れ。君のためにも、未来の家族のためにも」

まっすぐ、瀧川を見つめる。

瀧川は頷くしかなかった。


その夜、瀧川は有村母子を連れ、遙香が好きなパスタ店に行った。

旅行に行けないと聞いた遙香は、残念そうな顔を覗かせたが、すぐに笑顔を作り直して、

「次、楽しみにしてる」と言った。

その健気さに、瀧川の胸が痛んだ。

瀧川も綾子も、家族で旅行をした想い出はほとんどない。

二人の家はそれぞれ商売をしていたし、早くに親を亡くしている。

遙香も、一歳の頃に親が離婚しているので、家族旅行の想い出はないだろう。

今回は、みんなにとって初めての実質的な家族旅行だった。

それだけに、瀧川だけでなく、綾子も、特に遙香は期待していたに違いない。

が、遙香は気丈にも、瀧川の仕事のことは知っていると話し、また休みの時に連れて行ってくれればいいと笑った。

精一杯の気遣いと強がりだろう。

少し遅くまで、話をしながら食事をした。帰る頃になると、遙香は疲れたようで、うとうとしていた。

瀧川は店を出たところで、遙香をおんぶした。遙香は瀧川の肩に頬を預け、眠りに落ちた。

綾子と並んで、ゆっくりと商店街を歩いて帰る。

「ほんと、悪いことしたな」

瀧川はちらっと遙香を見やった。

「大丈夫。納得してるから」

「本当かなあ」

「こう見えても案外大人よ、この子。苦労させちゃったから」

綾子は遙香の頭を撫でた。

「綾子。俺がいないとき、何かあれば、舟田さんに相談しろ。今日、話しておいたから」

「うん、それはいいけど……。危ない仕事なの？」

「いや、いつも通りだけど、安心できる仕事ではないからな、警察の仕事は」

「そうね。達也君」

綾子は遙香の頭を撫でていた手で、瀧川の二の腕を握った。

「帰ってきて」

瀧川を見つめる。

瀧川は笑顔を作り、首肯した。

5

一日の準備期間を終えた瀧川たちは、再び、公安部のオフィスに集まった。

すぐに瀧川たちは会議室に集められた。

「みな、ご苦労。では、さっそく、今回の潜入に関するブリーフィングを行なう」

鹿倉が言う。

今村が立ち上がった。ホワイトボードの脇に立ち、マーカーを握って一同を見やる。

「今回の目的は三つ。MSLPの全容解明、ミサイルの所在を判明させること、千葉の救出だ。が、千葉や他の者が集めた情報を検討した結果、やはり、MSLPの組織全容を把握できないことには、救出もミサイルの特定もできないだろうという結論に至った」

「つまり、俺たち全員、MSLPに潜入しろってことか？」

藪野が訊く。

「端的に言えば、そういうことになる。今、千葉以外の何人かが、ワークショップに潜入している。みんなには、彼らの紹介で、別のワークショップに入ってもらいたい」

「先行している作業班員との接触方法は？」

白瀬が訊いた。

「今から各人が居住するアジトの住所を渡す。アパートかマンションだが、そこで待っていれば、向こうの方から接触してくる。それまで待っていればいい。ただし、瀧川だけは別だ」

今村が瀧川に目を向けた。

「おまえには、千葉が潜入していた高木大和のワークショップに潜ってもらう」

「どういうことだ？」

藪野が訊く。

「ワークショップからアセンブリに入り、ファシリテーターを特定すれば、いずれ、千葉にもたどり着くだろうが、時間がかかりすぎる。なので、一人は高木のところから潜入してもらうことにした」

「囮《おとり》ってわけか？」

「そうじゃない。より、本丸を攻めてもらおうと――」

「なら、高木のところには俺を行かせろ」

藪野が言う。

「いや、これは瀧川が適任かと」

「おい、今村。ふざけんな」

藪野は睨《にら》んだ。

「おまえ、瀧川を当て馬にするつもりだろ」

「なんのことか、わからんが」

今村がとぼける。

瀧川は二人のやり取りを聞きつつ、舟田の話を思い出していた。

人身御供か――。

舟田の読み通りの作戦を、今村がそのまま口にしたことに、瀧川は内心、嗤笑《ししょう》した。

「瀧川は、俺と共に最もパグやグリーンベルトに潜り込んだ人間だ。MSLPとパグやグリーンベルトとの繋がりが疑われる中で、瀧川を送り込むというのは、瀧川をダシに内部をひっかき回してえって話だろ?」

「そういう言い方はないだろう」

今村は睨み返した。

「そうじゃねえか。おまえらは、俺たちがどうなろうが、敵を潰せりゃいいだけ。今さら、いい人ぶるんじゃねえよ」

「文句があるなら、抜けてもいいんだぞ」

「おまえが俺らの代わりに潜るってんなら、いつでも抜けるがな」

藪野は今村を見つめる。

今村は奥歯を嚙み、藪野を睨みつけた。

「落ち着け、二人とも」

鹿倉が割って入る。そして、瀧川を見やった。

「瀧川君。我々は君を嚙ませ犬にするつもりはないが、背景から鑑《かんが》みて、藪野君が言うように人身御供になる可能性もある。しかし、我々は適材適所で、君を高木に当てることを決めた。どうする？　君が断わるなら、別の者にこの任を引き受けてもらうことになるが」

「俺は……」

瀧川は顔を伏せた。

舟田の助言から考えても、ここは断わるべきだ。

が、自分が断われば、他の誰かが、瀧川が担うはずだった役目を引き受けることになる。

白瀬と竹内は、瀧川や藪野のように、パグやグリーンベルトの深部に触れていないので、まだ危険度は低いのかもしれない。

それでも、千葉が関わった現場に潜ることが最も危険な任務であることに変わりはない。

死ぬぞ――。

舟田の言葉が脳裏に響き、鼓動が高鳴る。

瀧川は目を閉じた。しばし、思考を巡らせる。

そして、目を開き、ゆっくりと顔を上げた。

やはり、自分の都合で、他の者を危険な目に遭わせることはできない。

「わかりました。高木のところには、俺が潜ります」

「瀧川！」

藪野が瀧川に目を向けた。

「わかってんのか、おまえ？」

「わかってます」

「瀧川君、僕がその役を引き受けてもいいよ」

白瀬が言った。

「いや、大丈夫。当て馬になるかもしれないが、それで事態が動けば、蟻《あり》の一穴《いっけつ》になるかもしれない。心配ないよ。危ないと思ったら、すぐに離脱するから。部長、それでいいですね？」

瀧川は鹿倉を見た。

「もちろんだ。君たちの死を望んでいるわけではないからな。藪野君、瀧川君は自分で了解した。それでいいな？」

鹿倉が言う。

「バカタレが……」

藪野は瀧川を睨み、そっぽを向いた。

鹿倉は今村を見た。今村は頷き、話を始めた。

「他に、意見のある者は？」

全員を見回す。

「大丈夫だな」

今村は言い、椅子の脇に置いていたスポーツバッグをテーブルの上に置いた。

中からスマートフォンを取りだし、各人の前に置く。

「それぞれのスマホのメモ帳に、今回の任務、潜入名、アジトの場所などを記してある。その通りに行動してもらいたい。今回の作戦の責任者は俺だ。何かあれば、必ず、俺に連絡を入れるように。離脱する際も、必ずだ」

今村が瀧川を見た。

瀧川は頷いた。

「私用のスマホは集める。出してくれ」

今村が言う。

瀧川たちは、自分のスマートフォンをテーブルに置いた。今村が集めて、スポーツバッグに入れる。

それを見て、鹿倉が瀧川たちを見回した。

「では、諸君。よろしく」

鹿倉が言う。

全員が席を立った。

廊下まで固まって出る。

「じゃあ、私はお先に」

竹内がエレベーターに乗り込んだ。

「僕も行くよ」

白瀬がエレベーターのドアを押さえる。

「瀧川君、あまり無理するんじゃないぞ」

「わかってます。白瀬さんも気をつけて」

瀧川が言うと、白瀬は微笑みを返し、竹内と共にエレベーターで降りていった。

藪野は瀧川の横で、あからさまにため息をついた。

「藪さん、そんなに心配しないでください」

瀧川は苦笑した。

「おまえなあ……。なんで、あいつらの策略に乗るんだよ。わかるだろ、あいつらが考えてることくらい」

「わかりますよ。わかってるから、引き受けたんです」

「死にてえのか？」

「とんでもない。俺は死ぬ気なんてないですよ。それに——」

藪野を見つめる。

「仲間も死なせたくはありません」

それを聞き、藪野は再び、ため息をついた。

「完全に、おまえの性格を見切られてるな……」

顔を横に振る。

「まあ、いい。さっき、鹿倉に言ったように、危ねえと感じたら離脱しろ。それだけは約束してくれ」

「もちろんです。藪さんも、深追いはなしですよ」

「俺はとっとと逃げるよ」

エレベーターが到着し、ドアが開く。藪野と共に乗り込み、瀧川はドアを閉めた。

無言のまま、一階に到着する。

降りたところで、藪野が声をかけてきた。

「瀧川。お互い、生きて戻ろう」

「はい」

強く首肯する。

藪野は瀧川の二の腕を叩き、先に本庁舎を出た。

瀧川は藪野を見送り、今村に渡されたスマートフォンを起動させた。

瀧川の潜入名は、中野広志《なかのひろし》となっていた。三十歳で、先月まで契約社員として働いていたが、更新されずに、今は無職。住まいは、南阿佐ケ谷《みなみあさがや》のアパートだった。

今村からの特筆事項で、瀧川には接触してくる作業班員はいないと記されている。

つまり、瀧川は自らの行動で、高木が主催しているワークショップに潜り込めということだった。

「中野広志ね」

瀧川は名前を口にし、頭の中で名前と履歴を反芻しながら、警視庁本庁舎を後にした。

電車を乗り継いで、四十分ほどで、東京メトロ丸ノ内線の南阿佐ケ谷駅に着いた。

地上に上がり、南方向へ向かう。路地の脇にはアパートやマンション、一戸建てが密集している。

中野広志の住むアパートは、十分ほど歩いた墓地の脇にある古い建物だった。

部屋は一階の角部屋だ。郵便受けを開けると、鍵が入っていた。古い型のディスクシリンダー錠だ。

鍵を開け、ノブを回して引くと、ドアはギシギシと音を立てて揺れた。

靴脱ぎ場は、靴を三足も置けばいっぱいになるほど狭い。昼間にもかかわらず、じめっとしていて薄暗い。

玄関からすぐキッチンになる。キッチンには小さな電気コンロが置かれていて、横には小さな冷蔵庫があった。

靴を脱いで上がる。歩くたびに床が軋《きし》む。

引き戸の先に、六畳ほどの畳間があった。

サッシ戸にカーテンはかかっていないが、薄暗い。窓を開けてみると、墓地との境目にあたるブロック塀が、三十センチのところまで迫っていた。陽当たりは望めない。

布団は部屋の角に畳まれ、積まれていた。テーブルが一つ。小さなテレビが畳に直に置かれている。

部屋の隅に、布製のファンシーケースがあった。開けてみる。

ジャケットやジャンパー、ワイシャツが掛かっている。下の棚には、ズボンが置かれている。

部屋の地味な印象のわりには、揃えられている服はちょっとデザイナーズチックな洒落たものが多い。

棚の脇に置かれているワンショルダーバッグやリュックも、色目のある小洒落たものだった。

そういうことか――。

瀧川は頷いた。

中野広志は、不安定な収入状況でありながら、ファッションには多少のこだわりがあり、貧乏くさく見られるのが嫌な見栄っ張り。

おそらく、出自は地方。東京に憧れ、夢を見て上京したものの、現実は厳しく、打ちひしがれている。

瀧川は部屋の様子や揃えられた服を見て、中野広志のイメージを作っていった。

押し入れの中には、カラーボックスがあった。

並んでいる本は、自己啓発関係が多い。下の棚にクリアファイルがあった。

出してみる。阿佐ケ谷や高円寺のワークショップの一覧があった。

一つは、千葉が潜入していた高円寺のワークショップだ。他、三箇所のワークショップが記されているが、そのどれもが高木大和が主催するワークショップのようだった。

「さて、どうするかな……」

それぞれのワークショップの特徴が書かれている。

千葉が潜入していたところは、フリーランスで仕事をしているクリエーターが多い場所のようだ。

他にも主婦が集まるところやサラリーマンが勉強会のように使っているところもある。

すべてを手に取って、じっくりと眺める。

「これかな」

瀧川は一つのワークショップの資料をテーブルに置いた。

6

瀧川は、用意された服を着て、ワンショルダーバッグを背負い、高円寺駅前商店街にあるセレクトショップ〈8ワンズ〉に来ていた。

ここは、千葉が潜入していた高円寺のワークショップに参加している笹口直緒《ささぐちなお》が経営している店だ。

瀧川は、潜入先を千葉と同じワークショップに決めた。

理由は二つ。

千葉のいたワークショップでアセンブリに参加している者は、高木大和も含めて、当然のごとく警戒している。

が、彼らもまさか、千葉が失踪したすぐ後に、再び敵が潜り込むとは思わないだろう。

その意表を突けば、一気に深いところまで潜り込める確率は高まる。

仮に、すぐバレたとしても、彼らが瀧川を拉致することはないと踏んでいる。

千葉や瀧川が、短期に同じ場所で行方不明になれば、警察当局が動くからだ。

彼らは、瀧川が当局の者とわかっても、ただちに手は出せない。その間に、必要な情報を集めることもできる。

また、彼らが中野広志を疑えば疑うほど、余計な行動を取るだろうから、そこが〝穴〟となる可能性も高い。

危険な賭けではあるが、早期解決を図るには、リスクを取るしかない。

この決断を下し、高円寺へ出向くまでは、正直、生きた心地がしなかった。

作業班員として、潜入経験は重ねている。

本来、場数を踏めば余裕が生まれるものだが、潜入は慣れれば慣れるほど、怖くなる。

特に、最初に接触するときは、敵にすべてを見透かされているのではないか……という不安が拭えない。

犯罪組織のど真ん中に入っていくのだから、通常の神経であれば、当たり前のこと。

だが、不安や恐怖をねじ込まなければ、この仕事はできない。

今回も、南阿佐ケ谷のアパートを出るときには、多少手が震えた。口も渇いた。

ゆっくりとJR阿佐ケ谷駅へ歩くまでに、中野広志を体の隅々まで染み渡らせた。

そして、駅が見える頃には、中野広志になりきった。

なりきった途端、震えは止まった。

一駅の区間、電車に乗ってさらに気持ちを落ち着け、セレクトショップに着く頃には、瀧川達也は脳裏の片隅に引っ込んだ。

〈8ワンズ〉は、一坪ほどの小さな店だった。

中には、手作り感満載のネックレスやブレスレット、ピアスなどが並べられている。

奥にカウンターがあり、笹口直緒が座っていた。

小柄なショートカットの女性だった。

千葉の資料では二十七歳とあったが、童顔のせいか、高校生と言われても遜色ないほど幼く映る。

髪の毛は、薄く赤と紫に染めていた。目は、アイメイクとコンタクトレンズで大きくしているようだ。

服装は、地味ながらも、ところどころに鮮やかな色が差しているワンピースだった。

中野広志の服装と似ている。

両耳に計四つのピアスを付けているが、それも小さな花柄や蝶柄のもので、主張も控えめだった。

直緒は、瀧川が入ってきても、本を読んでいるだけだった。

瀧川は、ピアス売場の周辺をうろうろして、眺めたり手に取ってみたりしていた。

すると、直緒が本を置き、近づいてきた。

「ピアスしたいんですか?」

声をかけてくる。

「うーん、どうかなあ……」

瀧川はピアスを見ながら、漏らした。

「穴、開いてないですね」

「ピアスしようなんて思ったことないですからね」

瀧川は答えた。

「彼女さんへのプレゼントか何かですか？」

「彼女はいません」

笑うでもなく、ふくれるでもない表情で返答する。

「あ、ごめんなさい」

直緒が謝った。

瀧川は直緒を見やった。

「あ、こちらこそ、すみません」

そこで初めて、笑顔を見せた。

直緒が少しホッとした様子で、目元を弛ませる。

「いや、ちょっと嫌なことがあったんで、この際、ピアスでもして、自分を思いっきり変えてみようかな、なんて思いまして」

そう言い、苦笑する。

「そうだったんですか。でも、悪くないと思いますよ。アクセサリーって、そんな感じでちょっと気分を上げたりするために使うものだから。男の人は腕時計とかネクタイが多いみたいですけど」

「今、無職なんで、ネクタイは必要ないかな」

自嘲する。

「それに、腕時計とかネクタイって、縛られてるみたいで好きじゃないんです」

「あ、それ、わかります。ネクタイって首輪みたいだし、腕時計してると、いつも時間に追われる感じしますもんね」

「そうなんです。だから、ラフな格好でも働けるところを転々としてたんですけど、こないだ、契約切られちゃって。……あ、すみません。つまらないこと話してしまいました」

瀧川はまた、苦笑いを浮かべた。

「あの、耳に穴開けるのって、痛いですか？」

瀧川は話題を変えた。

「そうでもないですよ。場所にもよりますけど、耳は専用のピアッサーもあるから、簡単に開けられます。でも、自分でやると、その後バイ菌が入ったりして、思わぬトラブルに見舞われたりもするので、初めての方には、整形外科で開けてもらうことをオススメしてます」

「病院に行かなきゃいけないのか……。面倒だな」

「穴を開けなくても大丈夫なピアスもありますよ」

直緒は並んでいるピアスの中から、一つ手に取った。

穴を通すピンはなく、〝ひ〟の字形の留め具が先端に付いていた。

「これ、ノンホールピアスというものです。このU字形の部分で耳たぶを挟むんです」

直緒が手渡す。

「へえ、こんなのがあるんだ。イヤリングとは違うんですか？」

瀧川が訊く。

と、直緒はイヤリングを取った。

「イヤリングは、こんなふうに金具とネジでしっかり留めるようになっています。けど、重いし、締め付けるから、長い時間つけてると、耳が痛くなってくるんですよね。その点、ノンホールピアスは、耳たぶなどの凹みに沿って挟むだけなんで、イヤリングよりは痛くなりにくいんです。で、Uの字形の部分をぴったりと耳たぶに沿わせるので、見た目は普通のピアスと変わらないんです。付けてみますか？」

「あ、いや……」

「せっかくですから」

直緒は微笑み、ノンホールピアスを選ぶ。

「服装がシックでおしゃれなんで、ちょっと主張する方がいいかな」

独り言を呟きながら、つや消し黒の太めの輪っかに十字架のついたものを選んだ。

「ちょっと屈んでくれますか？」

直緒に指示された通りに、少し膝を曲げ、腰を落とす。

直緒は輪の切れ目を広げると、瀧川の耳たぶに挟んだ。少し圧迫感はあるものの、痛くはなかった。

耳たぶを引っ張って挟んだ部分をずらし、ぴったり嵌まるところに収める。

「うん、いい感じ」

直緒がにこりとして頷いた。

「見てみてください」

壁に掛けた鏡を差す。

瀧川は、片耳にぶら下がったノンホールピアスを見た。

耳たぶに、洒落た人工物がぶら下がっている。似合っているのかどうかもわからない。

それよりも、日頃、目にすることのない飾り立てた自分を見ること自体、気恥ずかしかった。

が、居心地の悪さは胸の奥に飲み込み、吟味するように顔を傾け、鏡を覗いた。

「こんな感じになるのか。これ、さっきのUの字形とは違いますね」

「輪っかだったり、ひの字形だったり、いろんな種類があります」

「そうかあ。これなら、気軽に試せますね」

「最近、流行ってますよ」

「これ、いくらですか？」

「二個セットで三千円ですけど、二千円でいいですよ」

「ほんとですか！」

うれしそうに目を開く。

「はい。私、変わろうとする人は応援したいので。うちの店名、どういう意味か知ってます？」

「いや……」

「これ、タロットカードの〝ワンドの8〟のことなんです。変化や改善、再チャレンジなんかを意味するんです。大変化を表わす〝運命の輪〟というカードもあるんですが、そこまで大きく変わることはない。小さな変化でも、その人が少しずつ自分を変えてゆっくりと歩んでいけば、必ず、人生はいい方向に向かう、という願いを込めています」

「いい店名ですね」

「私の願望でもあるんです」

そう言い、直緒ははにかんだ。

「じゃあ、俺も……少し踏み出してみようかな」

瀧川はノンホールピアスを外した。

「これ、ください」

「ありがとうございます」

直緒はピアスを受け取り、カウンターへ戻った。包装を始める。

瀧川は改めて、店内を見回した。

動物や昆虫をモチーフにしたものや、円形のもの、色もメンズ以外は明るいものが多い。

詳しくはないが、なんらかの変化や再生、希望などを意味するのだろうと感じる。

カウンターに歩み寄り、財布を出す。財布の中には三千円しか入っていなかった。

そのうち、二千円を取り出そうとする。

直緒は瀧川の手元を覗き込んだ。

「じゃあ、これで」

二千円を置こうとする。

「お代はいいです」

直緒はにっこりとして言った。

「いや、それはいけない」

「いいんです。これも何かのご縁ですから」

直緒は、包装した小袋を瀧川の手のひらに置き、両手で包んだ。

「私のアクセサリーが、あなたの未来を開く一歩になれば、喜ばしいことですから」

「いや、でも――」

「また、いらしてください。次からは、きちんとお代をいただきますから」

そう言い、手を離した。

瀧川は困ったような素振りを見せたが、顔を起こして笑みを向けた。

「ありがとうございます。じゃあ、今日はありがたくちょうだいします。必ず、近いうちにまた来ますので」

「お待ちしてます」

直緒は笑みを返した。

瀧川は何度も会釈し、店を出た。

商店街を出て、駅の改札まで来たところで、ホッと息をつく。

とりあえず、ワークショップの関係者への接触は成功した。あとは徐々に距離を詰め、直緒の紹介でワークショップへ入っていけばいいだけだ。

瀧川は改札を潜らず、歩き始めた。

線路沿いの道を歩けば、二十分程度でアパートに着く。

歩きながら、直緒の雰囲気や話を思い出していた。

初めは愛想のない女性かと思ったが、話し始めると実にフレンドリーだった。

これは、これまで接してきた、一部の思想に偏った人たちに見られる特徴ではある。

思想に偏る人たちは、そもそも純粋な人が多い。

直緒はタロットに造詣が深く、店内もやや、自己啓発やスピリチュアルチックな雰囲気が漂っていた。

そうした部分にも、純粋さや博愛精神が見て取れる。

直緒がアセンブリに参加しているのかはわからないが、思想には心酔しやすいタイプに感じた。

「とりあえずは、こいつを付けて、彼女の懐に入っていくしかないか」

瀧川はポケットに入れた包装を取り出し、中からピアスを取り出して、小さなため息をついた。

7

神月太郎《こうづきたろう》は、臨海副都心有明《ありあけ》地区4－2－C地区に来ていた。

ここは、埋め立て地の一区画で、建築デザイナーである神月は、大手デベロッパー〈三村地所《みつむら》〉と共に、商業施設や訪日客の宿泊施設、国際会議場などを配置したMICE《マイス》都市建設計画に参画していた。

まだ三十七歳だが、海外での実績も多く、日本建築学会賞を受賞し、アメリカのプリツカー賞候補にもなるなど、今最も勢いのある若手建築デザイナーとして頭角を現わしている。

神月の祖父は、三村地所の元重役で、父は大手ゼネコン〈榎波《えなみ》建設〉の副社長でもある。生粋の建設血脈だった。

デザイナーの仕事の傍ら、テレビの討論番組やワイドショーにも出演している。端整な顔立ちとすらりとした立ち姿、穏やかな口調ながら的を射た意見をズバリと切り込むあたりが、女性や若者たちに支持されている。

神月が、自分が代表を務める建築事務所〈メゾン・デュー〉の社員と建設途中の地区を訪れると、現場の責任者を務めている三村地所の社員、宮近和久《みやちかかずひさ》と若い社員が駆け寄ってきた。

「神月先生、わざわざご足労いただき、ありがとうございます」

被っていたヘルメットを取り、深々と頭を下げる。

「いえ、こちらこそ、急な訪問で申し訳ありません。昨日、フランスから戻ったんですが、明後日にはアメリカへ飛ばなければならないもので。その前に、どうしても現場は見ておきたくて」

「相変わらず、お忙しそうですね。では、中へ」

宮近が促す。若い社員が手に持っていたヘルメットを神月と同行者に渡した。

神月たちはヘルメットを被り、宮近に続き、工事現場内に入った。

重機の動く音が響いていた。作業員が、広大な敷地の中で動き回っている。

宮近は足場を歩き、全体が一望できる場所で立ち止まった。

「まだ、基礎部分ができあがったところですが、工事は順調に進んでいます」

宮近が言う。

ここは、統合地区のランドマークとなるビルが建つ場所だった。

六角形の土台の真ん中には、穴が空いている。その中に丸い土台が造られている。

「いやしかし、真ん中の心柱を建物の中から見せるという発想には驚かされました。簡単な工事ではありませんが、作業員たちは、歴史に残る建物の建設に関われそうだと喜んでいますよ」

宮近が持ち上げる。

神月が設計したのは、六角柱の高層ビルの真ん中に柱を通し、それを全フロアの内側のガラス窓から見えるようにしたビルだった。

「心柱は五重塔に代表される日本建築の要《かなめ》ですから。ここを訪れる外国の方々のみならず、日本の人たちにも改めて、和の真髄を感じてほしいと思いまして。ただ、木柱が確保できなかったのは残念ですが」

「さすがに百メートルを超える一本柱はありませんからね」

宮近が苦笑する。

「まあしかし、スカイツリーにも使われた、日本が誇る制振装置である心柱が見えるというのは画期的です。評判になると思いますよ」

宮近は続けた。

神月は、空世辞を臆面もなく口にする宮近に微笑みだけを返した。

この六角ビルの真ん中を貫く心柱は、約百メートルあたりまでは、鉄筋コンクリートの円柱を鉄骨にオイルダンパーで接続して固定し、そこから先二十メートルの部分には、仏塔の相輪《そうりん》にあたる装飾柱を取り付けることになっている。

ただ、あまりに飾りを施すと、宗教的色合いが濃くなるため、円柱に模様を描いた程度にすることを決めていた。

神月の隣で、メゾン・デューの社員は、現場の写真を撮っていた。

「飾り柱のデザインは進んでいるのですか？」

宮近が訊く。

「ええ。出張の合間に進めています。最終工事までには間に合わせますので」

「すみません。心配しているわけではありませんので、ギリギリまでお考えいただければ。

こちらもすぐ作業にかかれるよう、手配を整えておきますので」

「よろしくお願いします」

「基礎の下部分をご確認ください。こちらです」

宮近が先を促す。

神月は六角にできあがった土台を見つめ、宮近に続いた。

瀧川は笹口直緒と接触して以来、ピアスに興味を持ったという体《てい》で、一日置きに〈8ワンズ〉を訪れていた。

ピアスのことを訊ねたり、愚にも付かないたわいもない会話をすることが多かったが、その中に、世の中に対する不満を、ちらほらと織り交ぜた。

直緒は、初めのうちはにこにこと聞いているだけだったが、二週間も過ぎた頃、直緒も社会のことを口にするようになった。

「中野さん、仕事決まりました？」

「まだなんですよ。人手不足とか言われてるわりには、条件厳しいですよね」

「結局、企業が求めてるのは、働いてくれる人じゃなくて、安く使える人材。材料なんですよね。私もそれが嫌になっちゃって、会社を辞めたんです」

直緒が言う。

「そうだったんですか。何をされてたんですか？」

瀧川は訊いた。

「アパレルメーカーで、装飾デザインをしていました。服飾の専門学校を出て、すぐ希望が叶ってメーカーに就職できたときはうれしかったんですけど、実際は、先輩デザイナーの描いたラフを起こすだけの単純作業を延々とさせられて。それでも、時間を見て、自分のデザインを描いて、部長に見てもらってたりもしたんですけど、ある時、部長から異動勧告を受けたんです。不況でデザイナーを抱えられなくなったから、営業に異動してほしいと。でも、私、デザインがしたかったので断わったら、退職させられました。それから、他のアパレルメーカーに入ったんですけど、そこはまた、デザイナーの仕事は絵を描くだけと思っているようなところで、他の社員の給与の半分くらいで深夜まで働かされました。その後、三社を渡ったんですけど、どこも同じだったんです」

「日本は、デザインとかパターンとか、その仕事をしっかりと支えている職人たちに対する評価が低いですもんね」

「そうなんです。それで疲れ切っちゃって……」

「で、この店を開いたんですか？」

瀧川の問いに、直緒が頷いた。

「どこにも居場所がないなら、自分で創ってしまおうと思って」

「すごいですねー。僕には、金も専門的なスキルもないから、とてもできないなあ」

「中野さんは、何をしたいんですか？」

直緒が訊いた。

「何と聞かれても……。特に、何かをしたいと思って上京したわけではないんです。都会で生きれば、何か見つかるかもしれないと思って、思い切って出てきてみたんですけど、何をすればいいのか、いまだに見つかっていない状況で。三十にもなって、情けない話ですけど」

自嘲して、目を伏せる。

「何かを見つけようと、上京するだけですごいと思いますよ」

「そうでしょうか？」

顔を上げて、直緒を見つめる。

「そうです。今の世の中、理不尽なことがいっぱいあるけど、だからといって何もしなければ、何も変わらない。自分を見つけよう、自分を変えようと行動できる人は、実はそう多くないんです。中野さんは、その一歩を踏み出した。いろんな仕事を経験して、懸命に自分と向き合った。立派なことだと思います」

直緒はまっすぐ見つめ返してきた。

瞳はキラキラしている。その言葉に嘘はなく、本心なのだろうと思う。

しかし、これほど耳あたりの良い歯の浮くような言葉を心から並べ立てられる直緒の精神には、少々危うさも感じる。

「笹口さんがそこまで言ってくれるなら……。もう少し、がんばって探してみようかな」

瀧川は合わせた。

「もう少しと言わず、何年でも何十年でもがんばりましょう。中野さん、よろしければ、中野さんの人生探し、お手伝いしましょうか？」

直緒が唐突に切り出した。

来た！　と思いつつ、思いを飲み込み、きょとんと直緒を見やる。

「何を手伝ってくれるんでしょう？」

瀧川は聞き返した。

「私のように小さなお店を自営している人や、イラストなどを描いてるフリーの人たちが集まる会があるんです。そこで、いろんな人と会って、話したり、聞いたりしてみてはどうです？」

直緒が勧めてくる。

瀧川は内心、足がかりをつかんだとガッツポーズをしたが、顔には出さず、躊躇して見せた。

「立派に自立してる人たちを前にして、僕が何を話せば……」

「なんでもいいんです。雑談でもいいし、今の悩みを相談してみてもいいですし。実は私も、その集まりに出て、話しているうちに、このお店をしようと決意できたんですよ。開業資金は、クラウドファンディングで集めてくれたし、この場所も参加者の方から紹介してもらったんです。こうして私と繋がれたのも、何かの縁。いえ、中野さんがここに気を留めてくれた時から、私たちの集まりにもご縁があったんだと思います。参加していただければ、間違いなく、何かが変わりますよ」

直緒が笑顔で迫ってきた。

それはもう、宗教団体の勧誘のようだが、本人の目は相変わらずまっすぐだ。

洗脳された人間の顔つきそのものだった。

「すみません。その集まりって、何かの宗教団体ですか？」

あえて、訊いた。

「違いますよ。私、こんなお店をやってるし、宗教は否定しないけど、神様は私たちを救ってくれませんもんね」

「よかったです」

瀧川はホッと息をつき、笑みを覗かせた。

「なんか、僕、ちょこちょこ、宗教団体に勧誘されるんですよ。中にはしつこい人もいて、困り果てたこともありました。なんで、集まりとか集会という言葉に、ちょっと抵抗がありまして」

「そうですよね。私も、初め誘われたときは、そういう関係なのかと思いました。けど、全然関係のない、フランクな交流の場でした。当時、私、ちょっと人間不信にもなっていたんで、みんなには助けられました。人と話すだけで、元気って出てきますもんね。無理にお誘いはしませんけど、中野さんのような方には合うと思います。私とこうして話せるくらいだから」

直緒は笑みを濃くした。

都会で孤独な思いをし、人恋しさが募っている者であれば、この笑顔にはグッとくるだろう。

瀧川は、中野広志になりきって、直緒の言葉と笑顔に感じ入ったように、腿に置いた拳を握った。

「ありがとうございます」

深く頭を下げる。指で頬骨をさする。直緒からは、泣いているように見えるだろう。

ちらっと上目で直緒の様子を見る。直緒は慈《いつく》しむように目を細め、瀧川を見つめていた。

「中野さん、ＬＩＮＥはされてます？」

「いえ」

返事をして、顔を上げた。

「じゃあ、電話番号とメールアドレス、教えてもらえますか？　ショートメールかEメールで、集まりがあるとき、連絡しますから」

「ぜひ、お願いします」

瀧川は言い、連絡先を交換した。

ようやく、ワークショップに入り込むきっかけを得た。

ここからだ——。

本格的に潜っていく日が近いことを感じ、胸の奥に緊張が走る。それを悟られないよう、気配を体内に押し込む。

瀧川はアドレス帳に直緒の名前を入れながら、手元を見据えた。

# 第二章　罠《わな》

1

藪野は、南千住駅《みなみせんじゆえき》から南へ徒歩七分ほどのアパートに送り込まれた。

ここは山谷《さんや》と呼ばれた、大阪の釜ケ崎《かまがさき》、横浜の寿町《ことぶきちよう》と並ぶ日雇い労働者が集まる街だった。

しかし、今ではその面影も薄い。

簡易宿泊所は多いが、浅草や東京スカイツリーに近く、六本木や銀座、秋葉原へのアクセスもいいことから外国人観光客が急増している。

また、スカイツリーの開業に伴い、街の整備も進み、様相は一変した。

ただ、日本堤《にほんづつみ》あたりの簡易宿泊所の多い地域は、まだかつての名残がある。

道端で酒を飲んでいる者もいれば、寝ている者もいる。しかし、みな高齢者だ。

高度成長期を支えてきた人たちだろう。彼らは今でも、簡易宿泊所で細々と生きている。

藪野がここに送り込まれたのは、この街にある〈聖母救済教会〉という施設に潜り込むためだ。

今村が集めた情報によると、この場所でワークショップが行なわれ、労働者の中からリーダーとしての資質がある者を見つけ、アセンブリに送り込んでいるという。

これまで、何人かの作業班員が、この教会への潜入を試みたが、いずれも失敗に終わったという。

聖母救済教会は、名前こそ何十年も変わっていないが、主宰者はころころと替わっていた。

今は、青海福祉大学《せいかいふくしだいがく》の社会福祉学科教授で牧師の資格を持つ野越博巳《のごしひろみ》が教会の代表を務めている。

四十三歳になる野越は、助教の時代から十数年、日雇い労働者や非正規労働者の生活環境の改善に向けて研究し、現場に赴いて様々な手助けをしていた。

その活動の場となったのが、聖母救済教会だ。

野越は、路上で寝ている人や飲んだくれている人に声をかけ、簡易宿泊所にも泊まれない人たちを、雨露しのげるようにと礼拝堂を解放し、寝泊まりさせた。

食事も提供し、体を壊している者には治療も受けさせた。

さらに、通常の社会生活を望む者には借り上げたアパートを提供し、仕事も斡旋して、社会復帰の足掛かりを作った。

特に、定職も定宿も持たない若者には積極的に働きかけ、貧困生活からの脱却を支援した。

野越の長年の取り組みは実を結び、かつて、社会の底辺でくすぶっていた多くの若者が、立派に社会復帰を果たした。

学び直して、大企業に就職できた者もいれば、起業して成功している者もいる。

彼らは、自分たちの生活が安定すると、野越の取り組みを助成した。

そうしているうちに、教会を中心に野越のグループが形成された。

現在も、まだ街に残っている貧困者の手助けをすると同時に、街に限らず、過剰労働を強いられている若者や引きこもりから脱却しようとする若者たちの社会復帰支援に、積極的に取り組んでいる。

資料だけ見れば、潜入は容易に思える。

が、藪野は難しい相手だと感じていた。

まず、最大の問題は、ターゲットがわからないことだ。

おそらく、この野越という者がアセンブリに通じていると思われるが、それも定かでない。

野越は単に、底辺労働者を助ける傍ら、研究をしているだけかもしれず、教会にいる何者かが野越には内緒で活動している可能性もある。

ターゲットが曖昧なだけに、アプローチも難しい。

聖母救済教会は来る者拒まずで、誰でも受け入れる。ただ、食い詰めた労働者を気取って中へ入れば、困窮者としての援助を受けるだけだ。

それでは、野越の活動をウオッチするだけになってしまう。

おそらく敵は、ただの困窮者には正体を明かさない。

それは、これまでの作業班員が潜入に失敗していることからも、明白だ。

藪野は、炊き出しをもらいにきたふりをして、何度か教会を訪れた。

教会は街の一角にある、壁も剝がれ落ち、今にも崩れそうなおんぼろビルの一階にあった。

集まっている者のほとんどは、日々食いはぐれている高齢者だった。

働くこともできず、毎日をただただ生きるしかない、かつての労働者のたまり場となっている。

たまに、野越が礼拝を行なうが、集まっている者に信仰心などまるでなく、退屈そうに眠っている者ばかりだった。

集まる者の相手をしているのは、野越のゼミに入っている大学生や教会から巣立ち、社会復帰した若者たちだ。

彼らは献身的に困窮者の世話をしていた。

その中に、ワークショップに繋がる者がいると見ていたが、接してみると、それも疑わしい。

彼らは純粋なボランティア精神と学びを求め、活動に参加しているようだった。

失敗した作業班員は、この空気感を精査することなく、足掛かりを得ようと動いた結果、何も得られなかったのだろう、と、藪野は感じていた。

それだけに、動く時は、ワークショップに繋がるラインをピンポイントに攻める必要がある。

藪野は炊き出しをその場で食べ、ボランティアと話しながら、教会内の人の動きを観察した。

と、あることに気づいた。

高齢者たちが長椅子や床で寝ていたり、話していたりする中、少しシャキッとした雰囲気の中年や若者たちは、告解室へ足を運んでいた。

個室に入った彼らは、一様に、生気を取り戻したような凜々しい顔つきになって出てくる。

困窮者の怠惰な絶望が漂う中で、希望に満ちた生気ある姿は場違いな感じを受けた。

あそこかもしれねえな。

藪野は炊き出しを口に運びながら、告解室から出てきた者たちを調べてみることにした。

白瀬のアジトは、大崎駅《おおさきえき》から西へ七百メートルほどの場所にある高級マンションだった。

個人投資家、汐崎成司《しおざきせいじ》という名前が与えられている。

ウォークインクローゼットには、高級ブランドのスーツや靴がぎっしりと詰まっていた。ソファーやテーブルなどもヨーロッパ直輸入のもので、大きなテレビもある。一人で暮らすには広すぎる四LDKの部屋だった。

白瀬のターゲットは、大崎や五反田《ごたんだ》に拠点を置くスタートアップ企業の集まりだった。

ここ数年、大崎・五反田地区には多くの起業家が集まってきた。

主に、先端技術を開発するベンチャーが設立され、その中から成功する者も現われ、個人や機関投資家が目を付け、新興企業に投資するという循環が生まれている。

この地域は、一部では、日本のシリコンバレーと呼ばれるほどの活況を呈していた。

今村からの報告では、若手起業家が集まる〈アントレプレナーオンネット〉という交流会が、MSLPと通じている疑いがあると記されている。

アントレプレナーオンネットは、AI関連企業を起ち上げた兼広慈朗《かねひろじろう》という三十一歳の男が主宰している、若手起業家の交流会だ。

兼広の会社〈ニュートラルフロンティア〉は、自動運転に関係するAIセンサーの開発を手掛け、その部品が大手自動車メーカーのEVに採用されたことから、一気に頭角を現わした。

今では、センサー関連の仕事を継続しつつ、ＩｏＴや教育プログラムのＡＩ開発も行なっていて、わずか三年で、年商二十億を超える企業へと成長した。

兼広は、大手家電メーカーやデベロッパー、ゼネコン、自動車メーカーなどとも協同で、スマートシティー構築に乗り出している。

ＡＩ制御が行き届いたスマートシティーをいち早く完成させれば、生活やインフラに関する膨大なデータを一手に集めることができ、プラットフォーマーになれる。

兼広は、大手企業が自社での決定、決済に時間がかかるのを見越し、ニュートラルフロンティアをフロント企業にして、開発、検証を行なうことを条件に、Ｐ２Ｐ《ピア・ツー・ピア》金融に近い形で優先的に多額の投資をさせていた。

Ｐ２Ｐ金融は〝ソーシャルレンディング〟と呼ばれるもので、Ｗｅｂ上で貸し手と借り手をつなぎ、個人間融資を実現させる仕組みだ。スピーディーで融資条件も話し合えることから、ベンチャー企業にはありがたいシステムである一方、無謀な配当金利の設定や甘い審査での貸し付けなどでのトラブルも多い。

しかし、この取り組みは、現状の銀行や投資ファンドの融資に不満を抱く若手起業家から支持されていた。

アントレプレナーオンネットに集まる者の多くは、そうした兼広のノウハウを学ぼうとする若者だ。

一方で、兼広が社会貢献に寄与するセミナーを開いているとの情報がある。

そこが、アセンブリではないかと公安部は睨んでいた。

白瀬は個人投資家然として、アントレプレナーオンネットのセミナーに何度か顔を出した。

セミナーへの参加で、特に身元を探られることはなかった。

参加は自由のようだ。

講義内容は、主に、自社製品開発のポイントや、大手企業との折衝のアドバイス、事業を継続するためのメンタル面のサポートといったもので、特筆する内容ではない。

講義の途中、兼広はたまに社会貢献を口にするが、そちら関係のセミナーに誘うそぶりはなく、企業理念として社会に貢献するという側面も必要だ、という一般論を語っているだけだった。

三回ほどセミナーに参加した。白瀬の手元には、両手でも持てないほどの名刺が集まった。

白瀬はその名刺を今村に渡し、解析させた。

ほとんどは、起業間もない一人社長で、夢はあるが実績のない者ばかりだ。

それとなく、参加者やアントレプレナーオンネットの事務局の人間に探りを入れてみたが、誰もが金を儲けることに躍起で、思想信条からは程遠い者ばかり。

公安部の見立ては間違っているのではないか……という疑念も抱き始めていた。

が、一カ月が過ぎようとした頃、名刺を交換した小出和斗《こいでかずと》という若い社長に誘われ、オフセミナーなるものに参加した。

小出によると、オフセミナーは、アントレプレナーオンネットが不定期に行なう、ビジネス以外の話を聞く会だという。

オフセミナーは、普段のような高層ビルの会議室で行なわれるものではなく、小ぢんまりとしたレンタルスペースで開かれている。

参加者の中には、アントレプレナーオンネットのセミナーでも見かける顔もあったが、多くは知らない顔だった。

三十前後の男女が多く、十代の参加者もいる。本セミナーでは、ギラギラとした顔つきの者が多いが、オフセミナーに集まっている者は逆に、毒気が抜けたような穏やかで優しげな眼をしている者が多かった。

登壇した兼広は、本セミナーとは違い、企業の社会貢献の重要性を滔々と語り、社会の在り方にまで言及した。

それはまさに、MSLPが提唱する新社会自由主義の理念そのものだった。

温和な顔つきの兼広の雰囲気もあるからか、極端にも思える秩序や平等、富の再分配の話も、思った以上にすんなりと耳に入ってくる。

周りを見ると、兼広の理念に心酔しきったように頷く者が多い。白瀬を誘った小出も、終始兼広を見つめ、何度も首肯し、熱心にメモを取っていた。

ここがワークショップか？　と、白瀬は感じた。

しかし、確証はない。

ワークショップに参加するには、それなりの手順が必要なはず。あまりにスムーズすぎるし、小出がなぜ、自分を誘ったのかもわからない。

単に、兼広が新社会自由主義の信奉者で、個人的にオフセミナーと称して思想信条を喧伝しているだけなら問題はない。

が、兼広や小出がMSLPに通じているなら、うかつに踏み込むと、足をすくわれかねない。

小出の素性を調べてからだな……。

白瀬は思いつつ、オフセミナーの兼広の話に耳を傾けた。

2

今村は、鹿倉に呼ばれ、本庁舎の小会議室で捜査状況の報告を行なっていた。

「藪野、白瀬、瀧川の三名は、各々《おのおの》ワークショップへの足掛かりをつかみ、うまくいけば、近々潜入できる予定です」

「時間がかかっているな」

「敵が、最下部と思われるワークショップの前にも壁を作っているようで。関東圏だけでなく、各地のワークショップに潜入を試みている作業班員も、手間取っているようです」

「やはり、千葉の件が関係しているのか？」

「いえ、潜入が難しい状況は全国のワークショップで見られる傾向です。それだけ、MSLPが慎重に事を進めているということでしょう」

「その中で、千葉はワークショップに潜り込めたということか。惜しかったな……」

鹿倉が最後の言葉をぼそりと呟く。

本音を漏らしたな。今村は、冷ややかな視線を鹿倉に向けた。

が、特に何も言わない。

うまくいけば生還できるが、失敗すれば死が待っている。それが作業班員の宿命だ。

「竹内は？」

「全国に散ったパグやグリーンベルトの残党の内偵をしています」

「情報は？」

「一つ気になるものがありました。ミサイルは木更津港《きさらづこう》に搬入されたと思われますが、完成品の目撃情報はありません。ですが、現場に推進装置の一部と思われるY字型の部品があったという話が出てきています。ロケット工学の専門家に聞いてみたところ、ハイブリッドスラスターの点火器ではないかということです」

「部品をばらしているということか？」

「いえ、ひょっとしたら、初めからばらされた部品が入ってきていると考えた方がいいのかもしれません」

今村が返す。

「日本で組み立てるということか？」

「そうでしょうね」

今村は頷き、話を続けた。

「ミサイルの外壁部は、鋼板加工の技術を持ったところなら作ることができます。エンジン部を作る技術も我が国は持っていますが、部品の製造や調達には膨大なコストと時間がかかる。そこで、外国からエンジン部は密輸したのではないかとみています」

「組み立てるには、相応の知識が必要だな」

「ええ。ロケット工学関連の技術者の内偵は進めています。また、組み立てには施設も必要なので、そのあたりも探っているところです」

「ＭＳＬＰが主導しているとすると、ワークショップから何かがつかめるかもしれんな」

「はい。我々もそれを期待しているのですが、そこは入ってみないと何とも言えないところです」

「急がれるな……」

鹿倉は組んだ指を強く握った。

「仕掛けましょうか？」

今村が言う。

「いや、まだ待て。立て続けに、うちの部員に問題が起こるのはうまくない」

「わかりました」

今村は首肯した。

瀧川は、直緒からの連絡を受け、昼過ぎにあるビルの一室を訪れた。

直緒の店から五百メートルほど西に行った場所にある、雑居ビルの三階だ。

レンタルスペースだった。ドアにはスペースの名前を記したプレートが貼られている。

いよいよか……。

瀧川はドアの前で深呼吸し、ドアノブを握って引き開けた。

中にはパイプ椅子が円形に並んでいた。奥にはホワイトボードがある。

座っていた人々の視線がドア口に向いた。探るような、見知らぬ者を拒絶するような、なんとも冷淡な視線だった。

瀧川はノブを握ったまま、躊躇した様子を見せた。

「あ、あの……」

すると、背を向けていた直緒が振り返った。

「中野さん！」

席を立って、瀧川に駆け寄ってくる。

「ようこそ。どうぞどうぞ」

満面の笑みで迎え入れる。

先ほどまで冷たかった人々の目元が一様に和らいだ。

直緒は長い髪を襟足で団子に丸めた男の前に瀧川を連れていった。

「このワークショップを主宰してらっしゃる井野辺光聖《いのべこうせい》さんです」

紹介され、井野辺が立ち上がる。

瀧川の頭一つ分大きかった。ほっそりとしていて、うっすら無精ひげを生やしている。

目鼻立ちははっきりとしていて、眉も太い。

が、威圧するような雰囲気はなく、直緒と同じような柔和な笑みを浮かべていた。

「井野辺さん、先日お話しした中野さんです」

「井野辺です」

瀧川に笑顔を向け、右手を差し出す。

「中野と申します。よろしくお願いします」

瀧川はおずおずと右手を握った。井野辺が強く握り返す。

「笹口さんから伺っています。緊張なさらずに。どうぞ、お座りください」

井野辺が椅子を指す。

瀧川は直緒に誘われ、隣の椅子に腰を下ろした。周りの人たちに頭を下げる。

男女十名ほど集まっていた。三十前後の者が中心だが、二十代前半に見える者もいれば、
あきらかに五十前後だろうと思われる中年男性もいる。

誰もが、井野辺や直緒と同じような柔和な笑みを作っていた。

井野辺がホワイトボードの前に立った。

「今日の参加者は、これで全員のようですね。では、ディスカッションを始めましょう。

今日のテーマは、こちらです」

マーカーを取り、ホワイトボードに書き記す。

〝生きる上で目標は必要か？〟

そう書かれた。

井野辺はマーカーを置いて、席に戻った。

「どうぞ、闊達《かったつ》なご意見を」

井野辺が言うと、中年男性が手を挙げた。薄くなった頭髪を後ろに流し、くすんだジャ

ケットを着た小太りの男だ。

「長堀《ながほり》さん」

井野辺が中年男性を目で指す。

長堀は、一同を見回した。

「みなさんよりは、若干長く生きている私ですが」

言うと、笑いが起こる。

瀧川も合わせた。

「老婆心ではありませんが、私の経験からすると、生きるだけであれば、必ずしも目標や目的というものは必要ではないでしょう。日々を懸命に過ごしているだけで、あっという間に時は経ってしまいます」

「でも、それだけじゃ、虚しくないですか？」

左手のロングヘアーの若い女性が口を開いた。

長堀が女性を見やる。

「そこです。ただ単に生きることは誰にでも可能ですが、それでは自分を生きているという実感もなければ、生への張りもない。それを〝生きている〟というかどうかの問題です」

長堀が答える。

一同が納得したように首肯する。

「あの……」

瀧川は小さく手を挙げた。

井野辺が笑顔を向けた。

「どうぞ。みなさん、今日から私たちのワークショップに参加していただけることになった中野さんです」

紹介すると、拍手が起こった。揃って笑顔を向ける。

最初、ドアを開けた時とは雲泥の空気感だ。それだけ、閉鎖的空間なのだと感じ取る。

瀧川は照れたようにうつむき、小声で話し始めた。

「初参加なのに、口を挟んですみません。長堀さんがおっしゃっていることはごもっともなんですが、生き甲斐みたいなものは、余裕がないと見いだせないと思うんです。僕は、東京に来れば、生きる目標とか生き甲斐みたいなものが見つかると思っていました。けど、現実は、昼も夜も働いて、生きるだけで精いっぱいで、そのうち疲れてきて、何も考えられなくなりました」

「それが社会の罠なんですよ」

最年少と思われる男が言った。

サラサラヘアーの涼し気な男だ。目は細く、鼻も小さく、薄い顔をしている。声のトーンも若干高いせいか、冷たい印象を受ける男だった。

「町山《まちやま》です。僕たちは、大人が作り上げたシステムの中で生きてきました。特に不満はなく、安穏と過ごせ、とても素晴らしい社会だと思っていた。ですが、いつもどこかで漠然とした不安というか、苛立ちのようなものを感じていました。それがなんなのだろうと、中学生の頃から考えてきた。で、行きついたのは、大人たちが作ったシステムそのものに欠陥があるという事実でした」

「欠陥、ですか？」

瀧川が訊く。

町山は強く頷いた。

「今の社会システムは、大人たちが敷いた複数のレールのいずれかに乗っかれば生きていけるようになっています。しかし、同時に、レールに乗っかった時点で、僕たちは考えることをやめてしまう。その方が楽だから。でも、それこそが為政者の目的だったんです。思考停止状態にしてしまえば、人々は権力者の言いなりになりますから。生活を保障することで、人々に従うことを強いる。それが現在の社会システムなんです」

「加えて――」

井野辺が口を開いた。

「経済成長期は、人々に金をばらまくこともできたが、長期に経済が停滞し、生活保障ができなくなると、今度は、人々を疲弊させ、思考停止に追い込む手に出た。派遣法を改正して労働者から安定雇用を奪い、裁量労働制の導入で時間まで奪った。これらの改変で、市井の人々は追い込まれてしまった。それが今なのです」

井野辺の演説に拍手が起こる。

まるで、共産主義者の大会に参加しているような雰囲気だった。

井野辺は話を続けた。

「しかし、現実がそうだからといって、あきらめてはいけないし、社会そのものを恨むとも間違っている、と私は思うんです。今のシステムが人を生かさないものであるなら、私たち一人一人が行動を起こし、社会を変えていけばいい。中野さん」

井野辺がまっすぐ、瀧川に顔を向けた。

「あなたが今感じている苦しみは、私たちも感じている憤りです。だけど、それに負けちゃいけない。やられちゃいけない。この絶望に屈することは、人々をコントロールしたい為政者を喜ばせるだけのことです。ここに集まっているみなさんは、そのような圧力に屈せず、少しでも社会を変えたいと思い、行動しようとしている人たちです。無理にとは言いませんが、中野さんもできることから始めてみませんか？　それがきっと、中野さんの生きる目標や生きがいになる」

「僕に何ができるでしょうか……」

「もう今、行動なさってる。こうして、私たちの会合に参加したこと。それは小さいようで大きな一歩です。中野さんが自分を変えたいという意思を示した一歩ですから」

禅問答のような話が続く。

周りは瀧川を見つめ、いちいち、井野辺の話に頷いて見せる。

マルチ商法の手法に似ているな、と瀧川は感じた。

閉鎖された空間で一方的に話を聞かされる。聞いている当人は少し違うなと思っても、周り全員が肯定していると、違うとも言いだしにくい。

そうして我慢してその場にとどまっているうちに、肯定的な空気に浸食され、自分の中の否定的感情を抑え込んでしまう。

そして、一体化する。

瀧川は作業班員としてメンタルトレーニングを受けているから、その中でも冷静でいられるが、社会に不満を持ち、疲弊している者がこの空間に置かれれば、たちまち洗脳されてしまうだろう。

特に、井野辺のキャラクターは、人を惹きつける。

一見、怪しさ満載だが、目つきは力強くも優しく、声色は耳に馴染む穏やかなもので、抑揚のある語り口調は胸の奥にスッと入ってくる。

ターゲットは、井野辺か。

思いつつ、瀧川は深く頭を下げた。

「ありがとうございます。そんなふうに言ってもらえると、僕は……」

涙を流し、指で拭うそぶりを見せた。直緒が肩に手を置いてさする。

瀧川はうつむいたまま、今後の動きを思考した。

3

井野辺のワークショップに初参加したその夜、瀧川は、ワークショップに参加していた者たちの名前を今村に報告し、各人のプロフィールを調べてもらった。

井野辺光聖は兵庫県出身の三十七歳。地元では名の知れた大学を卒業している。卒業と同時に在京企業に就職したが、半年で辞め、以降、ミュージシャンとしてのライブ活動や絵画などのアート活動をマルチに展開している。

とはいえ、音楽でも絵画でも、たいした実績はない。

井野辺は、会社を辞めて五、六年はアルバイトで生計を立て、家を借りられなかった頃は、友人宅を転々としていたという話もある。

井野辺が転機を迎えたのは、三十歳の頃と記されている。

現在、井野辺が任されている高円寺の画廊喫茶のオーナーに絵を気に入られ、店番として働きながら絵を描くようになり、生活は安定したという。

井野辺に場所を与えたのは、大浜虹郎《おおはまにじろう》という男だった。今年、七十三歳になる男で、画商として活躍していたが、今は一線を退き、荻窪《おぎくぼ》の自宅で悠々自適の生活を送っている。

今村ら公安部は、この大浜虹郎という男に注目していた。

大浜は大学時代に学生運動に傾倒し、中退している。

その後、十年ほど海外を放浪し、その時に得た知見で、当時は珍しかった個人輸入のセレクトショップを高円寺で開いた。

大浜の店には、サブカルチャーに敏感な若者が集うようになり、一時期は違法薬物を販売しているのではないかという噂も立つほどだった。

後に警察が内偵を行なうが、薬物売買の実態は確認できず、捜査は打ち切られていた。

大浜は、日本がバブル期を迎えた頃、絵画に余剰資金が流れていることをいち早く察知し、セレクトショップを画廊に変え、内外のポップアーティストの作品を買い集め、販売したことで富を得た。

この頃から、大浜は与野党の議員や政党へ資金提供を始めている。

また、海外の政治家には、美術品好きも多いことから、そのネットワークを活かし、外交のコーディネートをしていたこともある。

大浜のそうした活動は、公安部の間でも知られてはいた。が、学生運動に傾倒していた頃のように、ある特定の思想に傾いているわけではなく、与野党の幅広い政治活動を支援していという点で、調査対象にはしていなかった。

しかし、ここへ来て、井野辺と通じているということが判明し、再び、公安部は大浜に注目していた。

報告書に目を通して、瀧川も、大浜を注視すべきだと感じていた。

勘、というほどでもないが、幾度となく公安関係の仕事をしていくにつれ、ターゲットはどこかという鼻が利くようになっている。

他の参加者、直緒も含めて、経歴は記されていたが、それはデータとして受け止めるだけ。

直緒も含めて、特に、井野辺の主宰するワークショップに参加している若者は、グリーンベルトにいた小柳《こやなぎ》恵里菜《えりな》と同じニオイを感じさせていた。

若いがゆえ、特定の思想を信じ込み、そこに狂信してしまう。

施政者は常に、そうした若者の純粋な思いを利用する。

井野辺と大浜には、そのニオイを感じていた。

よく〝ニオイ〟と称すると、ただの感じ方だと言われることがある。

しかし、第六感のようなものではない。

犯罪者、または犯罪に加担しようとしている者には、独特の雰囲気がある。

わかりやすいところでは、万引き犯だ。

万引きをしようとする者、している者は、目の動きも違えば、歩く速度、コースも、通常の買い物客と違う。

常習になればなるほど、あきらかに万引き犯とわかる動きをする。

犯罪者には犯罪者の動きがあり、それを感じ取るのが、俗に言う〝勘〟だ。

根拠なく、誰彼かまわず、ロックオンしているわけではない。

直緒や町山、長堀も、ある種の思想に洗脳されている雰囲気はある。実際に会った感覚も、資料に上がってきた経歴も、それを裏付ける。

だが、危険か？　と問われると、判然としない。

瀧川が思っている以上に彼らは洗脳されているかもしれないが、ただ厭世的《えんせいてき》な人物かもしれないという不確定要素が見え隠れする。

しかし、井野辺と大浜には、確信的な〝何か〟を感じる。

攻めるのはここだな、と、瀧川は〝勘〟が囁いている。

資料に目を通しながら、瀧川はふっと自嘲した。

「こんなことがわかるようになってしまったんだな……」

犯罪者に立ち向かう者として、こういう勘が働くのは好ましい話だ。

が、一般社会を生きるには、まったく必要のない能力でもある。

公安部に身を置き、作業班員として従事する中で、警らでは決して感じ取れないような

〝何か〟を感じられるようになってしまった。

この感覚は、おぞましくもあるが、かたや胸を昂《たかぶ》らせる。

この高揚に飲み込まれてはいけない……。

瀧川は自身を制した。


報告を受けた翌日より、瀧川はターゲットを井野辺に絞った。

直緒の店に顔を出した後、井野辺の画廊に乗り込む。

画廊は〈8／11〉という店名で、ただの数字を書いているのに、読みは〈ジャスティス〉と言うらしい。

直緒の話では、8、あるいは11というのは、タロットカードで〝正義〟を表わすカードのことを示すという。

瀧川は少々緊張しながらも、店内へ入った。

ドアを潜ってすぐのところは、オープンフロアになっていた。壁にはモダンアートの作品が掛けられていて、中央に二脚のソファーがポツンと置かれている。

奥へ続く壁にも、ポップアートや古びた絵画が展示されていて、その突き当たりには、テーブルを置いたワークスペースがある。

井野辺はそこで、絵を描いていた。いわゆるパフォーマンスで、実演販売もしていると、直緒が話していた。

「あの……すみません」

カンバスに向かっている井野辺に声をかける。

後ろで結んだ長い髪が揺れ、井野辺が振り返った。

「ああ、中野さん」

井野辺が手を止め、笑顔を向けた。

「覚えていてくださったんですか？」

瀧川が言う。

「はい。僕はこれといった特技はないんですが、顔と名前は一度会えば覚えるんですよ。まあ、絵は、その時に見た一瞬を脳裏に焼き付けて描くので、その癖が活かされているとも言えますけどね」

井野辺はフレンドリーに語った。

「わざわざ、うちの画廊に足を運んでいただいて、ありがとうございます」

井野辺は丁寧な口調で言った。

「いえ。先日、お会いして、笹口さんから井野辺さんが画廊を経営しながら絵を描いてらっしゃると伺ったもので、ちょっとお話を伺わせていただければなと思いまして。けど、お仕事場に押しかけてすみません」

瀧川が頭を下げる。

「いえいえ、大歓迎ですよ。どうぞ」

井野辺はにこやかな表情を崩さず、テーブルの空いた席を差した。

瀧川はカンバスの近くに座った。

「何か飲みますか?」

「いえ、お気づかいなく」

「ここへ来てくれる方はお客さんなのでね。仕事しなきゃ。コーヒーでいいですか?」

「じゃあ、いただきます」

瀧川は言った。

井野辺は沸かし置いていたコーヒーをマグカップに注ぎ、自分の分と共に持って戻ってきた。

一つを、瀧川の前に置く。

「すみません。いただきます」

瀧川は両手でカップを包み、一口含んだ。

「中野さん、絵画に興味がおありで?」

井野辺が訊く。

「興味、というほどではないんですけど。恥ずかしながら言いますと、なんか、アートってカッコいいなと思って。すみません、茶化しているみたいで」

恐縮そうに首を引く。

「恥ずかしいなんてことはありませんよ。アートをやっている人には、ただカッコいいからという理由で作品を創っている人もいます。でも、理由はどうでもいいんですよ。いい作品ができれば、それだけ、アートの世界は盛り上がる」

「井野辺さんは、どういう理由で、絵を描いてらっしゃるんですか？」

訊いた。

井野辺は嫌がる素振りも見せず、返答した。

「僕は、元々、自分を表現したくて、絵を描いたり、音楽を創ったりしていたんです」

「音楽も！　すごいですね！」

「何一つ、モノにはなっていませんけどね」

井野辺が自嘲する。

「いやいや、すごいです。僕は、ギターはFコードを押さえられなくて、あきらめましたから」

瀧川が言った。

「みんな、あれで挫折しますね」

井野辺が笑う。

資料で井野辺の情報を叩き込んで、井野辺の店に来たとき、何を話すかはある程度シミュレーションしていた。

中野広志は、自分を変えたいという思いはあるものの、常に中途半端で、社会に憤懣《ふんまん》を溜めているという人物像だ。

であれば、楽器も絵画も、手を付けていれば中途半端にやめているはず。その人物像を基に、口にする言葉を決めている。

「中野さんは、好きな絵描きさんはいるんですか?」

「作品の善し悪しはわからないんですけど、アンディ・ウォーホルとかキース・ヘリングはカッコいいなと思ってます」

「よく知ってますね。じゃあ、音楽は、ニルヴァーナとかドアーズとか好きかもしれませんね」

「すみません、そのあたりは詳しくなくて」

「聴いてみてください」

言うと、井野辺はAIスピーカーに声をかけ、ニルヴァーナの音楽を流し始めた。

独特の重い音で、破壊的でありながら切なさも感じさせる楽曲が店内に流れる。

周りの抽象的なポップ画の雰囲気にマッチし、ビデオドラッグを流されているような怪しさが、店内を包む。

「……カッコいいですね」

瀧川は高揚した様子を見せた。

「ニルヴァーナというのは〝涅槃《ねはん》〟という意味なんです。聴く人によっては、これを退廃的ととるようだけど、僕はそう思わない。ヴォーカルのカート・コバーンは、この澱《よど》んだ不協和音の先に、本当の桃源郷を見ていたんだと思っています」

「すみません、そこまではわからなくて……。でも、心地良いですね」

瀧川はコーヒーを含んだ。

わかったふりをして突っ込まれても困るが、まったく理解しない相手に心は開かない。

絶妙な返しを考えたとき、瀧川の口から、自然とその言葉がこぼれた。

はたして、井野辺は満面の笑みを浮かべた。

「いいんです。理屈はなくても、いいと思える。言葉にならない感情が伝わるのが、本当のアートですから。今、中野さんが心地良いと感じたその感性を大事にしてください」

うれしそうに答えた。

その返答が、井野辺の本心かは読み切れない。が、不快でなかったことは確かなようだ。

瀧川は、この店を訪れる前に考えてきたシナリオの一つを、頭の中から引き出した。

「井野辺さん、少し教えていただいてもいいですか？」

「僕でわかることなら」

井野辺が笑みを向ける。

「僕は、都会へ来れば、自分の中の何かが変わるものだと思っていました。けど、実際は何も変わらない。正直、ささくれていくだけです。僕は……何をすればいいんでしょうか？」

すがるような目を向ける。

と、井野辺は笑みを深くした。

「明後日、ここでワークショップを開きます。来てみてください」

4

藪野はしばらく聖母救済教会に通い、しっかりと自分の中で関係図を完成させた。

内部の様子は、携帯で写真を撮り、今村に送っていた。

今村は、顔写真から特定できる者は割り出し、身辺を調査して、情報を藪野に戻した。

教会の運営者である野越博巳の下では、二人の男女が動いていた。

一人は、宮原泰洋《みやはらやすひろ》という三十歳の男。大柄だが柔和な笑顔の優しそうな男だ。

彼は、野越の研究室で助手を務めていて、教会での支援活動を手伝いつつ、データの統計を担っている。

もう一人は、諫山初音《いさやまはつね》という二十六歳の女性だ。小柄でほっそりとして色白な弱々しい雰囲気を与える女性だが、教会では精力的に活動していて、集う者から〝エンジェル〟と呼ばれている。

彼女も野越の活動を手伝う傍ら、以前、准看護師をしていた経歴を活かして、低所得者層にどういった疾患が多いのか、健康状態はどうかなどのデータを収集していた。

初めのうちは、彼らは純然たるボランティア精神の持ち主で、ＭＳＬＰの活動とは関わりがないとみていた。

しかし、ずっと内情を見ているうちに、宮原と初音が、他のボランティアより積極的に、来訪者を告解室へ促していることに気づいた。

そして、彼らに促され、告解室に二、三度入った者の多くが、街から姿を消していた。

罪を懺悔《ざんげ》したことで、人生をやり直す気力を取り戻し、街を出て行った者もいるだろうが、それだけとは思えない部分もあった。

藪野は、困窮者たちが昼間から集まる立ち飲み屋に何度か顔を出し、それとなく、街から消えた者たちの話を向けてみた。

すると、興味深い事実が露呈した。

街を出た多くの困窮者は、長年、建設現場で働いていた者だった。

しかも、ただ単に日雇いで飯場に出向いていた労働者ではなく、なんらかの専門技術を持っている者ばかりだ。

パグと同じ構造か……？

薮野は思った。

パグは、技術者を集め、銃器の密造を行なっていた。彼らのような者が再び現われ、荒唐無稽な策略を巡らせていることはあり得る。

一方で、白瀬や瀧川が潜っている場所が気になる。

パグのような組織なら、瀧川が潜入している場所のような自己啓発関連のワークショップは必要ないだろうし、まして、白瀬が潜っている金融関係は、パグやグリーンベルトのような思想を持つ者たちにとって、敵でしかない。

薮野の中で、聖母救済教会と他の場所が結びつかない。

さて、どうするかな……。

一考した薮野は、今村に報告し、クレーン運転士の資格免許を偽造させた。

クレーンは何度か操作したことがある。そのために必要な講習も、若かりし頃に受けている。

多少、うろ覚えの部分も多いが、それもまた、長い間現場から離れている者には起こりうることだろう。

付け焼刃の技術より、以前使ったことのある技術を前面に出す方が、話を聞く方にも違和感はないはず。

仕込みを終え、いつものように教会へ顔を出し、だらだらと時を過ごしていると、まずは初音が近づいてきた。

「熊谷《くまがい》さん、お体の具合はいかがですか？」

テーブルの向かいに立ち、前かがみになって笑顔を向けてくる。

藪野は〝熊谷万平《まんぺい》〟という名で潜入していた。

「良くも悪くもねえよ」

素っ気なく答える。

「悪くなければいいんです。ちょっとお話しさせていただいてもよろしいですか？」

「好きにしろ」

藪野は脚を開いて上体を横に向けたまま答えた。

初音は向かいの長椅子に浅く腰かけた。

「私たちは、以前お話しした通り、みなさんのことをお聞きして、社会復帰の手助けをしたり、政府や自治体への政策提言をしたりしています。よろしければ、熊谷さんのことも少しお聞きしたいんですが」

「話すことなんかねえぞ」

「話せるだけでいいんです。私は熊谷さんのことをもっと知りたいと思っています」

目を細め、笑みを濃くする。

その微笑みは、生きることに疲れた者たちを包み込むような慈愛に満ちたものだ。まさに、神か仏そのものだった。

ほとんどの来訪者は、初音の笑顔には気を許す。

他意も雑念もなさそうな微笑みは、様々な苦痛に見舞われ、孤独に生きてきた人間にはほのかな光を見せるようだった。

「熊谷さんは、いつからここへ？」

初音がふんわりとした口調で訊いた。

「覚えてねえよ」

「そうですか。ここに来る前は、どちらにいらしたんですか？」

「さあな。川っぺりで寝たり、駅の地下で寝たり。いちいち覚えてねえよ、そんなことは」

「大変でしたね」

初音が言う。

藪野は顔を上げた。初音は目を潤ませ、藪野を見つめていた。

同情を前面に押し出したような顔つきだ。

多くのボランティアは、このような同情心をあらわにしてはいけないと思っているようで、努めて普通に接しようとする。

底辺の者とも対等に付き合うことが大切だと教えられているせいだ。

が、実際は違う。

底を這いずって生きてきた者にとって、一番もらいたいものは労《ねぎら》いだ。

死ぬに死ねず生きてきたが、何一ついいこともなく、心も体も疲れ切っている。

そんな者に対等な言葉で正論をぶったところで通じない。逆に、ボランティア活動ができるほど恵まれている相手の人生と自分の生き様を比べ、卑屈になるだけだ。

そうした彼らに向ける言葉の中の一つの正解が〝大変でしたね〟という言葉だ。

相手の人生に思いを馳せ、理解を示すこと。誰か一人でも、自分の苦悩を理解してくれれば、わずかでも心は救われる。

まして、エンジェルと呼ばれるような温かい雰囲気を持つ女性に言われれば、それだけで心に染みる。

藪野は熊谷万平を演じているだけだが、初音の笑みと言葉を浴び、藪野自身の人生にふと思いを馳せ、大変でしたね、という言葉が染み入りそうだった。

すげえな、この女……。

藪野は、自分の中に湧きあがった感情を素直に認めた。

「熊谷さん、おいくつですか？」

「いくつだったかなあ。覚えてねえなあ」

「誕生日はいつです？」

初音が訊いてくる。

これもまた、実に巧みだ。

底辺で生きる者の誕生日を気にする者など、世間にはいない。仲間内でもそうだ。立ち飲み屋で飲んだくれている仲間がいくつだろうが、誰一人気にしない。

しかし、それは〝あえて〟気にしないだけだ。

本当は、自分のことを知ってほしいと、誰しも思っている。

ただ、底で暮らしていると、本名や年齢、生年月日を教えることは躊躇する。

親しみを感じて身分を明かしたが、友人と思っていた者が自分の名前と生年月日を使って金を借りたり、勝手に犯罪に使われるような携帯電話の契約をされたりということもあるからだ。

そうしたことが一つ、また一つと重なるほどに、人を信じられなくなり、口を閉ざす。

しかし、胸の奥では、自分が何者なのかを知ってほしいという願望は持っている。人生に絶望しているだけに、むしろその渇望は強い。

「誕生日はな……」

藪野は、底辺の者が抱える葛藤を滲ませ、ポケットからクレーン運転士の免許証を出した。

手の中に免許証を隠し、机の下で覗く。

「三月二十日だ」

「本当ですか！　私と同じです！」

初音が目を大きく開いて、満面の笑みを向けた。

「本当か？」

「ええ」

初音はポケットから財布を出し、免許証を取り出した。誕生日は平成四年三月二十日となっている。

「本当かい。びっくりだな」

藪野は少し笑みを覗かせ、自分が手にしているクレーン運転士の免許証を出した。

初音の免許証と突き合わせる。初音が藪野の手元を覗き込む。

計算通りの行動だった。

初音の誕生日が三月二十日だということは知っていた。藪野はあえて、熊谷万平の誕生日を三月二十日にした。

共通点を作るためだ。人は共通項を持つ人間には好意を持ち、親しみを覚える。

「本当だあ。うれしいなあ」

初音は自分の免許証と藪野の免許証を何度も見やった。

藪野は目の動きをさりげなく追った。初音は生年月日を確認するふりをしながら、免許証の全体を舐めるように見ていた。熊谷が何者かを確認しているようだ。

「こんなこともあるんだな」

藪野は言いつつ、免許証をポケットにしまった。

「ほんと、うれしいです。三月後半って、早生まれの最たるものじゃないですか。四月生まれの子とはほぼ一年違うから、体も小さかったし、勉強なんかも必死にしないと追いつかなかったし。早生まれってだけで苦労するんですよね。そういうことを話せる人って、案外出会うことがなくて。熊谷さんの時もそうでしたか?」

「そうだな。たいがい、春に生まれた連中は体も大きくて威張ってた。だから腹が立って向かっていくんだけどよ。いつも返り討ちだ」

藪野は笑顔を作り、欠けた前歯を覗かせた。

「それが悔しくてなあ。じゃあ、他のことでがんばって、あいつらを見返してやろうと思って、やってきたんだがな。このザマだ」

自嘲する。

「そんなことないですよ。熊谷さんはこれまで、たまたまうまくいっていなかっただけです。まだまだ、これからです」

「気休め言うな。そう言ってくれるのはありがてえけどよ」

「気休めなんかじゃないです。熊谷さんはまだ大丈夫です。だって、まだ笑顔を見せてくれるほどの心の元気が残っていますから」

初音は言った。

クレーン運転士の免許証には触れてこない。それよりも、熊谷万平自身を持ち上げようとする。

実に巧みな手法だと感じる。

クレーン運転士の免許など、あまり目にすることはないはずだ。社会復帰を促す者であれば、そこを糸口に働くことへの話を向けてくるだろう。

が、初音は一切、そこには興味がないというそぶりを見せる。その上で、興味があるのは熊谷万平自身だという話を向ける。

教会の来訪者が〝エンジェル〟と呼ぶ理由が身に染みてわかる。

本当に、野越の下で純粋にボランティア活動をしている女性であれば、こんな素晴らしい人間はいないだろう。

「諫山さん！　こっち、いいですか？」

「あ、はーい！」

明るい声を教会内に響かせ、初音は立ち上がった。

「ごめんなさい。もう少し、お話ししたいんで、待っていてくれますか？」

「忙しそうだから、いいよ」

「そんな。待っててください」

「いいって。また来るから」

藪野は立ち上がった。

「わかりました。お待ちしてます」

初音は笑顔を向け、一礼して、その場から去った。

さて、この後、どうするのかな、こいつら——。

藪野は初音の背を見つめ、教会全体を見回して、建物を出た。

5

二日後、瀧川は、井野辺に指定された午後三時に、ジャスティスを訪れた。

ドア口には机が置かれ、簡単な受付が作られていた。受付は直緒が務めていた。

手元に名簿は置いてあるが、チェックする様子はない。ほとんどが顔パスだ。町山や長堀の顔もある。

「中野さん、いらっしゃい」

直緒が微笑む。

「入っていいんですか？」

「もちろん」

笑顔を向ける。

「チェックしなくていいんですか？」

瀧川は、手元の名簿に目を向けた。並ぶ名前をできるだけ頭に叩き込む。

「いいんです。私が関所。私の知らない人は入れませんから」

「なるほど。一番確実ですね」

瀧川は言い、中へ入った。

奥へ進む。普段は仕事場である空間に椅子が並べられていた。町山や長堀は一番前に座っていた。

瀧川は遠慮して、最後尾の左奥のパイプ椅子に腰を下ろした。

井野辺が瀧川を認めて微笑み、会釈をした。瀧川も会釈を返して、周りを見た。

一見、普段のワークショップに集まる三十前後の男女と変わらない。

しかし、よく見ると、雑居ビルのレンタルスペースで会った者たちに比べ、落ち着きを感じる。

育ちのいい秀才が集う有名進学塾の教室のようだ。

以前会った時は饒舌《じょうぜつ》だった町山や長堀も、心なしかきりっとして、緊張した面持ちになっている。

直緒がドアを閉じた。カーテンも閉め、戻ってくる。

「井野辺さん、今日の参加者は以上です」

「わかりました」

井野辺は言い、一同を見回した。

直緒は瀧川の横に座った。瀧川を一瞥し、椅子に浅く腰かけて背を伸ばし、前を向く。

「ようこそ、スペシャルワークショップへ。初めての方もいれば、数回参加されている方もいらっしゃるでしょう。この特別な時間にみなさんが何を得、何を感じて明日への糧にするかは自由です。ただ、覚えておいてください。あなた方は――」

井野辺はぐっと言葉をため、一同を見回した。

「選ばれし者なのです」

井野辺が言うと、フロアの空気がかすかに熱を帯びた。

「では、こちらの方にお話を伺いましょう。大浜虹朗さんです！」

井野辺が後ろに腕を広げた。母屋の方のドアが開き、中肉中背で白髪頭の男が現われた。ジャケット姿でノーネクタイ、眼鏡をかけている。

瀧川は資料で、大浜が七十三歳だと知っていたが、目の前にいる男は背筋もピッと伸びていて、とても七十オーバーには見えない。

大浜は参加者の正面に立った。

「大浜です、よろしく」

軽く頭を下げる。

柔らかく、よく耳に通る声だ。低くもなく高くもない声色は、すうっと耳になじむ。

他の参加者を見やる。みな、多少恍惚とした表情で大浜を見つめている。直緒も同様だった。

本当のカリスマは、こいつか……。

瀧川は思いつつ、大浜に顔を向けた。

「私の講義は、いつもスペシャルワークショップと言われています。しかし、何回か参加された方はご承知だと思いますが、私は特別なことは話していません。人として、ごくごく当たり前のことを話しているだけです。それにみなさんが心を揺さぶられるのは、逆にみなさんが現代の不条理を感じ取っているということにほかなりません」

穏やかで淡々とした口調が耳に心地よい。

「中野さん、でしたね？」

いきなり、大浜は最後列にいた瀧川を見て、呼びかけた。

「あ、はい」

驚いて、緊張した様子を見せる。座り直し、背筋を伸ばした。

と、大浜は微笑んだ。

「そんなに緊張しないで」

優しく声をかけ、話を続ける。

「井野辺君から伺いました。何かを変えたいのに変わらず、迷っている。そうですね？」

「はい……」

恥ずかしげにうつむく。

「何かが見つからない。それは当然です」

大浜がスパッと言う。

瀧川は顔を上げた。

何をやってもうまくいかない中途半端な中野広志を演じているだけなのだが、大浜に中野広志のこれまでの人生をすべて肯定されたようで、スッと引き込まれる。

井野辺にもそうした雰囲気は感じたが、大浜の寛容な空気感は、井野辺のそれを何倍にも上回る。

今の時代、惑う人々を取り込むために最も大事なポイントは〝承認〟だ。

人々は、自分の存在を認めてもらうことに飢えている。

井野辺もそうだが、大浜もそのあたりを実に巧みな言動でくすぐり、聞く者の心の中にスッと入ってくる。

一つのテクニックなのかもしれないが、完成されているメソッドだとすれば、少々危険なニオイを感じてしまう。

「中野さんだけでなく、現代は自分のアイデンティティーを見出しにくい世の中となっています。それはなぜか。自由と制約のバランスが崩れているからです」

大浜が言う。

端にいた井野辺が立ち上がり、奥にあったホワイトボードを大浜の真後ろに持ってきた。このあたりは予定調和なのだろう。動きがスムーズだ。

大浜はホワイトボードの脇に立ってマーカーを取り、図を描き始めた。

縦線と横線を十の字に描き、横線の左には〈制約〉、右に〈自由〉と書く。縦線の上には〈支配〉と記し、下には〈隷属〉と記した。

「中野さん、ちょっと出てきていただけますか?」

大浜が言う。

立ち上がり、ちらりと直緒を見る。その瞳には羨望と嫉妬の色が滲む。町山や長堀、他の参加者も、前に出る瀧川に同じような目を向けた。

「中野さん、今あなたがいる場所がどこか、丸をしてみてください」

赤いマーカーを渡される。

瀧川は何度もマーカーを持ち上げては引っ込め、煮え切らない態度でぐずぐずとした様いた。


を見せた。

参加者たちはあからさまに苛立《いらだ》っていた。

しかし、大浜と井野辺は、すぐに判断を下せない中野広志に、終始優しい笑みを向けていた。

瀧川は迷った挙句、十字の真ん中に丸を付けた。

参加者が一瞬ざわつく。

「ここだと判断した理由を聞かせてもらえますか？」

大浜が訊いた。

「誰かを支配したり、誰かに支配されているような感覚はありません。何かの制約を受けているような感じもしないのですが、自由に生きている感じもしないのです。的確な言葉が見つからないのですが、ただ生きているだけという感じかな……と思う時が結構あります」

「ありがとう。お戻りください」

大浜が拍手をする。井野辺が続く。参加者たちも瀧川に拍手した。

拍手が鳴りやみ、場が落ち着くと、大浜がおもむろに口を開いた。

「今の中野さんのご意見、それと中野さんが記した立ち位置。中野さんは実にご自分のことをわかっていらっしゃると、私は感心しました」

大浜が褒めた。同時に、中野広志としては喜びと周りの目の嫉妬感に多少の恐怖を感じる。面映《おもは》ゆい。

「そう、まさに、みなさんが感じているのは、この〝どこにも属していないふわりとした場所〟です。みなさんだけでなく、他の若手の人たちも、この質問をすると、中野さんと同じく、真ん中に丸する人が多いのです。そして、本来人が立つべき位置は、ここなのです。しかし、本当は違います。中野さんやみなさんが置かれているのは、ここです」

大浜は左下の空間の真ん中に丸を描いた。

制約と隷属を示す場所だ。

「現代は、言いたいことを口にでき、自分の人生は自分で決められる。しかし、自由すぎ、情報が多すぎるせいで、自分の立ち位置がわからなくなっている。社会学者のほとんどがこうした論理を唱えています。ですが、それはそう思い込まされているだけです。情報を浴びせられたみなさんは、いろんな知識を得ている感覚にさせられているだけで、実際のところ、本当に必要な知識を得る機会を奪われているのです。思い当たることはありませんか？　抗生物質の使い過ぎで耐性菌が生まれているのは事実です。そこまでは必要な知識ですが、だから、抗生物質を使ってはいけない、さらには抗生物質が治療の役に立たないといった情報にまでたどり着くことがあります。これは大きな間違いです。数々の病気に抗生物質は今も有用で、使わなければ治せない病気も多々あります。なのに、そうした病気の患者に対しても薬害を喧伝《けんでん》し、抗生物質の使用を躊躇させる。結果、どうなるかは考えるまでもなく明白。治療を行なっていれば回復できた命が失われてしまいます」

大浜の言葉に、参加者だけでなく、井野辺まで何度も何度も頷いて見せた。

「つまり、一見、プラスとマイナスの情報を得ている感覚になりはするが、そのバランスを取ろうとするあまり、その時々に取得すべき情報すら得られなくなるのです。結果、迷いを深くするだけ。中野さんやみなさんが陥っている状況は、まさにそれです」

大浜は力強い視線で、一同を見渡した。

緩急の使い方も実に巧みだ。稀代の詐欺師なのだろうと、瀧川は内心思う。

「そして、何も決められず迷わせることで得する人たちもいます。それが支配者です。隷属させたい者たちを迷わせるほど、彼らは答えを求める。そして求める答えをくれる人物に接した時、彼らはそのリーダーに心酔し、思考に支配される。一度、支配されると、人々は考えることをやめ、リーダーの指示に従おうとする。一見、自由に選択させたような体を取りながら、その実、人々を一つの思想に誘導していく。現代を生きる私たちは、無意識のうちにそうした洗脳をされ、支配者の都合のいい民衆に成り下がっているのです。ほとんどの人たちは、この罠に気づいていませんが、生きにくさや違和感を覚えている。その違和感の正体が、まさにこのカラクリなのです」

大浜は熱弁した。

言っていることは、概論としては間違っていない。

個々人が、大浜の言う本当の意味を理解し、自分の足で立つようになれば、情報過多な時代に、自分にとって正しい情報を取捨選択し、人生を豊かにできるのだろう。

ただ、大浜の目的が、個々人の独立にないことはあきらかだ。

「ここに集うみなさんは、そのことにいち早く気づいた人たちだ。私は誇らしく思う。だからこそ、私たちは、この事実を一人でも多くの人に伝え、知らぬ間に隷属させられている人々を解放しなければならないのです！」

大浜が語勢を強めた。

井野辺が立ち上がり、大きな拍手をした。町山や長堀も立ち上がって、拍手を始める。他の参加者や直緒も頬を紅潮させ、熱気に満ちた拍手を送った。

瀧川はそこで、あえて立たなかった。拍手はするが、熱は込めなかった。

横にいた直緒が上から睨む。しかし、瀧川はうつむいたまま、顔を上げずに拍手をした。

その後も大浜の弁舌は続き、一時間ほどで集会は終わった。

参加者が椅子やテーブルを片づける。瀧川も手伝っていた。

だが、途中から冷めた様子だった瀧川に話しかける者はいない。

一人離れた場所で片づけをしていると、井野辺が歩み寄ってきた。

「中野君、ちょっといいかな？」

井野辺が耳元で囁く。

瀧川が顔を上げると、瀧川の目をしっかりと見て、周りを見た。気づかれるなというサインだと見て取った。

パイプ椅子を作業場の奥へ持っていくと、井野辺が住居として使っている二階への階段の前にいた。

瀧川を認めて頷き、上がっていく。

瀧川は周囲を見回し、人の目がないことを確認して、素早く階段を駆け上がった。

6

階段を上がると、井野辺が待っていた。

無言のまま、前を歩いて進み、奥の部屋の前で立ち止まる。

井野辺はドアを開き、中へ入るよう促した。

瀧川は中を覗いた。大浜がソファーに座っていた。瀧川に深い笑みを向ける。

「井野辺君、ありがとう。下はよろしく」

「承知しました」

井野辺は頭を下げ、ドアを閉めた。

瀧川はドア口に突っ立った。

「そちらへ」

大浜がテーブルを挟んで向かいのソファーを手で指した。

「失礼します」

瀧川は恐縮そうに背を丸め、おずおずと進んで、ソファーに浅く腰かけた。

向かい合う。大浜は、瀧川に笑みを向けているだけだった。

「あの……何か……」

沈黙に耐え兼ね、問いかける。

と、大浜は笑顔のまま、口を開いた。

「君、公安部員だね？」

いきなり切り出す。

さすがに、瀧川は動揺した。が、驚き以上の表情は、とっさに胸の奥に押し込んだ。

「なんですか、それ……」

「いいよいいよ。わかっていることだから」

「いや、僕にはなんのことだか……」

「小川君を探しに来たんでしょう？」

大浜が淀みなく言う。

小川とは、千葉の潜入名だ。

「誰ですか、それ？」

「いいって。わかってるんだから」

大浜の笑みが濃くなる。

それは確信めいたもので、嘘を言っているとは思えない。

どこでしくじった？

隙は見せなかったはずだ。

しかし、その隙の無さが、かえって敵を警戒させたのかも——。

脳裏に様々な場面が巡る。だが、決定的なミスを犯した記憶はない。

なぜだ……。

大浜は推考する瀧川を見つめて、ゆっくりと上体を起こし、深くもたれた。

「君は今、どこで自分がミスをしたか、考えているね？」

見透かしたように言う。

すぐに言葉が出ない。何を答えても、言質《げんち》を取られそうだ。が、答えないのもまた、心理を読み取られそうで気味が悪い。

コールド・リーディングの手法は知っている。なので、問われたことに対して、身元がバレるような受け答えはしていない。

直緒や井野辺、大浜に対する時は、常に〝中野広志〟になりきり、受け答えをしていた。

コールド・リーディングと似たような手法で、ショットガンニングという手口もある。大量の情報を相手に向けて提供し、その中で反応が見られたものを強調することで、あたかも相手の心理や過去を言い当てたように誘導していく会話手法だ。占い師や霊能力者と称する者たちがよく使う手法だが、瀧川はもちろん、ショットガンニングについても知識は持っていた。

頭の中で、直緒や井野辺との会話、大浜との短い会話を振り返ってみるが、やはり、そうした手法に引っかかった点は見当たらない。

もし、瀧川自身が気づかないところで引っかかっていたのだとすれば、彼らは海外の情報局員クラスの会話術を持つ者となる。

しかし、大浜ならまだしも、直緒や井野辺が、そこまでの話術を習得しているとは思えない。

「どうしたどうした、中野君？　私が君の素性を言い当てたことが、そんなに不思議か？」

大浜は嘲笑《ちょうしょう》を浮かべた。

「難しい話じゃない。関係者から、君たちの情報を入手しただけだ」

はっきりと言った。

瀧川は驚きを隠そうとした。しかし、目つきが一瞬鋭くなった。

「ハッタリだと思っているだろうから、関係者からの情報だということを確定させてあげよう。君は〝中野広志〟ではなく、警視庁公安部に所属する作業班員の瀧川達也君。ちなみに、我々が捕らえた小川君は、同部に所属する千葉純男君。違うかね？」

大浜は勝ち誇ったように言った。

瀧川はぐうの音も出なかった。

完全に、こちら側の情報が洩れている……。

「まだ、認めないかな？」

大浜は瀧川を見据えた。

瀧川はうつむいた。両手の指を絡めて握り締める。

否定する方がいいのか、認めてしまう方が今後につながるのか。判断しかねる。

ただ、一分の隙もなく、身元がバレていることは疑う余地もない。

瀧川は、やおら顔を上げた。

「まいったな……」

それまでの自信なさげな中野の顔は捨て、大浜を睨み返した。

大浜が片笑みを覗かせる。

「あんたに情報を売ったのは誰だ？」

声のトーンも少し低い。相手を威圧するように言葉を吐く。

「しゃべると思うか？」

「まあ、言わないわな。どこのどいつか知らねえが、ため息しか出ねえ。こっちは命懸けで潜ってるのによ」

瀧川は大きく息をついた。

「組織など、そのようなものだ。大きくなればなるほど、裏切る人間も増える」

「あんたの組織もそうなのか？」

「質問するのはこっちだ」

大浜が上体を起こした。

「おまえら、どこまでつかんでる？」

大浜が真顔になる。先ほどまでの柔和で寛容な顔は一切消えた。

「何のことか言ってくれねえと、答えようがねえ」

「わかっているだろう？　それも含めて答えろ」

大浜の口調も少々乱暴になってきた。

これが本性か……と思いつつ、瀧川は駆け引きを挑んだ。

「うっかり、あんたらの知らねえことまで答えちまったら、バカみてえじゃねえか。まず、聞かせろ。千葉は無事なのか？」

「さあな。どう思う？」

大浜はおちょくるような笑みを覗かせた。

「生きていればいい。もし殺したなら、この場でおまえだけは始末する」

目に力を込める。

「できるのか？」

「やってやろうか？」

指を解いて、右の拳を握り締めた。

瀧川はもう一つの〝役〟に入っていた。

大浜はかつて、学生運動に傾倒した人間だ。当局関係者は敵であり、暴力を含む強権を振るう者だと思っているだろう。

そうした大浜の〝公安部員像〟を想像し、演じていた。

「本当に当局の人間はガラが悪い」

大浜はスマートフォンを出した。

何かのアプリを起ち上げ、指で操作する。

そして手を止めた。

「これを見ても、まだ虚勢を張れるかな？」

スマホを返し、画面を瀧川に見せた。

瀧川は目を見開いた。

ミスター珍の店内の写真だった。小郷夫妻の姿があり、店を手伝っている綾子や遥香の姿も写っている。

大浜がニヤリとした。

「真面目に働き、地域を支えている素晴らしい人たちだね」

「少しでも手を出せば、おまえたちを一人残らず潰す」

怒気が滲む。

「それが本当のおまえか。そうでなくては」

大浜はまっすぐ睨み返した。

「さて、知っていることを話してもらおうか」

詰め寄る。

「千葉に会わせろ」

「これを見ても、まだ交渉か」

スマホを揺らす。

「関係ねえ。どうなろうと、おまえだけは殺せる」

瀧川の神経が張り詰めた。

その時、ドア口に強烈な気配を感じた。

瀧川はソファーから立ち上がった。瞬時にテーブルを飛び越え、大浜の後ろに回る。

目の端に留まったペンを握り、背後から大浜の首に左腕を回して右襟をつかんで絞め、ペンの先を喉仏《のどぼとけ》に押し当てた。

ドアが開いた。

井野辺が姿を現わした。その後ろから、特別講習に参加した者たちが現われ、部屋へ入ってくる。

瀧川は大浜の肩越しに、半円形に瀧川を取り囲む井野辺たちを睥睨《へいげい》した。

「動くな。こいつを殺すぞ」

恫喝《どうかつ》する。

井野辺の脇に直緒が立った。瀧川を睨みつける。

「本当だったの……？」

涙を浮かべる。

「すみません、大浜さん。二度も公安部員を入れてしまって」

井野辺が頭を下げた。

「気にするな。我々の活動に公安は付きものだ」

大浜は平然と語った。

「瀧川君、どうする？　私を殺せば、君はこの場で彼らに殺され、君の大切な人たちも業火に焼かれるだろう。素直に現状を話してくれれば、君も千葉君も解放し、君の大切な人たちにも今後一切関わらない。もちろん、君も金輪際《こんりんざい》、我々に関わらないという条件付きだが」

大浜が淡々と述べる。

「君にとっては、ここですべてを話して、捜査から退くというのがベストな選択だと思うが」

肩越しに振り返り、見上げた。

瀧川は襟をつかんだ手を緩めなかった。さらに絞る。

大浜が苦しそうに息を詰めた。

井野辺たちが殺気立つ。

「おまえらが約束を反故《ほご》にするのも常套だろ？　そのぐらい知ってる」

「公安に身を置いて、人が信じられなくなったか？」

「そもそも、おまえらを信じていない」

喉仏にペン先を押し入れる。

大浜の顔が多少強ばった。

瀧川は内心ほくそ笑んだ。

今、捕らえている者が井野辺や直緒なら、ここまで強気には出ない。

これまでの経験上、末端で活動する思想の信奉者は、自らの命より、思想信条に生きようとするからだ。

しかし、上に立つ者の多くは、土壇場になると、思想信条より我が身を思う。常に冷静だった大浜がわずかに見せた我が身への執着が、そのことを如実に語っている。

「わかった。井野辺、千葉を連れてこい」

「いいんですか？」

「かまわん。いざとなれば、ここで二人を始末してしまえばいいだけだ。他の者は全員、下で待機していろ」

大浜が命ずる。

井野辺たちは大浜の身を案じつつも、指示に従った。

一人、また一人と部屋を出て行く。最後に井野辺が部屋を出て、ドアを閉めた。

「瀧川君、もういいだろう？」

ペンを持った右手の甲を指でつつく。

瀧川はペン先を解き、襟首から手を離した。

ただ、背後からは動かない。

「君には感心したよ」

大浜が肩越しに背後を見やり、声をかけた。

「この期に及んでもなお、職責を全うしようとした。それが公安活動というのは哀れだが、理念信念のために、自分の身を賭して務めを果たそうとする思いは、我々も同様だ。どうだ？　我々の仲間にならんか？」

大浜が意外なことを口にした。

「ふざけるな」

「私は本気だ。君たちの情報をくれた者も、今、公安部にいながら、私たちの仲間として活動している」

「スパイということか？」

「それは、お互い様だろう。我々の戦いに、そうした情報戦は避けられない。そこはいいのだ。しかし、その信念が間違っているとすれば、どうだ？　日本はかつて、権力が軍部の言いなりになり、勝ち目のない戦争へ突入した。今の時代に、そうした間違いがないと思うか？　支配者は常に、民衆を扇動しようとする。バランスを保てている時はいいが、いったん、民意が権力者側に傾けば、先の大戦のような暴挙へ突き進む可能性は否定できない。そうなれば、多くの罪もない人々が地獄を見る」

「だからといって、日本の破壊を企てることはないだろう」

「再生するには、破壊しなければならない。現況はすでにそこまで来ている。千葉君がここへ来るまで、真剣に考えてほしい」

大浜が言う。

瀧川の胸中に様々な思いが巡った。

# 7

二時間が経過した頃、大浜と二人きりだった部屋のドアが開いた。

井野辺が姿を現わした。右手は襟首をつかんでいる。目隠しをされた男が入ってきた。

千葉だった。後ろ手はプラスチックカフで拘束されている。

瀧川は大浜の後ろ襟をつかんだ。首の横にペン先を当て、井野辺を睨み上げる。

井野辺も睨み返し、大浜の対面に千葉を座らせた。

「外せ」

大浜が井野辺に命令した。

井野辺は千葉の目隠しを外した。両瞼は殴られ、腫れ、赤紫色になっている。唇も左側は切れ、腫れ上がり、血の塊がこびりついていた。

千葉は瞼を開いた。瀧川を認める。

「たき……」

思わず、名前を言いそうになり、腫れた唇を締めた。

「千葉、名前を言ってもいいぞ。俺もおまえも素性はバレてる」

瀧川は乱暴な口調で言った。

それは千葉へのサインでもある。

千葉とは、たまに公安部のオフィスで顔を合わせることもあった。

その時は当然、先輩である千葉には敬語を使っている。

が、ここでは上からの物言いで呼び捨てにした。

千葉はすぐに理解した。

一度うなだれ、ため息を吐いて、顔を上げる。

「マジですか、瀧川さん……」

千葉は後輩を演じる。

と、そのやりとりに大浜が片眉を上げた。

「おや？　私は、瀧川君の方が新参者だと聞いているが」

肩越しに瀧川を見やる。

「おまえの情報源も、たいしたことねえな」

瀧川が言う。

大浜の眉尻がかすかに上がった。

井野辺は後ろポケットに手を入れた。バタフライナイフを取り出して手の中で回し、刃を出す。

それを千葉の首筋に押し当てた。

「大浜先生に手を出すと、こいつを殺すぞ」

井野辺が見据える。

「おまえに殺せるのか？」

瀧川が挑発する。

「殺ってやろうか？」

井野辺はナイフを握る手に力を入れた。

「やめろ、君たち」

大浜が止める。

「瀧川君。千葉君もこうして約束通り連れてきた。冷静に話し合いをしようじゃないか」

「どう冷静になれってんだ？　目の前のバカはナイフを持ってやがるし、下ではおまえの部下がうじゃうじゃと手ぐすね引いて待ってる。この状況で落ち着いてられる方法があるなら、教えてもらいてえぐらいだ」

ペン先で大浜の首筋を軽く突いた。

「わかったわかった。井野辺、ナイフをしまえ」

「よろしいのですか？」

「こいつらは何もしない。そこまでバカじゃないだろう。下の者にもここから出るように言え」

「しかし……」

井野辺が躊躇する。

「大丈夫だ。ただし、おまえは戻ってこい。瀧川君、それはかまわないね？　君は千葉君と二人。井野辺がいなければ、私が一人になる。それはフェアとは言えない。違うかね？」

肩越しに後ろを見やりながら言う。

「いいだろう。井野辺、ナイフは畳んでテーブルに置け」

命令口調で言うと、井野辺は眉を吊り上げた。

「早くしろ。こいつの頸動脈に穴を開けるぞ」

瀧川はペン先をさらに押し込んだ。大浜が少し顔をしかめる。

「言う通りにしろ」

大浜が言った。

井野辺は渋々、千葉の首筋からナイフを放し、折り畳んで、テーブルに置いた。

「下の連中をさっさと帰せ」

また、瀧川が命令口調で言う。

井野辺は奥歯を噛み、部屋から小走りで駆け出た。

千葉がナイフを取ろうとした。

「そのままでいい。今、こっちがナイフを取れば、フェアじゃない」

瀧川が言う。

千葉は伸ばした手を引っ込めた。

瀧川はペンを部屋の端に放り、テーブルを回り込んで、千葉の横に座った。

「賢明だな、君は」

大浜が首を撫でながら言う。

「おまえみたいなヤツに借りを作りたくねえだけだ」

瀧川はソファーに深く背もたれ、脚を組んだ。

廊下で足音が鳴った。井野辺が駆け戻ってくる。テーブルに置かれたナイフを見て、ホッと息をついた。

「そっちに座れ」

瀧川は顎を振った。

井野辺はカリカリし、大浜の横のソファーに浅く腰かけた。

瀧川は大浜と対峙した。大浜も脚を組んで、もたれた。

「さあ、これで二対二だ。さっきの話は考えてくれたか?」

「条件がある。おまえらの手先になるのは、俺一人でいいだろう。千葉は解放しろ」

「我々のことを知っている者を解放することは――」

井野辺が言いかけたとき、大浜が遮った。

「いいだろう」

「先生！」

井野辺が大浜を見やる。

が、大浜は瀧川に顔を向けたまま、話を続けた。

「こちらも条件がある。千葉君、解放はするが、我々に関することは一切報告しないこと。我々の捜査から手を引き、金輪際関わらないこと。こちらには情報源がある。もし君が条件を破ったと認められれば、ただちに瀧川君が命を失うことになる。君は我々の人質でもある」

瀧川に目を向ける。

瀧川は何も言わず、見返した。

「もう一つ。君たちが知っている情報を話してもらおう」

大浜が二人を睥睨した。

これまでとは違う冷酷な眼光だった。

瀧川と千葉は息を呑んだ。

「わかったよ……」

瀧川が答える。

「瀧川さん！」

千葉が腕を握った。

瀧川はそれを振り払った。

「俺と千葉が握っている情報は同じようなものだ。俺が答えるだけでいいだろう」

「内容を聞いてからだ」

大浜は退かない。横で、井野辺がほくそ笑んだ。

「潜入目的はなんだ？」

大浜が訊く。

瀧川は脚を解いて身を乗り出し、大浜をまっすぐ見据えた。

「ミサイルの捜索だ」

短く答える。千葉は驚いたように瀧川を見やった。

大浜と井野辺の顔からも笑みが消える。

「何の話だ？」

大浜がとぼけようとする。

「何者かが、日本にミサイルを持ち込んだ。俺たちは、その行方を追っている。その中で浮上したのが、おまえたちが属しているMSLPだ」

瀧川が話す。

大浜と井野辺の顔がますます強ばる。

「俺たちは、MSLPがミサイルを持ち込み、日本の基幹部を破壊しようと企てていると睨んでいた」

大浜をじっと見据える。

動揺した大浜の黒目がかすかに揺れた。千葉も戸惑う様を見せつつ、大浜や井野辺の表情の変化を観察していた。

「だが――」

瀧川は上体を起こし、背もたれに腕をかけ、仰け反った。

「このMSLPという組織の実態がさっぱりわからねえ」

顔を横に振って、ため息をつく。

「そういうものがあるらしいという情報を得て、左翼系の団体や集会、あんたのところもそうだが、わずかな情報を得ては潜り込んだ。アセンブリという民間の政治集会があるというところまではつかんじゃいるが、そこから先がさっぱり見えねえんだ。大浜さんよ。ちょっと訊きてえんだが」

「なんだ？」

大浜の頬が強ばる。

「MSLPってのは、ほんとにあるのか？」

ストレートに問う。

大浜は瀧川に向けた顔を動かさない。が、井野辺はあからさまに動揺し、大浜を見やっいた。

気づいた大浜が、井野辺を睨みつける。井野辺は瀧川たちから顔を背けるようにうつむいた。

それで十分だった。

瀧川と千葉は確信した。

ＭＳＬＰは存在する――。

「そのＭＳＬＰというのは、なんだ？」

大浜がそらとぼけた。

「わからねえ」

「すまんが、私も聞いたことはない」

「やっぱりか……」

瀧川は少しうなだれ、すぐに顔を上げた。

「俺個人の見立てだが、潜った仲間が集めた情報から推考すると、アセンブリってのが組織の全体じゃねえかと思うんだよ。アメリカのティーパーティーみたいな市民活動の組織だ。自然発生的に各地にできたアセンブリが連携しているだけで、それ以上の組織はねえ。そのアセンブリの一部が暴挙に走り、ミサイルを日本に持ち込んだ。どうみても、この結論にしかたどり着かねえんだよ。違うか？」

大浜を見つめる。

「さあな。それは私にもわからんことだ」

大浜が言う。その顔からは、心なしか緊張が解れていた。

瀧川の見立てが的外れで安堵したというところか。その変化も、瀧川と千葉は見逃さなかった。

「以上だ。俺が知っていることは全部話した。千葉もこれ以上のことは知らねえ。満足したか？」

「素直に知っていることは話したようだな」

「この期に及んで、嘘は吐かねえよ。さあ、俺は条件を満たした。千葉を今すぐ解放しろ」

瀧川は目を剝いて大浜を凝視した。

大浜は迷いを覗かせた。それもまた、ＭＳＬＰが存在する確証だ。

「どうするんだ、大浜さんよ。約束を守らねえなら、騒ぎを起こすぞ。そうなりゃあ、おまえらだけは確実に潰せる」

「できるわけないだろうが！」

井野辺が顔を上げ、怒鳴る。

恫喝したつもりのようだ。が、瀧川は余裕の笑みを見せた。

「あんた、下っ端に話をしてるときは賢そうだったけど、中身は浅えな。そんなんだから、俺たちに付け入られるんだ」

「なんだと？」

井野辺は気色《けしき》ばみ、腰を浮かせた。

「騒ぎを起こすことなんざ造作ねえ。このテーブルでガラス窓を破りゃあ、表を歩いてるヤツが騒ぎ出す。俺らのどっちかが下に行けば、火を放つ。知ってるか？　絵の具ってのは、よく燃えるんだぜ」

瀧川が口角を上げた。

千葉が瀧川の言葉を聞いて、腰を浮かせる。

瀧川と千葉が井野辺と睨み合う。

「わかった。千葉君、帰っていい」

大浜が折れた。

「ただし、先ほどの条件は厳守すること。瀧川君や瀧川君に関係する一般市民の死体を見たくなければな」

「心配するな。千葉はそこまでバカじゃねえ。千葉、行っていいぞ」

「しかし……」

「大丈夫だ。そっちの芸術家気取りはともかく、大浜先生は話のわかる人だ」

瀧川が言う。

千葉はそろそろと立ち上がった。井野辺が千葉を睨む。大浜は目を伏せた。

千葉は瀧川を何度も見やり、部屋から出ていった。

ドアが閉まる。千葉の足音が遠退き、聞こえなくなった。

「大浜さん」

瀧川は上体を起こして、太腿に両手を置いた。

「千葉を助けてくれたことは、感謝する」

そう言い、深々と頭を下げる。

大浜は少し余裕を取り戻し、頷いた。

「君はどうする？」

大浜が訊く。瀧川は顔を上げた。

「仲間の命を助けてもらったんだ。その恩だけは返す。借りを返すまで、あんたの下で働くよ」

「他の仲間を裏切ることになるぞ？」

「仕方ねえ。それに、あんたの思想信条も興味がある。しばらく勉強させてもらうよ。よろしく」

瀧川は言い、もう一度頭を下げた。

# 第二章　裏切り

## 1

午前七時半、三鷹中央署の武道場には気勢や足踏みをする音、竹刀《しない》がぶつかり合う音がいくつも響いていた。

「隙あり！」

舟田秋敏は、対峙していた若い警察官に面を打ち込んだ。

竹刀は真上から頭部を捉え、しなった。

舟田が竹刀を腰元に収めて下がる。相手も後ろに下がり、互いに礼をして、その場に正座をした。

舟田は面を外し、頭に巻いた手ぬぐいを取った。汗にまみれた額や顔を手ぬぐいで拭う。

面の中に手ぬぐいを収め、竹刀を持って立ち上がる。

「弘中《ひろなか》、行くぞ」

相手をしていた若い警察官に声を掛けた。弘中が立ち上がる。

弘中は、三鷹中央署の地域課に勤務する警察官だ。今は、同じ派出所で働いている。

今日は弘中と日中の第一当番を務めることになっていた。

なので、舟田は弘中に声を掛け、三鷹中央署の武道場で共に早朝術科訓練を行なっていた。

警察官は、時間を見つけては、本庁舎や所轄署にある武道場で、柔道や剣道、合気道、逮捕術などの稽古をしている。

いつ何時、犯罪者と対峙するかわからない警察官にとって、日々の鍛錬は職務を遂行するためだけでなく、自分の身を守るために欠かせないものだ。

舟田と弘中は、竹刀と面、胴は道場の棚に置き、道着のまま、並んでロッカールームへ向かった。

弘中は、中背の舟田と並ぶと、頭二つ分出るほどの長身だった。

「弘中。なぜ、私に面を打ち込まれたかわかるか？」

「僕が油断したからです」

「どう油断した？」

「僕は舟田さんより二十センチは大きい。そのため、舟田さんは胴や小手、あるいは突きを狙ってくるものと警戒していました。その時、舟田さんの剣先が僕の喉を狙い、僕がわずかに腕を下げたとき、舟田さんの剣先がかすかに右に振れた。小手を狙ってきたと確信し、手元に集中していました。瞬間、剣先は軌道を変えて、僕の頭上を越えました。予測していなかったので、僕の対処は一手遅れ、舟田さんに鮮やかな面を打ち込まれてしまった。僕の油断は、舟田さんとの身長差から、面打ちはないと思い込んでしまったことです。舟田さんには、その心理を見事に突かれてしまいました」

弘中は語り、苦笑いを見せた。

「そういうことだ。相手を見た目で判断したり、これまでの相手の言動から〝こうだろう〟という推測を事実のものとして思い込んだりして先入観を持つと、判断ミスや油断が生まれる。それは犯罪者に対峙した時、致命的なミスとなることもある。間違いないと思った時こそ、今一度、自分の中に生まれた確信を疑ってみる。そうした目が、私たちには必要だ」

「勉強になります」

弘中が軽く頭を下げる。

「まあ、そういう私もまだまだ修業中だ。共に精進していこう」

舟田は弘中に微笑んだ。

二人で通路を歩いていると、反対側から、黒縁メガネを鼻に引っかけた、ひょろりとした壮年男性が歩いてきた。

「おお、弘中君に舟田さん。おはようございます」

男が声をかける。刑事総務課長代理の日埜原充《ひのはらみつる》だった。

弘中は笑顔で挨拶を返した。舟田も挨拶をするが、素っ気ない。

日埜原が二人の前で立ち止まった。

「朝から訓練ですか。素晴らしいですな」

「日頃から鍛錬しておかないと、いざという時に体が動きませんから」

舟田が答える。

「確かにそうですね。私は総務が長いもんで、すっかり鈍ってしまいました」

そう言って腹をさする。弘中だけが笑った。

「そうだ、舟田さん。地域課の新人研修に関することで、少々相談したいことがあるのですが、少しお時間いただけませんか？」

「これからですか？　私は当直ですので、当直明けにでも」

行こうとする。日埜原がさりげなく、舟田の前に動き、足を止めさせた。

「今日の午後までに、報告書を出さねばならんのですよ。お時間は取らせませんので」

日埜原が舟田を見やる。その目が一瞬鋭くなる。

「……わかりました。弘中、先に用意して、派出所へ行っておいてくれ。第二当番には、悪いが少し残ってもらっていてくれるよう伝えてほしい。すぐに私も行くから」

「一人で大丈夫ですよ」

「不測の事態があってはならんからな。今日の超過分は、日埜原代理も承知しているので、相応に対処してもらう。いいですね、日埜原さん」

「もちろんです」

日埜原が笑顔で首肯する。

「ということだ。よろしく頼む」

「承知しました」

弘中は言い、先にロッカールームへ戻っていった。

舟田は弘中を見送った。

「舟田さん、こちらへ」

日埜原が促す。

舟田は日埜原と共に、二階へ上がり、小会議室に入った。

テーブルと椅子、ホワイトボードしかない殺風景な部屋だった。

舟田はテーブル右の真ん中あたりに腰かけた。

日埜原が対面に座る。先ほどまでのにこやかな表情は一変し、重々しい顔つきになった。

「瀧川君のことか？」

舟田は切り出した。

「さすがですな」

「何があった?」

舟田は身を乗り出して問うた。

日埜原は指を組んだ手をテーブルに置き、握り締めた。

「敵に寝返りました」

舟田を正視した。

「まさか……」

舟田は息を呑んだ。

「正確には、瀧川君の正体が敵に知られてしまい、寝返ることを強要され、仕方なくということのようです」

「誰からの情報だ?」

「千葉君です。千葉君は、現在、瀧川君が潜入しているワークショップに潜り込んでいたのですが、やはり敵方に身元が割れ、捕えられていました。瀧川君は、千葉君の行方を追うとともに、ワークショップやMSLPの実態を探る任務を負っていました」

「なぜ、そのような場所に瀧川君を行かせたんだ!」

舟田はテーブルに拳を打ちつけた。ダン! という音が響き、天板が揺れる。が、日埜原はびくともしなかった。

「瀧川君が承知したのです。我々としては、舟田さんとの約束もありますから、任務を受けるかどうか、本人に問いました。瀧川君が断われば、無理強いをするつもりもありませんでした。ですが、彼は仲間の身を案じ、潜入を決意してくれました」

「瀧川君の性格を利用したな？」

舟田が睨みつける。

「そういうわけではありません」

そらとぼける。

「ともかく、身分が割れたなら、ただちに瀧川君を退かせろ」

「それもできないのです」

「なぜだ！」

舟田はテーブルを両手で叩いて立ち上がった。

「大きい声を出さないでください。外に聞こえます」

「怒らせているのは、貴様らだろうが！」

舟田の鼻息が荒くなる。

「情報は内部から漏れたようです」

日埜原は舟田を見上げた。

舟田の表情が硬くなる。

「本来、鹿倉か今村が千葉を連れて直接舟田さんに話すべきなのですが、どこに敵のスパイがいるかわからなかったもので、私がこうして、舟田さんと接触し、お話ししている次第です」

日埜原のトーンが重い。

舟田は深呼吸をして興奮を抑え、対面の椅子に座り直した。

「瀧川君のみならず、千葉君の氏名や所属も露見していました」

「公安部にスパイがいるということか？」

「作業班員の情報を網羅しているのは、公安部の中でも一部の者に限られます。その中の誰か、もしくは、公安情報にアクセスできる警察幹部。その正体はわかっていません。さらに、敵は、瀧川君や千葉君のプライベート情報も知っています。瀧川君は、プライベート情報を突きつけられ、敵方に協力せざるを得なくなったようです」

「プライベート情報とは？」

「舟田さんもよくご存じの、有村母子や小郷夫妻のことです」

日埜原の言に、舟田の眉間《みけん》に縦じわが立った。

「このような事態を想定していなかったのは、こちらのミスです。しかし、瀧川君なら、この想定外の事態も越えてくれるでしょう」

日埜原が言う。

舟田は怪訝そうに首を傾げ、日埜原を睨みつけた。

「なぜ、そう思う?」

問う。

日埜原が一瞬、唇を閉じた。

舟田の眉尻が吊り上がった。

「貴様ら……嵌めたのか!」

舟田は腰を浮かせた。今にも日埜原を殺しかねないほどの怒気を放つ。

さすがに日埜原も、頰を強ばらせ、身を固くした。

「瀧川君だけでなく、小郷さんや有村君、遙香ちゃんまで危険な目に遭うおそれがあるんだぞ! 何を考えているんだ、貴様らは!」

舟田が立ち上がった。

日埜原は背もたれに仰《の》け反《ぞ》った。

「舟田さん、それは誤解だ。落ち着いてください」

「ふざけるな!」

「頼みますから! いずれにしても、もう事態は動いてしまったんです!」

日埜原の声が上擦《うわず》る。

「瀧川君が潜入から抜ければ、それこそ小郷さんや有村さんたちが危ない。今、ミスター珍にいる人たちを守る術《すべ》は、瀧川君が職務を遂行することです」

日埜原は口早に言った。

舟田は日埜原を見据え、両肩を大きく揺らし、息を継いだ。

少しずつ、冷静さが戻ってくる。舟田は再び、対面の椅子に腰を下ろした。

「ミスター珍の周りに護衛をつけろ」

舟田が低い声で言う。

「それはできません。敵方の仲間が店周辺を見張っています。我々の気配を感じれば、千葉君の身に危険が及ぶ。千葉君は、潜入活動で見知ったことを一切口外しないという条件で解放されたそうですから。もちろん、瀧川君の命も危うくしてしまうことになります」

「おまえら、何の算段もなく、瀧川君を売ったのか？」

「そういう言い方はやめてください。ミサイルを一日も早く発見し、組織を洗い出して、早期解決を図るための作戦です」

「一般人に死者が出れば、公安部の存在意義まで問われるぞ」

「わかっています。ですが、それほどのリスクを冒してまで攻め込まなければ、やがてミサイルがなんらかの形で使われ、未曽有の犠牲者を出すことになるでしょう。いずれにせよ、公安部の威信を懸けた勝負に出なければならない案件でした。今回の作戦も、瀧川君の能力を信じてこそのものです。しかしながら、いつまでも小郷さんや有村さんへの危険が付きまとえば、瀧川君も力を発揮できない。そこで、舟田さんに協力していただきたいのです」

「私に？　何をさせる気だ」

「退職して、ミスター珍で働いてくれませんか？」

日埜原が切り出した。

舟田は目を丸くした。

「本気か……？」

「こんなこと、冗談でも口にできません。我々の活動を知り、かつて公安研修を首席で終えた舟田さんだからこそ、お願いするのです。瀧川君が思い切って活動できるよう、彼の身内を守っていただけませんか。この通りです」

日埜原はテーブルに両手をつき、深々と頭を下げた。

「私まで使ってくるか、鹿倉は……」

腕組みをし、目を閉じる。惑いや憤《いきどお》りが険しい顔の端々に滲む。

舟田はしばし押し黙った。そして、やおら目を開いた。

「今、瀧川君や君らが調べている事案の資料をすべて渡せ。それに目を通し、検討する。わかっていると思うが、少しでも隠したり小細工をしたりすれば、私にはすぐわかる。その時は協力はしない。私が今日の勤務を終え、戻ってくるまでに用意しておいてもらいたい」

舟田は一方的に言い、席を立った。

## 2

白瀬は、小出和斗に関する情報を待ちながら、小出の誘いに乗り、アントレプレナーオンネットのオフセミナーに数回、参加していた。

本来、こうしたセミナーに投資家がいれば、起業家は自分を売り込み、投資資金を得ようとする。

しかし、オフセミナーに出席する者は、みな、兼広の話を聞きたがるだけで、積極的に投資を引き込もうとする者はいない。

また、兼広の話も、経営学というよりは、観念的人生訓のようなものが多い。

社会に奉仕する者は必ず成功するとか、偽る者は自身に偽られるだとか——。

とても、新進気鋭の若手起業家の話とは思えないのだが、参加者の多くは、僧侶かと紛《まが》うような話に熱心に聞き入っている。

セミナーの後、小出や参加者数名と食事に出かけて会話をするが、そこでも、彼らは兼広の話を反芻《はんすう》するように、まるで哲学科の学生のような話に終始する。

小出を始め、彼らは、起業家は崇高な理念を体得しなければ成功しない、と信じているようだ。

が、白瀬から言わせれば、洗脳以外の何ものでもない。

新興宗教や自己啓発セミナーと変わりないのだが、〝経済〟という世俗的なバイアスがかかっているせいで、彼らは、兼広の思想信条に洗脳されていることにまったく気づいていなかった。

巧妙な洗脳術に感心すると同時に、新たな洗脳手法が確立されつつあることに、白瀬は憂慮した。

その日もオフセミナーを終え、午後十一時すぎに大崎のアジトへ戻ってきた。

パソコンを起動し、メールをチェックする。

今村から、小出和斗に関する情報が届いていた。

小出は二十九歳。高卒で、独学でプログラムを勉強し、中堅のＩＴ関連会社を単年契約社員で転々としていた。

兼広を知るきっかけとなったのは、業界人が集まるパーティーだった。そこで引き抜かれ、ニュートラルフロンティアの子会社に就職した。

小出の待遇はよかった。

給与もさることながら、正社員として採用され、三カ月後には現場主任を任されていた。

「なるほど、兼広は救世主というわけか」

報告書に目を通しながら、白瀬は呟いた。

ＡＩの時代、プログラマーが不足していると、業界内や世間では騒がれているが、彼らの待遇は決していいものではない。

給与は思ったほど高くないところが多く、残業も多い。

システムの納入先でトラブルが起これば、解決できるまで、三日四日徹夜が続くことも珍しくない。

そうした過酷な職場環境に心身を蝕《むしば》まれ、退職を余儀なくされる者も大勢いるのが現状だ。

働き方改革とは無縁の業界と言える。

そのような会社が当たり前の中、兼広が経営する会社はどこも、週休二日は約束されていて、残業もほとんどない。

顧客の対応にあたり、残業が続いた者は、仕事が明けた日から残業に費やした時間分、休暇を取ることができる。

兼広いわく、仕事は人が人らしくいられるためにあるもので、人を壊すものはもはや仕事ではない、ということらしい。

それを実践して、グループ企業二百名もの社員を抱え、利益を出し続けていること自体は素晴らしいことだ。

しかし、ニュートラルフロンティアの実態には、兼広の理念にはそぐわない面もある。

確かに、兼広のグループ企業は、休みもしっかりと取り、残業もない会社ばかりだ。

が、一方で、手に負えなくなった案件は、システムと共に他社へ売り払い、それ以前の責任は放棄する。あるいは、完全外注にし、下請けの会社をこき使っている。

当然、下請けに不満は溜まっているが、日本のＡＩ産業でプラットフォーマーとなりつつある兼広のグループ企業には逆らえない。

結局のところ、人の処理能力を超えたスピードで進む現代社会は、誰かの犠牲がなければ成り立たないということだ。

兼広は声高に、そうした社会を変えなければならないと叫ぶ。

だが、実態は支配者だった。

ただ、兼広の周りにいる者、特にアントレプレナーオンネットのオフセミナーに参加している意識の高い若手起業家たちは、そのまやかしに気づかない。

兼広の手法が巧みなせいもあるが、それにしても、起業しようとする若者たちがなぜ、こうもたやすく騙されるのか、不思議でならなかった。

が、小出の経歴を紐解くと、そのカラクリの一端が見えてきた。

小出のみならず、兼広のグループ企業で働く者は、高卒であったり、就職氷河期を生きた三十代後半から四十代の者だったりと、世の中で何らかの不遇を強いられた者が多かった。

その不遇な者たちが思わぬ幸運を得る。むろん、仕組まれたものではあるが、それを社員たちが生き生きと語り、自分たちの幸福を、兼広の思想信条を交えて若い者たちに喧伝する。

世の中に不満を持っている若者たちは、目の前で成功を手にした不遇の先輩たちの姿を見て、兼広が企業人として素晴らしいと思い込むようになる。

そこに本人が現われ、若年者に不遇を強いる先達が作ったシステムは、自分たちが変えなければならないと鼓舞する。

さらに、改革を実践しているグループ企業の繁栄を見せつける。

ここまで材料を用意されれば、疑り深い若者も転んでしまうだろう。

小出は、知らぬ間に、兼広の思想信条を喧伝する〝伝道者〟に育て上げられていたのだ。

小出和斗という人物の経歴を読み終えた白瀬は、ふうっと息をつき、目頭《めがしら》を揉んだ。

「こいつは、厄介だな……」

思わず、こぼれる。

小出が兼広に近いことはわかった。新参者をオフセミナーに誘えるということは、アントレプレナーオンネットの中でも、それなりの地位を確立しているのだろうと推察する。

しかし、今村からの情報を見た限り、小出と同じ立ち位置の者は思ったより多く、彼らの行動原理の基準となっているのは金でなく、兼広から与えられる思想信条のみなのだろうと思われる。

思想信条に囚われた者は、自分たちの考えに賛同する者は厚遇するが、いったん敵とみなせば、徹底的に排除しようとする。

もちろん、小出を入口として、兼広に近づく算段は取るつもりだ。

が、兼広が、ただの信奉者に手の内を明かすことはない。むしろ、一介の信奉者が積極的に近づけば、警戒するに違いない。

兼広が〝汐崎成司〟に疑いを持てば、小出や他の信奉者のすべてを敵に回すことになる。

そうなれば、とてもじゃないが、オフセミナーから上の場所にはたどり着けない。

「どうするかな……」

白瀬は五指の腹を合わせ、イスの肘掛に肘を置き、人差し指の先で唇をつつきながら、モニターを見つめた。

兼広の懐に潜り込むためには、もう一つ、武器がいる。

小出に取り入るだけならば、兼広の思想信条に心酔した信奉者を演じればいい。

しかし、そこから先へ進むには、兼広が欲しがっている〝何か〟を、汐崎成司が持っていなければならない。

兼広に、汐崎成司を〝使える者〟と思わせるチャンスは、おそらく一度だけ。二度三度とアピールすれば、それだけ、兼広に疑念を抱かせることになる。

白瀬は、以前、今村から渡された兼広慈朗についてのデータをもう一度開いてみた。

頭から細かく丁寧に読み直していく。

数十ページにわたる報告書を最後まで読み終えた白瀬は、再度、頭から読み返した。

そして、あるページで手を止めた。

アントレプレナーオンネットについての記述だ。

兼広は、六年前にアントレプレナーオンネットを開設し、交流会を始めている。

初回の参加者は、わずか二十名だ。が、翌年には十倍の二百名となり、会場も一流ホテルの会議室になっている。

「たった一年で、なぜここまで、規模を拡大できたんだ……？」

疑問を口にし、思考を整理する。

資料には、初回参加者のデータもあった。

改めて、参加者の名前と履歴に目を通す。

「ん？」

白瀬は、その名前の一つに目を留めた。

神月太郎という名前だ。見覚えのある名前だった。

白瀬はすぐに、ネットで名前を検索してみた。ずらずらと神月に関する記事が並ぶ。

「ああ、この男か」

パソコンの前で頷いた。

期待の若手建築デザイナーでありながら、討論番組などで舌鋒鋭く既存の政治家たちに切り込み、若者たちから支持を得ているコメンテーターだ。

今、彼がデザインした臨港地区のランドマークとなるビルを建築中で、二〇一九年に完成予定。そのビルの完成と共に、政治家へ転身するのではないかとも噂されている。

神月は六年前、すでに世界的建築デザイナーという地位を確立し、テレビにも出始めていた。

「なぜ、こんな有名人が、些末《さまつ》の起業人の会合に出席しているんだ?」

神月と兼広の名前を窓に入れ、検索してみる。

と、接点が見つかった。

八年前、大学を卒業して、大手IT企業で働いていた兼広は、神月がデザインしたオフィスビルのビル管理制御システムのプログラミングチームに参加していた。

しかし、それ以降、特筆する接点はない。

「この参加者の中に、兼広と神月を結び付けた者がいるのか、あるいは、神月が兼広にセミナーを開くよう勧めたのか……」

と呟いたところで、顔を上げた。

「ひょっとして、セミナーの目的は、兼広の思想信条を洗脳する以外に、単なる人集めの目的もあるのか？」

口にすると、確信めいたものが、白瀬の胸の奥に湧いた。

二〇一九年夏には、参議院議員の通常選挙が行なわれるが、おそらく、このタイミングでは立候補しないだろう。

今、建設中の神月のビルが完成するのは今秋。夏の選挙には間に合わない。本業を投げ出して立候補するメリットはない。

ただ、神月の知名度は抜群だ。

その上、六年前から兼広をカリスマに仕立てグループ企業に育て上げ、グループを挙げて神月を支持するとなれば、兼広が作成した支持者名簿は絶大な力を持つことになる。国政選挙では、与野党問わず、引く手あまたとなるだろう。

地方議会選挙や知事選なら、単独で出馬しても勝てるかもしれない。

神月が兼広をパートナーに選び、いずれ政界に打って出る算段を整えていたとすれば、六年前に神月が会合に顔を出した理由も、その翌年、セミナーが急速に発展したわけも説明できる。

「この線に賭けてみるか」

白瀬は、今村にメールを打ち始めた。

自分の考察を簡単に記し、リベラルな若者が多そうな大学の名簿や待遇の悪い業界の就労者名簿を集めるよう書き、さらに念のため、六年前のセミナーに参加した神月以外の者の詳細なデータを調査するよう、書き足した。

出馬の線が読み違えだったとしても、他の参加者との接点を探れば、兼広を落とす武器が見つかるかもしれない。

白瀬は書き終えたメールを読み返し、頷いた。

「頼んだよ」

そう呟いてエンターキーを叩き、送信した。

3

藪野扮する熊谷万平は、毎日のように聖母救済教会に通っていた。

徐々に初音との距離を詰めていく。最初のうちは五分も話していなかったが、この頃は、初音に余裕のある時は十分、二十分と話し込むようになった。

初音は実に素直な女性だった。

社会の闇を見てきた藪野が、これほど純粋で生きられるのだろうかと心配するほどだ。

あまりに曇りがない。

ただ、そこに危うさも感じていた。

曇りがなく真っ白なキャンバスは、逆に言えば何色にも染められるということでもある。

初音と接する限り、ＭＳＬＰに繋がるような偏狭な思想は持ち合わせていないように感じる。

他のボランティアも献身的で、破壊思想というよりは、博愛思想に満ちているような感じもある。

ここはハズレかもしれねえな……。

告解室を調べて問題なければ、シロだな。

そう思いつつ、告解室へ入る機会を狙っていた。

「熊谷さん、今日は調子がよさそうですね」

初音がいつものように歩み寄ってきて、テーブルの向かいの長椅子に腰かけた。

両肘をテーブルに置き、少し上体を傾けて、微笑みを向けてくる。

「調子のいい時なんかねえよ」

いつものように毒づく。が、少し笑みを覗かせ、馴染んでいる雰囲気も演出していた。

しかしすぐ、笑みを消して、ため息をつく。

「どうかしましたか？」

初音は心配そうに顔を覗き込んできた。

「いや……」

一度言い淀み、顔を上げる。

「なあ、ここは夜、泊まらせてくれるのか？」

「午後九時までは開けていますけど、ビルの管理会社との約束もあって、午後九時以降、朝の五時までは使えないことになっているんです」

「そうかい……。また道端か」

初音に聞こえるよう、吐き捨てる。

「道端って？」

「路上だよ、路上。アパートを追い出されちまったんだ。長えこと、家賃滞納してたからな」

「簡易宿泊所、紹介しましょうか？」

「メシ代が消えちまう」

「じゃあ、シェルターを――」

「あそこは死んでも嫌だ。タコ部屋と変わんねえからな」

藪野は眉間に皺を寄せた。そして再び、大きなため息をつく。

「せっかく、前の仕事で金貯めて、自分のヤサを持ったのにな。半年ももたなかった。まあ、俺みてえなのは、路上が似合いってことだな」

自虐的に吐き出す。

「そんなことないです。誰でも、普通の生活をする権利はあるんです。熊谷さんもこれまで一所懸命生きてきたんじゃないですか。がんばって、自力でアパートを借りて、立ち直ろうとしたんじゃないですか。路上がお似合いなんて言わないでください」

初音は涙をためて、藪野に訴えた。

まいるな、この子には……。

内心、苦笑した。

歯の浮くような言葉を、本気めいて語りかけてくる。ここまで、心のきれいな子は会ったことがない。

しかし、それが藪野にはかすかに引っかかっていた。

どんな人間にも光と影がある。人生半分程度生きてきた中で、光しか持っていなかった人間など、ただの一度も見たことがない。

どころか、眩《まばゆ》い光に隠された者ほど闇が深いという実態も、嫌というほど見せられた。

だが、心の片隅には、一点の曇りもない純粋な人間がいてほしいという願望はある。

社会の裏側を見続けてきたからこそ、あり得ないとわかっていても夢想のように願う自分がいる。

教会に集まる者たちもそうなのだろうと察する。

底辺で打ちひしがれた者ほど、理想郷に思いを馳せる。本物の天使や女神がいてほしいと心底望む。

初音は、絶望にくれた人々の願望を見事に体現していた。

「とにかく、今日は私たちが用意している緊急避難的な宿泊所に泊まってください」

「そんなところがあるのか？」

「はい。部屋数に限りがあるので公言はしていませんが、病気だったり、突然住む場所を奪われたり、就職のために一時的に居住地が必要だったりする人のために、廃業した簡易宿泊所を買い取って、用意しているんです」

「そこまでやっているのか」

「もちろん、私費ではできないので、みなさんの寄付で購入費を賄って、運営費も寄付頼みなんですけど」

「いや、俺もいろんな救護所の世話になったが、そこまでしているのはめったにない。実際に巡り合ったのは初めてだな。条件はないのか？」

「基本、いられるのは一週間です。就労支援でそれ以上の期間滞在できることもありますが、長くても一カ月です。あくまでも緊急避難所ですから」

「メシは？」

「朝昼兼用のブランチと夕食は出ます。本当は三食提供したいのですが、資金的に余裕がないもので……」

「いや、二食だけでもありがてえ。いやいや、屋根のある場所で寝かせてもらえるだけで十分だ」

藪野が瞳を輝かせる。

初音は微笑みを浮かべた。

「さっそく手続してきますけど、熊谷さんのような健康な方の場合、もう一つ条件があるんです」

「なんだ？」

「就職活動をすることです」

初音が言う。

藪野は渋い顔を覗かせた。

「ご自分で探すのでもかまいませんが、私たちが探してきた就労先に就職していただいても結構です」

「働かなきゃいけねえのか……」

「もちろん、無理にとは言いませんけど、仕事を持つことが、ここから抜け出す最も大事な一歩ですから。働きたくない理由でもあるのですか？」

「それはな……」

藪野は言い渋り、うつむいた。

と、初音は笑みを向けて身を乗り出した。

「無理に言わなくていいですよ。誰でも、言いたくないことの一つや二つはあります。けど、何か、熊谷さんの中で引っかかっていて、それが原因で働くことがつらくなるなら、吐き出した方がいいと思います。そうして話をすることで気分が晴れて、社会に復帰していった方を、私は何人も知っています。私に話せないのであれば、あちらで告白してみてはどうですか？」

初音は告解室に顔を向けた。

来たか——。

伏せたままの藪野の目が一瞬鋭くなる。眼光を緩めて、ゆっくりと顔を上げた。

「なんだ？　あのナントカ室ってのは？」

藪野はとぼけた。

「宗教的には、神に罪を告白し、赦《ゆる》しを得る部屋なのですが、信者でない一般の方には、胸のしこりを吐き出す場として使っていただいています」

「誰かに、俺の恥部を聞かせるってことか？」

藪野は不快な表情を覗かせた。

「聞いているのは聖職者です。声をかけることはありますが、熊谷さんの告白に意見をしたり、説教したりすることはありません。すごく閉鎖されたSNSで、自分の悩みを言葉にするようなものです。心にあるわだかまりって、聞いてもらうだけで、いえ、自分で言葉にしてみるだけで、ずいぶん楽になるんです。私もそうでしたから」

「あんたみたいな子に悩みなんてあるのか?」

藪野が目を丸くする。

「私も人間ですから」

初音は眩しすぎる笑顔を見せた。

他の場所から、初音が呼ばれる。初音は返事をし、腰を浮かせた。

「ともかく、緊急宿泊所への入所の手配はしておきますから、午後四時にはここへ戻ってきてください。絶対ですよ」

「わかったよ……」

上体を倒して、藪野の黒目をまっすぐ見つめる。

藪野は渋々返事をした。初音が笑みを濃くする。

「じゃあ、また後で」

初音が去ろうとした。

「なあ」

呼び止める。初音は振り向いた。

「そのナントカ室、ホントにただ聞いてくれるだけなのか?」

「そうです」

頷き、告解室を見やる。

「今、空いてるみたいですから、よろしければ」

そう促し、別の場所へ小走りで去った。

藪野は初音を見送り、目を告解室へ向けた。

あの小部屋へ入る自然な流れはできた。藪野は気だるそうに立ち上がり、周りを気にするように見回しつつ、告解室へ近づいた。

ドアの目の高さあたりに、プラスチックの札があった。青字で〝空室です〟と記されている。ひっくり返すと、赤字で〝入室中〟と書かれていた。

百円ショップで買えそうな札だが、そうした札を飾っているあたりに、敷居の低さを感じさせる。

藪野は少し躊躇する様子を見せ、札を返し、ドアを開けた。

人ひとりが入れるだけの狭い正方形の部屋だった。中は木の壁で、簡素なベンチがドア口の右手に設《しつら》えられている。

左手の壁には、頭の位置に縦格子を入れた小窓があった。

ドアを閉め、閂《かんぬき》で鍵をかける。

と、小窓の向こうの扉が開いた。

縦格子がブラインドになっていて、顔がよく見えない。

「私は当教会の神父です。あなたの胸の内にあるわだかまりを、どうぞ遠慮なく、お話しください」

落ち着いた口ぶりで話しかけてきた。

その声を聞き、壁の向こうにいるのが、青海福祉大学の野越だとわかった。

「なんでもいいのか？」

「はい。思うままにお話しください」

「神や仏や教会やらってのは、どうにも胡散《うさん》くせえな」

藪野はわざと挑発するように言い放った。

「おまえら、人畜無害な顔をして、俺みてえなヤツに過去の犯罪とか語らせて、警察に売り渡してんじゃねえのか？」

乱暴な口調で言うが、野越は何も答えない。

「騙されねえぞ、てめえらには！」

小窓を睨みつける。

しかし、野越は挑発に乗ってこない。静かに藪野を見つめている様子がわかる。

少し黙った。野越は藪野が次に口を開くのをじっと待っていた。

ため息をついて、うなだれる。

「いや、悪い。ここには、嫌な気分は持ってねえんだが、他の救護所みてえなところでうっかり昔のことを話したら、売られそうになったことがあったものでな」

藪野は自戒したそぶりを見せる。

野越は何も言わない。

一人しかいられないスペースで沈黙が続くのはプレッシャーだ。重圧に慣れている藪野にして、圧迫感を覚える。

訓練を受けていない一般の者なら、沈黙に耐え兼ね、ぽろぽろと話しだしてしまうだろう。

藪野は様々なシチュエーションを巡らせつつ、プレッシャーに負けた一般人を演じることにした。

「絶対に、外には漏らさねえでくれよ」

「もちろんです」

野越が答える。

「……俺もよ。仕事がしたくないわけじゃねえんだ。クレーンを動かすのも嫌いじゃねえしな。ただ、昔、現場で人を死なせちまったんだよ。クレーンで」

ぽつぽつと苦しそうに語る。

「俺を慕う若えヤツだったんだ。腕もよかったし、近頃の若いのにはめずらしく、やる気もあった。なんで、まだ未熟なうちにワイヤーがけをさせたんだか、かけ方が甘くてな。

鉄骨を持ち上げた瞬間にワイヤーが外れ、そいつ、下敷きになっちまった」

そう話し、深いため息をついてうなだれる。

「俺が殺したようなもんだ。それ以来、クレーンを触れなくなっちまってよ。仕事もできなくなって、酒に逃げてたら、家族にも捨てられた。最近は、生きなきゃいけねえんで、仕事がありゃ、現場には出るがな。その時のことを思い出して苦しくなってすぐ辞めることを繰り返してる。どうすりゃいい？」

告解室に入った藪野は〝熊谷万平〟が経験した後輩の死亡事故の件を、格子の向こうにいる野越に話して聞かせた。

「なあ、あんた。神父さんか。俺は若えヤツの命を奪っちまったんだよ。同僚や会社は、事故だって慰めてくれた。監督責任は問われたが、業務上過失致死にも重過失にも問われなかった。ただの過失だ。数十万の罰金でチャラになっちまった。若え命がたったの数十万だ。どう思うよ、この現実をよお」

問いかける。

しかし、野越は口を開かない。

藪野はさらに畳みかけた。

「なんとなく、生きながらえちまったけどよ。そろそろ、逝っちまった方がいいんじゃねえかと思ってんだ。こんなとこで訊くのもなんだが、一番苦しい死に方ってなんだ？」

格子の向こうに目を向ける。

そこでようやく、野越が口を開いた。

「事故は何年前のことですか？」

「もう二十年以上前になる」

「亡くなった若い方に身内は？」

「天涯孤独だったと聞いてる。火葬した後、無縁墓地に入ったしな」

「あなたが働いていた会社は、まだあるのですか？」

「なくなっちまった。今でこそ、オリンピック景気だかなんだか知らねえけど、リーマンショック前後は、うちらの業界もひでえ状況だったからな。その煽りをまともに食らって潰れたと聞いてるよ」

「では、誰がその若者のことを覚えているのでしょうか？」

野越が静かに問う。

藪野は格子越しに野越を見つめた。

「なくなった会社の社長さんや従業員さん、事故当時、現場にいた就労者の人、若者の友達、いろんな方がまだ、その若者のことを覚えているかもしれません。けれど、あなたほど強く記憶しているでしょうか？」

「それはわからねえ」

「少なくとも、あなたは彼のことを覚えています。今でも仕事に手が付かないくらい、しっかりと。あなたにとって、それはご自身を苦しめる記憶かもしれない。ですが、一方で、彼はまだ生きているとも言えます」

「何言ってんだ。死んだって言ってんだろうよ」

「本当の死は、肉体を失うことではありません。人々の記憶から消え去ることです。あなたのすべきことは、自らの苦しみから逃れることではなく、彼を忘れずに生きていくこと。あなたの生がある限り、彼は生き続けるのです」

野越は諭すように答えた。

藪野にとっては、愚にも付かない精神論だ。

が、熊谷ならどうだろうと思考する。

すべてを失うほど、たった一人の若者を死に追いやった事実に苦悩している。そうした者にとって、野越の言葉は気休めでしかないのだろうか。

熊谷は、自分が生きている意味や価値に疑問を抱いている。

自己を肯定できない者にとって、自分の生存意義となるような言葉をかけてもらえたら、どう感じるだろうか。

藪野は顔を伏せ、しばし、熊谷万平の気持ちを推し量った。

そして、やおら顔を上げる。

「俺は、生きてていいのか？」

野越を見やった。

「生きていなければならないのです。死んだ若者がこの世に存在していた証として。さらに、あなたはもっと自分を生きなければなりません。あなた自身が過去の過ちを赦すことで、あなたはあなたを生きられるようになり、周りに人が集まります。その人々に死んだ彼の話をすれば、彼らの中の何人かは、死んだ彼のことを記憶します。そうすれば、彼の記憶は次代に引き継がれ、肉体は滅んでも、精神は生き続け、天寿を全うすることになる。あなたがすべきことは、彼の死を無駄にしないこと。そして、彼を生かし続けてあげることではありませんか？」

野越は問いかけを向けた。

これは、占いや宗教に見られる話術の一つだ。

結論は、クエスチョンマークの前で述べている。しかし、そこをあえて疑問形にすることで、意見を押しつけているわけではないという顔をする。

加えて、相手が肯定すれば、受け入れた側も、自分自身で認めたのだという気持ちになる。

本当は押しつけられた考えであるにもかかわらず、一度自身が認めたと思い込むと、そのズレを解消するため、それは元々自分の中にあった考えだと思うようになり、やがて、自分の信念となっていく。

作業班員の藪野であれば、このようなマインドコントロールに惑わされることはないが、長年苦しんできた熊谷万平は、戸惑いつつも受け入れるかもしれない。

藪野は何も言わず立ち上がった。

何十年も悩んできたことだ。すぐさま覆せない。といって、告解室に入ってまで吐露し、耳にした意見を否定することもできない。

藪野は扉を開け、野越に挨拶もせず、出ようとした。

「いつでも、おいでください」

野越は藪野の背に声をかけた。

藪野は背を向けたまま外へ出た。そのまま教会からも出て行こうとする。

初音が駆け寄ってきた。

「熊谷さん！　どちらへ行かれるんですか？」

「散歩だ。夕方には戻ってくるから」

藪野は言い、教会を出た。

うなだれて、とぼとぼと隅田川の方へ歩いていく。

教会が見えなくなったところで、顔を上げ、伸びをした。

「これで、仕込みはばっちりだろう」

背筋を二度三度伸ばし、緊急宿泊所へ赴くまでの二時間程度、河岸で骨を休めることにした。

## 4

藪野が教会へ戻ると、初音が笑顔で歩み寄ってきた。

「よかった。戻ってきてくれないかと思いました」

壁にかかった時計を見やる。

午後七時を回り、外も日が暮れていた。

夕方ごろ戻るつもりだった藪野は、わざと暗くなるまで待った。

熊谷なら、迷うだろうと思ったからだ。

もし、神父の言葉を受け入れられなければ、聖母救済教会には戻らないだろう。

逆に言えば、教会へ戻ることは、神父の言葉に耳を傾け、生への考え方を改めようと決意したという意味になる。

教会側の人間を焦らすことで、そのあたりの機微にリアル感を持たせたかった。

「腹が減ったんで、戻ってきたよ」

藪野は言った。

「先に、ごはんにしますか？」

「いや、宿泊所に連れてってくれ。疲れた」

「わかりました。ちょっと待っててくださいね」

初音は他のボランティアの下に駆け寄った。二言三言話し、テーブルに置いていたバッグと上着を持って、藪野のところへ戻ってくる。

「行きましょう」

「ここの仕事はいいのか？」

「はい。今日は手が足りていますので。こちらです」

初音が先に教会を出る。藪野はゆっくりと続いた。

「どこにあるんだ？」

「ここから五分ほどのところです」

初音は言い、細い路地を抜けていく。

「告解室、どうでした？」

初音が訊いてきた。

「まあ、あんなもんかな」

藪野は言葉を濁した。

「そんな感じでいいと思います。私も最初、神父様に話を聞いていただいた時は、そんなものかと思いましたから」

初音が微笑む。

「なあ、聞いていいものかどうかわかんねえんだがな。あんた、何の悩みがあったんだ?」

「私、レイプされたんです」

初音があっさりと答える。

藪野は目を丸くした。

「ほんとか! いや、それはすまない……」

話を終えようとした。

が、初音はそのまま話を続けた。

「高校二年の時でした。うちに来ていた父方の叔父が、深夜、私の部屋に入ってきて、無理やり。私、怖くて、抵抗できなくて。その後、誰にも言えなくて黙っていたんですけど、妊娠していたことがわかって。それで親に打ち明けたら、親は叔父を責めるどころか、私がふしだらだと言いだして」

「ひでえ親だな」

「仕方ないと思います。父も叔父も社会的な地位の高い人なので、受け入れられなかったんでしょう。子供は中絶させられて、その後は、家の中でも汚いものを見るような目で蔑《さげす》まれて。で、私、死のうと思って、家を出たんです。でも、いざ死のうと思ったら死ねなくて。その時、教会を見つけて入って、心の澱《おり》を吐き出せる場所があると聞いて、告解室で自分のことを話したんです。その時、神父様に、私は悪くないと言われて、救われました」

笑顔のまま、かいつまんで話してはいるが、藪野は初音に抱いていた違和感の正体を見た気がした。

初音は、あまりに美しすぎた。

人間、純真無垢でいられるはずもないが、初音から闇の部分が露呈したことはない。

ひょっとして、そういう人間がいるのかもしれない……と、藪野のような者までが感じるほどだった。

しかしそれは、初音が深い闇を覆っていたからにすぎなかった。

いや、覆っているというレベルではなく、慈愛で闇を密閉したという雰囲気だ。

自分の恥部を笑顔で語れるのも、すでにどこかで、自分に起こったことが遠い昔の他人事になっているからだろう。

初音は、信仰によって救われた者なのかもしれない。ただ、その信仰が崩れ落ちた時、彼女は正気を保っていられるのだろうか……と、藪野は案じた。

「着きました。ここです」

初音が路地の突き当たりで立ち止まった。

藪野は眼前を見た。

二階建てのアパートだった。街灯の明かりに照らされた壁はくすみ、ヒビが入っている。トタン屋根は剝げ、端が風に吹かれて浮き上がる。階段のプラスチック屋根は穴が開き、遠目で見ても、支柱や階段は錆《さ》びついていた。各部屋の扉も、凹みや傷が目立つ。今にも朽ち果てそうな建物だった。

初音は一階左端の部屋へ歩み寄った。鍵を差し込み、ドアを開ける。中へ入って、明かりを点けた。

藪野は続いて、中へ入った。

錆びついたシンクがあった。その奥に六畳ほどの和室がある。畳は焼けて茶色になっているが、掃除はよくされていて小ぎれいだった。

「ここが、熊谷さんの部屋です。冷蔵庫や洗濯機はありませんけど、必要なものは、私たちが持ってきますので、いつでも言ってください。布団は押入れにあります。こまめに干してますから、きれいですよ」

「すまんな。ここは、俺一人か？」

「はい。相部屋にはしません。社会復帰の第一歩ですから」

「他の部屋は？」

「全部で八部屋ありますが、ここ以外は埋まっています。古いアパートなので、物音が気になるかもしれませんが、そこはご容赦ください」

「そんなのは気にしねえよ。仕事はどうやって探すんだ？」

「ここの住所を使って、職安で探してもらってもいいんですけど、私たちに探してほしいというなら、そのようにします。どうしますか？」

「任せてかまわねえかな」

「もちろんです」

初音が満面の笑みを見せた。

「じゃあ、夕食を持って来るついでに、就労相談を担当している人も連れてきます。ここで食事をしながら、将来のことを話し合いましょう。一時間くらいで戻ってきますね」

そう言い、初音はアパートから去った。

ドアが閉まる。藪野は何もない六畳間の真ん中に座り、息をついた。

他の部屋の物音に耳を立てる。が、足音も聞こえない。

「薄気味悪いところだな……」

呟きが部屋に響く。

ここまで来て、ジタバタしても仕方がないので、藪野は畳の上に仰向《あおむ》けに寝ころび、初音を待つことにした。

5

拉致監禁されていた千葉を解放して、一週間が経った。

瀧川は、大浜たちの高円寺の拠点である画廊〈8／11（ジャスティス）〉の二階の一室に住まわされていた。

ここには井野辺も住んでいるし、他の関係者も二十四時間出入りしている。

さらに、瀧川は常に監視されている状況にある。

瀧川の部屋には電話やパソコンはもちろん、テレビやラジオも置かれていない。

寝具と大浜の著作があるのみ。

洗脳するための軟禁部屋なのだろう。

逃げ出そうと思えば、逃げ出せる。が、瀧川はそのまま軟禁されていた。

一つは、大浜たちのネットワークの全容が知れないからだ。

千葉を助けた時の大浜の反応を見て、ＭＳＬＰは存在すると確信した。だが、その全体像はいまだつかめていない。

万が一、瀧川が逃げ出せば、井野辺たちでなく、他のメンバーが秘密裏にミスター珍を襲うだろう。

場合によっては、瀧川が逃走したとの連絡が入った瞬間、急襲されることも考え得る。

たとえ、自分が死ぬことになろうと、小郷夫婦や有村母子を危険に晒すことはできない。

もう一つは、軟禁されている間に、少なくともジャスティスに関わっている者たちの内偵はできるからだ。

井野辺以下、笹口直緒や町山、長堀たち、高円寺のワークショップメンバーは、瀧川が公安部の人間だと知り、敵意を剝き出しにしている。

しかし、彼らが敵対意識を持てば持つほど、瀧川は内偵がしやすくなる。

眼中にない者に対して、人は、敵意も好意も抱かない。その人間そのものに興味がないからだ。

逆の言い方をすれば、興味を抱いているからこそ、対峙した人間に好意を抱くこともあれば、嫌悪することもある。

つまり、敵意と好意は表裏一体。相手の憎悪や嫌悪、敵対心が強ければ強いほど、強い好感へ変えることもできる。

特に、特定の思想や理論を妄信している者は両極端に振れやすく、協力者に仕立て上げるには絶好の人材だ。

どうせ逃げられないのなら、協力者を仕込んで、情報を集めたい。

それがひいては事件解決に繫がり、瀧川が心置きなく任務から離れられる唯一の方法だった。

そして、的にかける人物は決めていた。

瀧川は、この一週間、大浜の著書を読み込んだ。

一応製本され〝著書〟となっているが、非売品で、セミナーに使うテキストのようなものだった。

記されていることは、セミナーで話したことを表現を変えて綴っているだけのもの。ひたすら、隷属からの脱却、そのための闘争を謳っている。

社会主義や共産主義の言葉を多用している部分もあるが、それは単なる〝味付け〟で、中身は、虐げられていると感じている者たちをただただ鼓舞するだけの薄い話だった。

市井《しせい》に暮らす一般の人がこれを読めば、鼻で笑う者もいるだろうと思う。なぜ、こんな乱暴な理論に心酔する若者がいるのか、不思議でならない人もいるだろう。

しかし、瀧川は憂慮を深めた。

パグやグリーンベルトに取り込まれた若者や生活困窮者と直に接した経験から、彼らがどういう言動に心惹かれるのかを知っていた。

心に余裕のない者が魅了されるのは、主に三点。単純な理論、過激な闘争、それらを覆い隠す知的に感じる文言だ。

この三つのポイントが揃うと、心を磨り減らし、生活に喘いでいる者たちは思考停止し、桃源郷を夢見て闘いに身を投じるようになる。

潜入で知り合い、命を落としていった者は、生が尽きるまで、革命を信じていた。

そこが恐ろしい。

いったん刷り込まれた思想信条は死んでも消えない。それがたとえ荒唐無稽でおおよそ受け入れがたい理論であろうと、一度信じ込むと、その極端な理論のみが、その者を支える礎《いしずえ》となる。

そうした狂信者が狭いコミュニティーに集まって留まり、外部からの異論を遮断すれば、先鋭化し、やがて、暴挙へ踏み出すこととなる。

彼らの言う〝闘い〟が始まれば、必死に生きている人々の中に犠牲者が出る。

思想信条は自由だが、関係のない人々を巻き込むような厄難だけは阻止しなければならない。

布団に寝転んで本を読んでいた瀧川は、本を閉じて枕元に置き、起き上がった。

ドアを開ける。

廊下には町山と長堀がいた。出てきた瀧川を鋭く睨む。

瀧川の部屋の前には、必ず、二、三人の見張りがいる。

瀧川は気にせず、笑みを返した。

「井野辺はいるか？」

「あ？」

若い町山が気色ばみ、瀧川に歩み寄ろうとする。年長の長堀が右腕を上げ、止めた。

「アトリエにいる」

長堀が答えた。

「そうか」

瀧川は二人の脇を過ぎようとした。

「こら、待て！」

町山が長堀の腕を払い、瀧川の右上腕の袖をつかんだ。

瀧川は、町山の手元をちらりと見やった。

「なんか用か？」

視線を町山に向ける。

「長堀さんに教えてもらっといて、礼の一つもねえのかよ！」

「町山！」

長堀が止めようとする。が、町山は眉間に皺を立て、瀧川の袖を絞り上げ、睨みつけた。

「騒ぐぞ」

瀧川は静かに見据えた。

「騒いでみろ」

「いいのか？　騒ぎになりゃあ、ここにポリがなだれ込んでくるぞ」

「その前に、ぶっ殺して──」

「何やってんだ！」

階段の方から井野辺の声がした。

町山が瀧川から手を離した。長堀と共に廊下の端で直立し、頭を下げる。

井野辺は町山と瀧川双方を睨みながら、二人の間に立った。

「瀧川、騒ぎを起こせばどうなるか、わかってんだろうが」

「待ってくれ。因縁付けてきたのは町山だ。俺があんたの居所を聞いただけでキレちまってよ」

「違います、井野辺さん！　こいつから井野辺さんの居場所を訊いていながら、長堀さんが答えてやったら礼の一つもねえんで、意見してやろうとしただけです」

「その程度で、ぶっ殺すはねえだろ。街のチンピラか、てめえは？」

瀧川は鼻で笑った。

「なんだと！」

町山がまた突っかかろうとする。

と、いきなり井野辺が、町山に平手打ちを浴びせた。肌を打つ音と共に、町山がよろける。長堀が後ろから両肩を支えた。

「確かに、瀧川が言う通り、チンピラのようなものだな」

井野辺は町山を見据えた。

「瀧川は支配者側の人間だ。その程度の礼儀も持ち合わせていないのは当たり前だろうが。そんな挑発に乗って殺すなどと口走るのは、下品極まりない」

井野辺は瀧川を一瞥して視線を戻し、話を続ける。

「私たちは、大浜先生と共に時代を変えるべく選ばれた者。人々を支配者の手から解放した後は、手本とならねばならんのだ。怒りを向ける相手と時を間違えるな」

「すみません」

町山は真っ赤に腫れた頬をさすることもなく、頭を下げた。

「長堀さん。ミーティングルームで町山君にワークしてくれますか？」

「わかりました」

長堀は首肯し、町山を連れて一階へ降りていった。

〝ワークする〟というのは、大浜の著書を参考に思想の勉強をすることだ。簡単に言えば、再洗脳のことなのだが、彼らは本気で勉強会だと思っているようだった。

二人を見送った井野辺は、瀧川に顔を向けた。

「おまえもつまらん挑発はやめてくれ。私は大丈夫だが、他の仲間は殺気立っている」

「ナイフで俺を殺ろうとしたのは誰だ？」

瀧川は左口角を上げた。

井野辺の目つきが多少鋭くなる。が、すぐに正気を取り戻した。

「だから、挑発はするなと言っているだろう。私がいる時は仲間を抑えられるが、いない時に襲われれば、どうしようもない」

「おまえらには負けねえよ」

「騒ぎになるだけで困るんだ。おまえも困るだろう。私も三鷹にいる仲間は抑えられない」

井野辺が言う。瀧川は目尻を吊り上げた。

「手を出したら承知しねえぞ」

「わかっている。大浜先生が約束したことだ。我々は、おまえらのような犬とは違う。約束は守る。だから、不測の事態が起きないようにしてくれと頼んでいるだけだ」

井野辺の口調は穏やかだった。

井野辺が激しい怒りを覗かせたのは、千葉を解放した時だけ。以降は、先ほどのような騒ぎがない限り、初めて会った時のアーティスト然とした井野辺に戻っていた。

おそらく、井野辺は井野辺で、大浜に〝ワークされた〟のだろうと察する。

一度洗脳すれば、再洗脳は難しくない。催眠術の暗示にかかっているようなものなので、思想信条に沿った言葉を投げかけ、再度スイッチを入れてやればいいだけだ。

一方で、あれほど怒りと殺気をあらわにしていた井野辺があっさりと再教育されるほど、洗脳が強いという証明でもあった。

「で、私に会いに来るつもりだったんだろう？　用事はなんだ？」

井野辺が訊いた。

「大浜の本は全部読んだ」

大浜を呼び捨てにすると、井野辺は少し気色ばんだが、すぐ落ち着きを取り戻した。

「どうだった？」

「ちょっといいか？」

瀧川は井野辺を部屋に誘った。先に部屋へ入る。井野辺が後から続き、ドアを閉めた。

瀧川は布団の上に座り、胡坐《あぐら》をかいた。井野辺も座り、対峙する。

「おまえらの言い分はわかった。社会を再構築する必要性も、実に論理的に記されている。納得できる部分も大いにある。しかしだな——」

手を伸ばし、一冊の本を取る。ページをめくり、付箋《ふせん》を付けた部分で手を留めた。

「この部分だ。『支配者を駆逐するには、支配者にならねばならない』、これは矛盾してないか？　現支配者を倒して、次の支配者になれば、またおまえらみたいなのが湧いてくる。それでは堂々巡りじゃないか」

「おまえは、その二つの『支配者』の意味を取り違えている」

井野辺は本を瀧川の手から取った。

「前述の支配者は、現システムで人々から搾取を続けている独裁者。後述のそれは、独裁者を支配する管理者という意味だ」

「人を抑えつけることに変わりはないだろう」

「それは、これを読めばわかる」

井野辺は積んでいる本の中から〈善なる指導〉というタイトルの本を取り、ページをめくった。

「ここに書いてある。『人が人を管理することは本来行なうべきことではないが、権力欲に支配された者を放置すれば、それらが再び災いをもたらす。そうならないよう、捕らえた支配者は管理し、再教育する必要がある』、そういう意味での支配だ。つまり、現支配者に巣くっている〝欲〟そのものを、善なる思想信条で支配するということだ」

そう話し、開いたまま本を渡す。

瀧川は懸命に読むふりをした。かすかに頷いてみせる。

「なるほど……。ついでだ。他にも訊きたいことがある」

そう言い、別の本を取る。

井野辺は、大浜の本を持って質問をぶつけてくる瀧川を見やり、微笑んでいた。

瀧川は、こうした行為をここ三日間、毎日続けている。

瀧川が的にかけたのは、井野辺だった。

6

舟田は、午後三時を回った頃、ミスター珍に顔を出した。

「すみません。まだ、休憩中……どうしたんですか、舟田さん！」

綾子が驚き、目を丸くした。

「あれまあ、大丈夫かい？」

泰江も心配そうに見つめる。

厨房で新聞を読んでいた小郷哲司も、横目で舟田の姿を見やった。

舟田は頭と左腕に包帯を巻いていた。顔には痣もあり、左目も少し腫れていた。

「綾子ちゃん、書店は？」

「今日は休みなんで、お店を手伝ってたんです。それより、そのケガ、どうしたんですか？」

「いやあ、まいったよ……」

舟田は苦笑しつつ、店へ入った。中程のテーブル席に腰かける。

「何か飲むかい？」

泰江が訊いた。

「お茶、もらえますか？」

「はいよ」

返事をし、厨房へ引っ込む。

綾子が隣の席に座った。

「どうしたんですか、そのケガ？」

「五日前のことなんだけどね。八幡《はちまん》神社あたりで若い二人組に職質をかけたんだが、その時にやられてしまったんだ」

舟田が訥々《とつとつ》と話す。

「捕まえたのかい？」

泰江がお茶を持ってきた。

「いや、逃げられました。巡回から戻る途中で、一人だったもので……」

「情けないねえ」

湯飲みを置いて、カウンターの席に座る。

「いや、まったくです」

舟田が自嘲《じちょう》する。

「まあでも、命があってよかったよ」

「ありがとうございます」

舟田は頭を下げ、お茶を啜った。哲司も微笑み、新聞に目を戻した。

「犯人は捕まりそうですか?」

綾子が訊く。

「捜査は続いているから、いずれ捕まるだろうが、私は捜査に加わらないんだ」

「どういうことです?」

「しばらく休むことになってね」

「ケガのせいですか?」

「それもあるんだが……。ちょっと自信をなくしてしまってね」

舟田が湯飲みを握り、見つめる。

「もう少し若い頃なら、ここまでのケガを負わされることはなかった。体が動かないとか、そういう意味ではなくてね。危険な兆候は察知できていた。しかし、気をつけていながら、職質で簡単にやられ、逃げられてしまった」

「仕方ないですよ。誰だって、急に襲われたら、避けるのは無理です」

「一般の人ならそれでいい。しかし、私は警察官だ。市民の安全を守るべき者が犯罪者にやられてしまっては立つ瀬がない」

再び、お茶を啜る。

綾子は返す言葉がなかった。

舟田の気にしすぎだとは思う。だが、そこには、第一線で働いている者にしかわからない衰えや違和感のようなものがあるのだろう。

「辞めるのかい？」

　泰江が訊いた。

「いえ、そのつもりはないんですが、すぐ復帰というのも、私の気持ち的に難しいので、署長が療養を兼ねて、休暇をくれました」

「そうかい。暇なんだね？」

「まあ、そう言えばそういうことですが……」

「なら、手伝っておくれよ」

　泰江が言う。

「おばさん！　さすがに、それは」

　綾子が困り顔で泰江を見やる。

「いいじゃないか。家でゴロゴロしてたって鈍《なま》るだけだ。警察官がバイトしちゃいけないなんて話はないんだろう？」

「いや、ダメなんですが……」

「じゃあ、ボランティアでどうだい？　朝昼晩、三食は付けてやるよ」

　泰江が続ける。

綾子には、泰江の気持ちがわかった。

店へ顔を出す時の舟田は、いつも背筋をピンと伸ばし、静かに滲み出る自信をまとっていた。

しかし、今の舟田は急に老けて弱々しく、小さく見える。

放っておけないのだろう。

綾子も気持ちは同じだった。

「舟田さん、お店の手伝いができるかはわからないですけど、時間があるなら、遙香の塾の送り迎えとか手伝ってくれませんか？　達也君が今、仕事でいないから、私が仕事を途中で抜けたり、おばさんに頼んだりしているんです」

「そのくらいなら、大丈夫だ。送迎してあげるよ」

「ありがとうございます。助かります」

綾子が頭を下げる。

「どうせ、ここへ出入りするんだったらさ。うちも手伝ってよ。綾子ちゃんがいないときはてんてこ舞いなんだよ、ほんとに」

「わかりました。目立つことはできませんが、皿洗いくらいなら」

「助かるよ。じゃあ、明日からよろしくね」

泰江は言った。

舟田と綾子は、顔を見合わせ、苦笑いをした。

お茶を飲み干して、立ち上がる。

「では、明日からこちらにお邪魔します」

「朝は仕込みもあるから、八時くらいからお願いね」

「はい。では」

会釈して、舟田が店を出る。

綾子が後ろから付いてきた。ドアを閉じて、舟田に近寄る。

「療養中なのに、大丈夫ですか？」

心配そうに見つめる。

「泰江さんの言う通り、家で寝ていては鈍ってしまう。それに、一人でいろいろ考えているよりは、雑事にまかれている方が気分も落ち着くからね」

「だったら、いいんですけど……」

綾子がうつむく。

「瀧川君のことか？」

舟田が小声で訊いた。

綾子が頷く。

「彼なら大丈夫。必ず、君の下へ戻ってくるから」

「信じてはいるんですけど……」

「〝けど〟はいらない。心の底から信じてやることだ」

「……はい」

綾子は小さく頷いた。

舟田は綾子の二の腕を軽く叩き、歩きだした。

微笑んだまま、普段通りに歩く。が、目の端に映る情景には注視していた。

ぼんやりと周りを見ながらも異物を見分ける訓練は、公安研修だけでなく、警らの研修でも行なわれる。

コツは、なるべく広い視野で全体を〝ぼんやり〟と眺めることだ。

あきらかに挙動が落ち着かない不審者を発見することは誰にでもできる。

しかし、悪事を企む者の中には、一般人に溶け込み、機会を狙う者もいる。むしろ、その方が多いとも言える。

舟田は自宅アパートへ帰る道々、周囲に注意を払った。

鍵を開け、ドアを開く。中へ入る時、体をひねりつつ、周囲を瞬時に確認した。

尾行している者はいないようだった。

ドアを閉じ、鍵をかける。と、中から人の気配が漂ってきた。

舟田は背を向けたまま、拳を握った。人差し指と中指の間から、鍵の先端を出す。

気配が近づいてきた。

舟田は気配の間合いを計り、振り向きざま殴ろうと、右肘を引いた。

「待ってください。私です」

日埜原の声だった。

緊張を解いて、振り返る。ぼさっとしたスラックスにくすんだネルシャツを着ていた。不精髭《ぶしょうひげ》も生え、髪の毛もぼさぼさ。とても、警視庁本庁で働いている者には見えない。

「すみません。待たせてもらいました」

「事前に連絡しておいてもらわんと困る。本気で攻撃するところだったぞ」

「現場に戻って、神経が尖っているといったところですか？」

日埜原が笑みを覗かせる。

舟田は睨み上げた。

「気配は出していないと思うが」

「君が拳を握った瞬間、凄まじい殺気を覚えましたよ」

「まだまだだな、私も――」

舟田は靴を脱いで上がった。

日埜原が居間へ戻る。

「お茶でも飲みますか？」

我が家のように振るまい、急須にポットのお湯を注ぐ。

「あとで飲む」

舟田は言い、日埜原の対面に腰を下ろした。

「ミスター珍への居候はどうなりました？」

日埜原は訊き、お茶を啜った。

「さすがに住み込みというわけにはいかんが、店を手伝ったり、有村君の娘の世話をしたりするということで、毎日出入りできるようにはなったよ」

「それは結構です。店周辺に異常はありませんでしたか？」

「店から五十メートル歩いた場所にある喫茶店の脇に一人、百メートルほど駅方向に向かった場所にある電信柱の脇に一人、それらしき人物はいた」

舟田が答える。店へ出入りし、歩いている最中に、そこまで観察していた。

「どんな連中でした？」

「喫茶店にいたのは、三十半ばくらいの男。ノーネクタイで黒いスーツを着ていた。髪の毛は多めで少しバックにし、ぽっちゃりとした体型の男だ。電信柱の陰にいたのは、二十後半くらいの女。ショートカットでゆるいワンピースを着て、ピンク縁の眼鏡をかけている」

「さっそく、調べさせましょう。他には？」

「今のところ、妙な気配を感じさせたのはその二人だけだな」

「わかりました。また、何か気づいたら、私の携帯に直接報告を入れてください。細かい打ち合わせが必要な時は、この格好でここを訪れますから」

日埜原はお茶を飲み干し、膝を立てた。

「瀧川君はどうなっている？」

舟田が訊いた。

日埜原は座り直した。

「今、あるターゲットに狙いを定め、落としにかかっているところです。しばらくは様子見ですね」

「サポートは？」

「今は難しいというのが正直なところです。すぐに別の者を送り込めば、千葉君が我々に情報を漏らしたことがバレてしまう。瀧川君が囚われている〈ジャスティス〉の周囲はそれとなく巡回させていますが、頻繁にというわけにもいかない。当面は、瀧川君一人の力で乗り切ってもらうしかありません」

「藪野君や白瀬君からの報告は？」

「二人とも、次のステップへ進んでいるようです。いずれにせよ、彼らには深く入り込んでもらわなければなりません。ここからが勝負ですから」

日埜原は立ち上がった。

玄関口へ歩く。舟田もついていく。

日埜原は薄汚れたスニーカーに足を通し、振り向いた。

「一応、念押しですが。くれぐれも、怪しい者たちを尾行したり、接触したりすることは避けてください。一人の独断がすべての者を危険に晒します」

「わかっている。おまえらこそ、二度と現場の者を切るような真似はするな。瀧川君にもしものことがあれば、鹿倉の首は確実に飛ばす。そう伝えておけ」

「承知しました。では」

日埜原は一礼し、鍵を開けてアパートを出た。

ドアを閉める際、もう一度、周囲に目を向ける。

特に怪しい気配はない。舟田はドアを閉め、部屋の奥へ入った。

テーブルの下やテレビ周り、エアコンの周辺やタンスなどをくまなく調べる。

盗聴器や盗撮器は見つからなかった。

大きく息を吐き、腰を下ろす。急須にお湯を注ぐ。食器を置いているカラーボックスに手を伸ばし、湯飲みを取り出そうとする。

その奥の湯飲みの模様の向きに違和感を覚えた。

そっと取り、中を覗いてみる。

百円ライター大の盗聴器が入っていた。

やはりな……。

日埜原が留守中にアパートに入っていたのは外でもない。監視用の器具を取り付けるためだ。

ただ、日埜原が待っていたということ、湯飲みの中というわかりやすい場所に盗聴器を仕掛けていたことを鑑《かんが》みると、勝手な真似はするなという警告だろう。

「くそったれが」

舟田は盗聴器を取り出し、テーブルに置いて、湯飲みを叩きつけ、壊した。

7

藪野がアパートに入居して、三日が過ぎた。

特に何もない毎日だ。

朝と昼は、食事をもらいに教会へ出向き、気が向けば、告解室で野越と話す。

夕食は、初音や他のスタッフがアパートまで届けてくれた。

夕食後は、敷地内の共同シャワールームでシャワーを浴びて寝る、といった毎日だ。

スタッフたちは愛想がいい。しかし、夕食時に話してみると、みな、心に傷を負った者たちばかりだった。

初音のように詳細を話してくれる者はいなかったが、かいつまんだ話を聞いただけで気の毒になるほどだ。

だが、誰もが初音と同じように笑っている。中には、まるで楽しい思い出の一ページを語るように話す者もいる。

藪野は、何とも言えない不気味さを感じた。

心の傷を乗り越えたことは素晴らしい。それだけの人間力を身に付けたのだろう。

が、それは本人が本当に問題の本質を自覚して、苦悩し、乗り越えたのであればの話だ。

藪野の目に映る彼らは、乗り越えたという感じではない。

問題を他者の出来事にすり替え、まるでなかったことのように脳内で置き換えられている。

それは思考停止の洗脳状態にすぎない。

脳裏の納屋に押し込めた過去が再び表出した時、それは何万倍にもなって彼らを苦しめる。

そして、心身は崩壊する。

藪野は初音たちを観察しながら、ふと気づいたことがあった。

この三日の間、アパートの住民にも会っていない。人の気配はあるが、薄い壁のアパートで物音一つしないのも妙だ。

初音に訊くと、長年の不安定な生活で心身を壊した人たちが多く入っていて、療養させているのだという。

本来、福祉施設や病院へ入れるべきだが、受け入れないところが多いのだという話も付け加えた。

藪野は、ひょっとして、このアパートにいる者たちは、洗脳に失敗して、心身が崩壊してしまった者たちではないか、と思った。

もしそうであれば、一刻も早く救い出し、しかるべき治療を受けさせてやりたい。

他の住民の状況を確かめたいが、ヘタな動きはできない。

目的は、ここを足掛かりに、少しでもMSLPの実態に近づき、ミサイルを探し出すことだ。

一応、鹿倉には、アパートの実情も報告しているが、他の公安部員や警察関係者が動いている気配はなかった。

その日の夕方、初音が夕食を持って顔を出した。

「こんばんは。熊谷さん、今日はいいお知らせがありますよ」

初音は部屋へ上がるなり、藪野に微笑みかけた。

弁当を入れたレジ袋をテーブルに置き、向かいに座る。

「なんだ、いい知らせってのは？」

藪野は袋から弁当を出した。乱暴にフタを取り、箸を割って食べ始める。

「就職先が決まりました！」

「どこだよ」

「有馬《ありま》建設さんです！」

初音が言う。

藪野は箸を止めて、目を丸くした。

「おいおい……。有馬建設って、三村地所の系列会社のか？」

「そうです！」

初音はどこかテンションが高い。

「しかも、正社員で雇ってくれることになりました！」

「本当かよ……」

藪野は素で驚いていた。

有馬建設は、三村地所の系列会社で、準大手に位置する建設会社だ。大手のように海外事業に積極的ではないが、要請されれば、協働できるほどの技術力を持っている。

そんなところに、実績もあやふやな年配の熊谷みたいなのが入れるとは、どういうカラクリだ？

「うれしくないんですか？」

「いや、びっくりしちまってな。そんな会社に正社員で入れるとは……」

「これも、神のお導きですね」

「なんだ、それ」

藪野は苦笑した。

「私たちがご紹介できるのは、ほとんどが中小企業さんなんですが、懇意にしてくれていた社長さんから、有馬建設さんがクレーン技術者を探しているというお話をいただいたんです。そして、熊谷さんのことを話したら、ぜひに会いたいと。こんなタイミング、神様でないとお創りになれません。熊谷さんが神父様に心を開いてくれたことで、神様に届いたんですね」

初音が恍惚とした表情で話す。

クスリか？

藪野は初音の挙動を注視した。薬物中毒者特有の顔色や挙動、発汗はみられない。口臭からも感じられない。

が、初音のテンションには、やはりどこか違和感を覚える。

「だがよ。会いたいって話なら、まだ就職が決まったわけじゃねえだろ」

藪野が言う。

「いえ、決まったも同然です」

「なぜ、そう言えるんだ？」

疑問を口にする。

と、初音が急に口を噤《つぐ》んだ。藪野を見て、真顔になる。が、すぐ笑顔を作り直した。

「いえ、あの、先方さんがかなり乗り気なので、熊谷さんなら大丈夫だと思って。ごめんなさい。熊谷さんの言う通りですね」

初音は急におどおどし始めた。

藪野はそれ以上、訊かなかった。

「いや、すまねえ。俺たちは、何度も期待して面接に行っては断わられてきたからよ。信じられねえだけだ。期待するのに疲れたってのかな。あんたが俺のようなヤツを、そこまで評価してくれてるのは、正直うれしいよ」

「私こそ、熊谷さんの気持ちを考えずに先走っちゃって、すみませんでした」

頭を下げる。

「いいって。ありがとよ。で、面接はいつだ？」

「明日の午後、ご都合がよければ」

「わかった。行くよ」

「ありがとうございます！　じゃあ、一時頃、迎えに来ますね」

初音は立ち上がり、そそくさと部屋を後にした。

閉まったドアを見つめる。

「決まったも同然、か」

藪野は呟いた。

それは、労働者を送り込むルートが確立されているということだろうと、藪野は受け取った。

一歩、近づけそうだな。

藪野はこの先のことを睨みつつ、弁当の残りをかき込んだ。


白瀬は、今村から届いた、アントレプレナーオンネットの初回セミナーに参加した者の調査報告書に目を通した。

ほとんどが、名もない若手の起業家たちだったが、神月太郎以外に、著名な名前が複数あった。

中でも、白瀬が目を留めたのは二人だった。

一人は、三村グループの後継者である三村匠一郎《しょういちろう》。五十五歳で、現在の三村グループ会長・三村征介《せいすけ》の一人息子だ。

三村グループは、土地開発を中心に大型店舗の展開や食品メーカー、資材の調達から部品の製作、金融関係の会社も経営する、日本有数のグループ企業だった。

三村匠一郎は、三村地所を始めとするグループ企業内の会社の代表取締役を兼任する、日本経済界を引っ張る若手の旗手である。

六年前といえば、まだ五十手前だが、その頃から、三村匠一郎の名は経済界に知れ渡っていた。

もう一人は、与党・民自党《みんじとう》の重鎮、江島幸一《えじまこういち》だ。

今年、七十七歳になるが、まだ現役の衆議院議員で、政界に絶大なる力を持っている。

江島は与党内でも野党とのパイプも強く、各党との調整役として辣腕を振るっていた。

一時は、江島が首を縦に振らない法案は通らないと言われていたこともある。

江島は保守強硬派と見られがちだが、実のところ、非常に柔軟な考えの持ち主で、ここぞという時は、野党と共闘することもいとわない。

現在では珍しい、政治家らしい政治家だった。

他にも、初回セミナーの写真には、著名どころが散見されるが、この二人は突出していた。

しかし、それが不思議だった。

兼広の思想は、どちらかといえば、左寄りのものだ。

一方、江島や三村は体制側、権力側の人間。神月太郎については何とも言えないが、大手の仕事をこなしているところをみると、体制に近い人物だろうと思える。

兼広とは真逆のところにいる面々が、なぜ、アントレプレナーオンネットの初回セミナーに出席しているのか、大いに疑問だ。

それは、今村の報告書にも記されている。

江島や三村匠一郎の名前は、これまで上がってきたことがないようだ。

公安部でも、この状況をどう判断すべきか、分析を進めているとのことだった。

白瀬は、小出と共にセミナーに出る傍ら、江島幸一、三村匠一郎、神月太郎の著書を読み漁った。

思想に、何か共通点がないかと探す。

おそらく、兼広に取り入り、その上に食い込むためには、この三人の思想信条の共通点がポイントになるだろう。

そう感じていた。

そして、寝る間も惜しんで、何度も何度も読み返しているうち、ある共通点に気づいた。

彼らの根本には、〝スクラップ・アンド・ビルド〟の思想があった。

神月と三村は、再開発を積極的に推し進める仕事に就いている。彼らは共に、日本の伝統を大切にしつつも、その時代に合った場所や建物を提供するのが、自分たちの使命だと語っている。

江島も、与党が絶対権力を誇っていた頃の著書で革新的な意見を述べている。

政党は、その時代によって、離合集散を繰り返さねばならない。それが新しい日本を作るアイデアを生み出し、活力を生む。

新陳代謝がなくなれば、国は死ぬ、とも記していた。

与党内のリベラル派が口にしそうなことを、今やミスター与党のような存在である江島が述べていた事実は興味深い。

だが、彼らの破壊と再生に対する理念を理解すると、アントレプレナーオンネットの動きもわかるような気がする。

若手起業家たちが集まり、時代の旗振り役となって、それぞれが活躍すれば、今の日本の古い体制は転換できる。

そのために、後進を育てる場としてセミナーを起ち上げるのは、真っ当な手段でもある。

彼らの思想の肝を読み解いた白瀬は、その一点に賭けることにした。

オフセミナー後の食事会で、現在のシステムに対する不満や再構築の必要性を積極的に語る。

他の若手が甘い意見を口にした時は、猛然と、時には過激に、スクラップ・アンド・ビルドの必要性を説いた。

そうした姿勢を見せ始めて、数日が経った頃、小出から突然、連絡があった。

特別なメンバーが集まる会合があるので、参加しないか、と。

ついに来たか。

白瀬は武者震いした。

おそらく、千葉がさらわれたのは、この時点だ。

つまり、ようやくアセンブリに潜入できることになる。

しかし、それは同時に、千葉と同じような目に遭う可能性もあるということに他ならない。

正体を晒すような真似はしていない。ここまで、トラブルらしいトラブルもなく、順調に進んでいる。

とはいえ、敵がこちらの正体に気づいていないという保証もない。

吉と出るか、凶と出るかは、踏み込んでみなければわからない。

特別な集会は、三日後に東京郊外の山荘で行なわれるという。

「やるしかないな！」

白瀬は言葉にして自分を奮い立たせ、特別集会へ参加することを、メールで今村に報告した。

8

瀧川は、連日、井野辺との対話を行なっていた。

「なるほど。おまえらの言う〝連帯〟というのは、共同統治も意味するのか」

大浜の本を広げ、井野辺の解説に耳を傾ける。

「そういうこと。民衆と統治者が乖離《かいり》しては、新たな支配者、支配体系を作り出すだけだ。それでは意味がない。もちろん、意思決定機関が上位に立つのは、どんなに優れたシステムを作ったところで避けられないことではあるが、様々なグループから選出された代表者たちの合議でのみ重要事項が決定され、合意に至らなかった場合は、再び案件を持ち帰り、場合によっては代表者を即時に替えるという点では、今の政治システムよりは優れていると言えるだろうな」

「つまり、あまりに偏った思想信条の人間は排除していくということか？」

「排除ではない。そういう者たちの意見でもいいものがあれば取り入れる。しかし、最も大事なのはマジョリティーの意向の反映だ。民衆は、自分たちの考えや気持ちが反映されていれば、その統治にも納得する。今の政治は、支配者たちの恣意的な意向を反映しているだけだから、民衆は不満を募らせるんだ」

「しかし、考え方は千差万別。それではまとまらないと思うが」

「まとめる努力をしていないだけだ。支配者側は、自分たちに都合の悪いことは最初から無視する。一方、民衆の中にも、支配されている方が楽だと思い、自ら行動しようとしない奴隷気質の者もいる。私たちが変えようとしているのは、支配者のシステムはもちろん、民衆の意識も変革しようとしているんだ」

「なるほどな」

瀧川は深く頷いた。

もちろん、納得しているわけではない。

井野辺たちの理想論は、論理としては理解する。小規模集会を繰り返し、賛同者を募ったり、勉強会をしたりするのも、一般的に行なわれている政治活動の一環だ。

それは認めるとしても、自分たちの主張のために、何者かを拉致監禁したり傷つけたりすることをいとわない方法論は否定する。

彼らが、それもまた歪みであることに気づいていないところに、問題の根深さがある。

ただ、今は、井野辺を陥落することが重要だ。

公安部員として生きてきた権力側の人間が、少しずつ心を解きほぐされていく様を演じなければならない。

直緒や長堀、町山といった井野辺の子飼いたちは、急速に接近していく瀧川に疑念を抱いている。

が、井野辺の警戒は徐々に解けてきていた。

理由は単純だ。

大浜に目をかけられ、自分を上から目線で見下す鼻持ちならなかった公安部員が、自分の言葉で少しずつ変わっていき、従順な様子を見せていく。

瀧川の変化によって、井野辺の中の権力者を従属させる征服欲が満たされ、一時は失いかけたワークショップ内での尊厳も取り戻すことになる。

彼らが思想信条で動いているのは、ある一面では本当なのだろう。

しかし、所詮人間。個々人の欲望は抑えられない。

そして、抗い難い欲望に餌を与え、敵を落とす。

井野辺は、自分でも気がつかないうちに、瀧川の術中に嵌まりつつあった。

議論をしていると、井野辺のスマートフォンが鳴った。

井野辺がスマホを出す。ディスプレーが垣間見える。

大浜からだった。

井野辺は電話に出て、瀧川に背を向けた。

「井野辺です。はい。瀧川は目の前にいます。はい……はい。わかりました。連れていきます」

手短に話を終え、電話を切り、瀧川に向き直った。

「誰だ?」

わざと訊いた。

「大浜先生からだ。これから特別集会がある。そこへ連れて来いとのことだ」

井野辺は多少不機嫌そうな表情を覗かせた。

「特別集会とは？」

「大浜先生の下で、別のワークショップを主宰している私のような立場の人間が集まる会合。幹部会みたいなものだ」

「なぜ、俺がそんなところに呼ばれるんだ？」

井野辺に訊く。

「私にはわからんが、先生がそういうなら、連れて行かないわけにもいかない。用意しろ」

井野辺が言う。

「用意って、何するんだよ」

「もう少しマシな格好に着替えろ」

「服なんかねえよ」

瀧川が言う。井野辺はため息をついた。立ち上がる。

「来い」

井野辺に連れられ、部屋を出て一階に降りる。

階下のフリースペースには町山と他のメンバーが数名たむろしていた。瀧川を認め、睨む。

瀧川も睨み返し、井野辺に続く。

井野辺の部屋に入る。広い部屋には画材や描きかけの絵、描き終えたカンバスなどが無造作に置かれていた。

井野辺はクローゼットからジャケットを取り出した。

「これを着ろ」

瀧川に放る。

瀧川は袖に腕を通した。少々大きいが、不格好ではない。手の甲に被った袖を二回折り返す。

井野辺は瀧川の姿を見て、頷いた。

「まあ、いいだろう。これから、表に出る。逃げたり、騒いだりするんじゃねえぞ」

「この期に及んで、そんなつまらねえことはしねえよ」

瀧川は答えた。

二人して、部屋を出る。

「町山。今から特別集会に出かけてくる」

「そいつもですか？」

瀧川にきつい視線を向ける。

「そうだ。留守を頼む」

井野辺が言うと、町山だけでなく、他の者たちも瀧川を睨みつけた。

特別集会、という言葉が、さらに彼らの神経を逆なでしたようだ。

瀧川は気にかけず、井野辺と共に外へ出た。

久しぶりの表世界だった。井野辺と共に駅へ歩く。人が多くなるにつれ、軽く人酔いした。

今なら、逃げることはたやすい。

しかし、瀧川はそんな素振りすら見せなかった。

逃げても、MSLPの脅威は消えない。怯えながら暮らすくらいなら、少なくとも大浜や井野辺のグループだけは潰さなければ。

井野辺は駅に出ると、タクシーを拾った。行き先を告げる。東京九段《くだん》ホテルだった。

九段下駅から徒歩五分ほどのところにあるホテルだ。パーティーや会議によく使われる。

車中、井野辺は何も語らなかった。瀧川も話しかけない。

井野辺はちらちらと後方を気にしていた。公安部員の尾行を気にしたのだろう。

瀧川も見てみたが、尾行されている気配はなかった。

おかしいな……。

瀧川は顔に出さないまでも、まったく気配がないことに違和感を覚えた。

千葉から報告が上がっているはず。なのに、高円寺のワークショップを監視していないということは考えにくい。

あえて、尾行を付けないということもあるだろうが、千葉解放以来、初めて瀧川が表に姿を現わした瞬間だ。

公安部なら、この機会は逃さないはずだが……。

瀧川の心の片隅に、一抹の不安がよぎる。

完全に正体がバレている今、不測の事態が起こった場合のサポートは欲しい。

一人で対処しなければならないということになれば、それは限りなく〝死〟に近い状況だからだ。

作業班員として潜入するからには、最悪の事態も覚悟はしている。とはいえ、犬死はごめんだ。

瀧川はポーカーフェイスで車窓を見つめつつ、湧きあがる不安を胸の奥に押し込んだ。

三十分弱で、東京九段ホテルに着いた。

瀧川は井野辺と共にエレベーターに乗り込んだ。七階へ上がっていく。

エレベーターを降りた。静かなフロアだった。

奥へ歩く。右手には部屋が並んでいる。ドアには小会議室1、2といったプレートが貼られていた。どうやら、レンタル会議室が並ぶフロアのようだった。

井野辺は小会議室5のドアの前で立ち止まった。ノックする。

「どうぞ」

中から、大浜の声が聞こえた。ドアを開ける。井野辺が一礼して、中へ入る。

瀧川も入った。

中にいたのは、大浜一人だった。

「瀧川を連れてきました」

「ご苦労。君は先に鳳凰《ほうおう》の間へ行っていてくれ」

「承知しました」

井野辺は瀧川を一瞥し、頭を下げ、部屋を出た。

大浜と二人きりになる。

「座りなさい」

大浜が向かって右手の席を指す。

瀧川は座った。周りを見回す。殺風景な会議室だった。

「特別集会ってのに呼ばれたんじゃないのか？」

瀧川が訊いた。

「その前に、君には会ってもらいたい者がいる」

大浜はスマホを取り出した。画面をタップし、耳に当てる。

「私だ。小会議室５へ来てくれ」

短く言い、電話を切る。

瀧川は椅子の肘掛を握った。

「心配するな。君を襲うわけではない」

大浜が微笑む。

少しして、ドアがノックされた。

「入れ」

声をかける。

ドアがゆっくりと開く。瀧川はドア口に目を向けた。

人影が映る。途端、瀧川は両眼を見開いた。

「おまえ……」

瀧川は奥歯を嚙み、睨んだ。

「久しぶりだな、瀧川」

片笑みを浮かべる男は、今村だった。

部屋へ入ってきた今村は、瀧川の対面に腰を下ろした。

「瀧川君。彼が、我々の協力者だ」

大浜が言った。

「おまえ、何を考えてるんだ！」

瀧川は怒鳴り、テーブルを叩いて立ち上がった。

今村も大浜もびくともしない。

「まあ、落ち着いて、瀧川君」

大浜がやんわりと制す。

「落ち着けだと？　ふざけんな！　おまえのせいで、俺たちがどれほど危険な目に遭わされているのか、わかってるのか！」

瀧川は今にもテーブルを飛び越え、今村に殴りかからん勢いだった。

「ここで騒動を起こせば、三鷹が炎上するぞ」

今村が静かに言う。

瀧川は拳を握り締め、震わせた。テーブルを殴り、座り直す。

大浜が話を続ける。

「瀧川君。今村君も初めは、公安部員として私に接触してきた。私は怪しいと思いながらも、彼に我々の理念を説いた。彼は次第に我々の思想信条に共鳴するようになり、自ら身分を明かして、我々の協力者となった」

「そういうことだ。瀧川、おまえもここ一週間から十日くらい、大浜さんの著書を読み込んだだろう。感じるところはなかったか？」

「理想論ばかりだ」

「そう思うのは、おまえが短絡だからだ。おまえの思考には、いつもプラスアルファがない。思考のプラスアルファを加える気持ちで、大浜さんの〈真の未来への提言〉の第二章を読み込んでみろ。特に、未来を創るのは現世に生きる一人一人の歩みだという一節は素晴らしい。それで感化されなければ、おまえもただの愚民《ぐみん》というわけだ」

「なんだと！」

再び立ち上がる。

今村は、大浜を見やった。

「大浜さん。まだ、こいつに特別集会は早い。プラスアルファを得るまでは勉強させた方がいい」

「そうか。というわけだ、瀧川君。すまんが今日は帰ってくれ」

大浜が言う。

瀧川はこめかみに青筋を立て、今村を睨み続けた。

9

瀧川は、井野辺の指示で東京九段ホテルへ迎えに来た長堀と町山に連れられ、高円寺のジャスティスに連れ戻された。

再び、部屋に軟禁された瀧川は、仰向けに寝転び、天井を見つめていた。

「まさか、今村が……」

顔を思い浮かべるだけで、腹立たしさが込み上げてくる。

今村は、ＭＳＬＰの内偵捜査を統括している人物だ。

その男が敵に寝返っている。

つまり、自分たちの動きはすべて、敵に知られているということだ。

大浜から内通者がいると聞かされた時、千葉の身元がばれて拉致監禁されたことや自分の身分が知られていたことを考えると、それもなくはない話だとは感じていた。

しかし、その内通者が、あろうことか、捜査統括の責任者だったとは……。

自分だけでなく、藪野や白瀬、他の作業班員も危険に晒されていることを意味する。

ＭＳＬＰ内偵に作業班員を送り込み、全滅させる気なのか？

大浜の傍らで、勝ち誇ったような薄ら笑みを浮かべている今村を思い出し、さらに怒りが込み上げてきた。

左手のひらに右拳を叩きつけ、天井を睨みつけた。

今村との会話を思い出す。

今村は公安部や警察権力、現政権や日本の政治システムに批判を浴びせ、大浜たちの理念がいかに優れているかを滔々と語っていた。

それはまるで、大浜たちに洗脳された井野辺や直緒たちを見ているようだった。

仲間内も信用しないような男が、完膚なきまでに洗脳されていた。今村のような者までが洗脳されるシステムであれば、一般の者を洗脳するのはたやすいと言えよう。

それほどまでの洗脳術を確立しているとすれば、一刻も早く、ＭＳＬＰは潰さなければならない。

今すぐにでも、この事実を警察内部に知らせたい。

だが、軟禁されている現況では動きようがない。下手な動きを見せれば、彼らは容赦なく、ミスター珍を襲うだろう。

今村が加担していることで、なおさら、その暴挙に現実味が帯びてきた。

今村は、捜査のためなら、仲間が犠牲になることもいとわない男だ。一般人の店一軒襲うことぐらい、こともなげに行なうだろう。

「なんとかしないと……」

せめて、舟田にコンタクトが取れればと思考を巡らせるが、それも、ここを抜け出すか、表にいる町山や長堀たちの携帯電話を奪うかしなければ無理な話だ。

騒ぎを起こせば、見知らぬ敵がすぐに動き出す。

こうなったら、この部屋に火でも点けてやろうか、とも思う。

瀧川は顔を横に振った。

「何、考えてんだ、俺は……」

突拍子もない思考にたどり着いた自分を叱責する。

瀧川は胡坐をかいて、背筋を伸ばした。目を閉じ、ゆっくりと深呼吸を繰り返す。

落ち着け。

言い聞かせながら、深呼吸を繰り返し、肩の力を抜く。

何度か深呼吸をすると、火照った頭が涼しくなってきた。全身を巡っていた怒りが収まってくる。

冷静さを失えば、見えるはずのものも見えなくなる。潜入中は、わずかな見逃しが命取りとなることもある。

目をつむったまま、この部屋を出て、大浜たちと会い、戻ってくるまでの記憶を反芻してみる。

今村と大浜が並んだ場面が浮かぶと怒りや憤りが込み上げそうになる。

感情を抑え込み、何度も何度も思い返してみる。

周りにどんな連中がいたか、妙な動きはなかったか、言葉の端々に状況を打破するヒントはないか――。

思考を整理していくと、瀧川の中にふっとひっかかる言葉が浮かんだ。

プラスアルファ。

今村は、この言葉を何度も口にした。

当初は、自分を侮辱するために使った言葉だと感じ、苛立った。

が、罵倒するなら、何度も同じ言葉を使う必要はない。今村であれば、もっと瀧川を精神的に追い込む言葉を選ぶだろう。

「どういうことだ……?」

呟きを自分の耳に流し、さらに考察を深める。

今村は同時に、大浜の著書である〈真の未来への提言〉という本の名を口にしていた。

瀧川は目を開けた。棚に並んでいる大浜の著書から、当該本を手に取る。

「確か、第二章と言っていたな」

本を開き、第二章に目を通す。

そこに書かれているのは、井野辺との対話で聞かされる、偏狭の思想だ。

二度、三度と読み返してみたが、特に何かを暗示したり、示唆したりする文章は見当たらない。

「プラスアルファってのは、何なんだ?」

呟いた時、記号が浮かんだ。

+とα。何気なく、第二章の扉ページに指で+とαをなぞってみた。

瀧川の目が大きくなった。

本の真ん中上部に本タイトルと章タイトルを結ぶハイフンがある。そこに＋の記号の上点を合わせて縦棒を引き、真ん中に横棒を引くと、特定の文字や記号に行き着く。

瀧川はページをめくった。章の一ページ目は、文字で埋まっている。

同じように、本上部のハイフンに＋の上点を合わせ、プラスの記号を書くと、記号の端は句読点、「は」「な」を差した。

ハイフンはマイナスのところで、句読点、「は」、「な」を引け、と言っているようだ。

次に、プラスの中心を通るようにαを書いてみる。

そこから、句読点と「は」と「な」を弾いてみた。

「こういうことなのか……？」

瀧川は目を見開いた。

一つの文章ができあがる。

瀧川は二ページ目、三ページ目と、同じ作業をして、文字を連ねてみた。少々、たどたどしい部分があるものの、それらしい文章になっている。

文章らしきものを、ティッシュに記してみた。

〈よて　イ　通リ　せん　のう　ふり　ウえにいく　た目　おちる　三高　ふじ　シンじ　ろ〉

「予定通り、洗脳、上に行く　ため　落ちる　信じろ」

口にして、文章を整えていく。

「このまま予定通り、上へ行くために洗脳されたふりをして敵に落ちろ、ということか」

そのように読み取れる。

これが今村が託したメッセージなら、今こうして瀧川が軟禁されている状況は、今村たちが意図的に創り出したもの。つまり、初めから瀧川を敵に売る算段を取っていたというわけだ。

また怒りが込み上げそうになるが、〝三高〟という文字を見て、冷静になった。

「これは、三鷹のことか?」

そう取ると、〝ふじ〟という不自然な文字列も理解できる。

三鷹は無事だということだ。

そして、〝信じろ〟と伝えてきている。

三鷹は無事だから、信じて自分の仕事をまっとうしろ、というメッセージに思える。

「信じていいのか……」

瀧川は逡巡した。

今村はこれまでも自分を騙して、捜査に引きずり込んできた男だ。同じ畑にいる者として信じてはみたいが、もし、これが自分を陥落させるための偽メッセージであれば、自分の身も、周りの人たちの命も危うくさせる。

ドアノブを誰かが握った。

瀧川はペンと本を置いて、文字を記したティッシュで洟《はな》をかんだ。

長堀が顔を覗かせた。

「メシだ。降りてこい」

「腹減ってねえよ」

瀧川は言い、ティッシュに唾を吐いて丸め、ごみ箱に放った。

「おまえの体調など聞いていない。食えなくても食え。おまえに倒れられたら、俺たちが困るんだ。個人的にはとっととくたばってほしいんだがな」

「それはごめんだ。俺がくたばる時は、てめえらも墓場に送ってやる」

瀧川は太腿を叩いて、立ち上がった。


公安部の小会議室に、鹿倉と日埜原が詰めていた。

「今村君も、潜入に成功したようだな」

日埜原が言う。

「ああ。あいつも浅慮な部分はあるが、うちのエースの一人だ。大浜程度の人間に取り入るくらいはわけがない」

鹿倉は静かに答えた。

「取り込まれることはないか？」

「今村か？　あいつは大丈夫だ。他人を信じないことに関しては、群を抜いている」

「ずいぶんな言い様だな」

「褒めているつもりだが」

鹿倉は素っ気なく言った。

「舟田はどうだ？」

日埜原に訊く。

「すっかり、ミスター珍に溶け込んでいるよ。さすが、養成所を首席で出ただけのことはある」

「余計なことをされると困るが」

「そこは釘を刺しておいた。ただ、こちらの目論見《もくろみ》には勘づいているので、裏を掻いてくることも考えられなくはないが」

「そこまでの腕はなかろう。いくら、ヤツが優秀だったといえど、実際の現場に出たのは研修時の一度のみ。ヤツが知る手法は、すでに古きものとなっている」

「見くびらん方がいいぞ。まあ、私の下で調整はするから、こっちの計画を反故にするようなことは起こさせんがな」

日埜原の眼光が鋭く光る。

「頼むぞ。そろそろ勝負に出る」

鹿倉が日埜原を見やった。

「駒は揃ったか？」

鹿倉を見返す。

鹿倉は小さく頷いた。

「白瀬が、興味深い報告を入れてきた。兼広慈朗が主宰するアントレプレナーオンネットの起ち上げに、三村匠一郎と江島幸一が関わっているようだ」

「ほお、それはそれは」

日埜原は深く頷く。

「その江島についてだが、政界関係の鳩《はと》から、おもしろい情報がもたらされている」

「なんだ？」

「夏の参院選後、衆議院議員を辞職して民自党もやめ、引退を装いつつ、裏で野党の再編を画策するのではないかという話だ」

「本当か？」

日埜原は目を丸くした。

「真偽は確認中ではあるが、まったくの絵空事とも言えん。江島はかつて、民自党を割って、第二勢力を作ろうと画策した人物だ。当時は失敗に終わり、民自党に出戻ったが、一度抱いた野望を簡単に捨てるほど、政治家の欲は浅くない」

「政治家人生最後に、大きい花火を打ち上げるつもりか？」

「かもしれん。江島は過去に活動家とも交流があったという情報もあるからな」

「打ち上げるものを間違っているのではないか？」

「杞憂であることを願うが、江島ほどの政治力と三村匠一郎が持つ財力を併せ持てば、ミサイルを日本に持ち込むという蛮行も不可能ではないからな」

鹿倉が眉間に皺を立てた。

日埜原の目つきも鋭くなる。

「だとすれば、潰さなければならんな、早急に」

日埜原の言葉に、鹿倉が頷く。

「今、公安部の総力を挙げて、三村と江島の身辺を調べさせている。クロと断定すれば一気に攻め込むつもりだが、相手の懐も深いだろう。思わぬ伏兵が現われれば、こっちがやられる。日埜原、俺がやられた時は、おまえが指揮を執ってくれ」

「そうならないことを祈るよ」

日埜原が微笑む。

鹿倉も笑みを返す。

「地検に手を回してみるか？　パイプはあるぞ」

日埜原が訊いた。

「いや、こちらの動きを悟られるのはうまくない。万が一の時は、それで江島だけでも潰してくれ」

「その程度のことならたやすい。鹿倉、この勝負、勝とう」

「ああ」

鹿倉は両手の指を絡めて強く握り締め、宙を睨んだ。

# 第四章 巨悪の死角

1

「おーい、こっちだ！」

藪野は、現場主任に呼ばれた。

「はいはい」

気だるそうに返事をして、たらたらと駆け寄る。

「シャキッとしろよ、熊谷！」

現場主任が怒鳴った。

藪野は、聖母救済教会の紹介で、三村地所系列の建設会社〈有馬建設〉に入社した。

入社試験は、クレーン技術者の免許の確認と簡単な面接だけだった。

あまりにあっさりと入社できたので、多少警戒したが、その理由はすぐにわかった。

昨今の建設ラッシュで、業界は深刻な人手不足に陥っている。今はまさに、猫の手も借りたい状況だ。

仕事があっても人手が足りないのでは本末転倒。会社側としては、働きたいという者は何が何でも確保したいのが本音だった。

入社してすぐ、藪野は臨海副都心有明地区の現場に送られた。

ここには商業施設や宿泊施設、国際会議場などが隣接するＭＩＣＥ都市ができるという。現場を総合的に仕切っているのは三村地所だったが、各現場は請け負っている会社の現場責任者が管理していた。

有馬建設の現場を仕切っているのは、社長の息子で専務の肩書を持つ、有馬良康《よしやす》だった。

三十九歳の小太りで、赤ら顔の男だ。

この男、従業員からの評判がすこぶる悪い。

自社の従業員に対しては年齢関係なく呼び捨てにし、怒鳴り散らすが、上部会社の者にはへこへこと腰を屈めてへつらう。

典型的な同族会社の跡取り息子という感じだ。

従業員の間では〝赤ボン〟と呼ばれていた。

「熊谷！　クレーンを動かせ！」

唾を飛ばしながら、大声で命令する。

藪野はムッとして睨んだ。

「なんだ、その目は？」

有馬は赤ら顔をさらに赤くして、睨み返してきた。

藪野であれば、数秒で殴り倒して終わりだ。が、ここには熊谷万平として潜入している。

「……すいません」

藪野は苛立ちを飲み込んだ。

「最初から素直に従えよ。そんなことだから、社会でうまくやれねえんだ。いいか、紹介先が何と言ったかは知らないが、うちは高い金払って、おまえの社会復帰とやらに付き合ってやってんだ。四の五の言わず、給料分は働け。あまりオレを怒らせると、放り出すぞ」

ぶるぶると唇を震わせながら、上から物を言う。

「だいたいな、おまえらみたいなクズは――」

有馬が言いたい放題言っていると、デザイナーズスーツに身を包んだ若い男と現場の制服を着た男が歩いてきた。

有馬は彼らを認めた途端、スッと背筋を伸ばし、ヘルメットを整え、顔に噴き出している汗を拭った。

「有馬さん、ご苦労さんです」

現場制服の男が声をかけた。有馬の脇で立ち止まる。小洒落たスーツの男も歩を止めた。

「お疲れ様です！」

有馬は別人のように歯切れのいい返事をし、直立で腰を折った。

「何やら怒鳴っていたようですが、トラブルですか？」

「あ、いえ——」

有馬は一度、藪野を睨んで口を封じ、すぐさま笑顔を作って、二人に向き直った。

「熊谷さんは、まだ現場に出て日が浅いもので、いろいろと注意をしていたら、つい声が大きくなったんです。熊谷さんも現場のベテランですが、一瞬の気の緩みが大事故に繋がりますから。神月先生の大事な現場ですから、粗相のないようにと」

「そうですか」

現場制服の男が藪野を見やる。

藪野は視線を逸らすようにうつむいた。

「熊谷さん、でしたか？」

スーツ男が声をかける。

藪野は顔を上げ、小さく頷いた。

「熊谷さん、ご挨拶！」

有馬が小声で言う。

「お気づかいなく」

スーツ男が微笑む。

「神月太郎と申します。この4－2－C地区の建築デザインのすべてを担当しました。私はこれまで手がけた仕事のどれもが、すべて大切なものではありますが、この臨港地区の開発は特別な感慨を込めたものです。特に、有馬建設さんにもお任せしているランドマークとなるビルは、この都市の中核となります。しかし、それも、熊谷さんたちの技術と汗がなければ、完成しません。私と共にこの都市を完成させてください。どうか、よろしくお願いします」

深々と頭を下げる。

なんだ、こいつは……。

藪野は腹の中で訝《いぶか》った。

が、すぐに直立し、ヘルメットを外した。

「いや、こちらこそ、よろしくお願いします」

そう言い、深々と腰を折る。

「私は、この現場の総合責任者を務めている三村地所の宮近です。気になる点や気づいた点がありましたら、いつでも、うちの者に知らせてください。みなさんが働きやすい環境を作るのが、私たちの役目ですので。遠慮なく」

「ありがとうございます」

藪野は一度上体を起こし、再び頭を下げた。

「では、有馬さん。引き続き、よろしくお願いします」

宮近が言う。

「お任せください！」

有馬も深々と頭を下げた。

二人が遠退いていく。藪野と有馬は頭を下げたままだった。

有馬が藪野に顔を向ける。

「熊谷。宮近さんはあんなことを言っていたが、つまらないことを愚痴りに行ったり、文句を垂れ込んだりするんじゃねえぞ」

頭を下げたまま、藪野を睨む。

「そんなことはしませんよ」

藪野は目も合わせずに言った。

上体を起こし、クレーン車に向かおうとする。

「熊谷！　まだ、話が終わってないぞ！」

「いや、そろそろ仕事しないと」

「オレの話が先だろうが！」

「宮近さーん」

藪野は宮近たちに駆け寄る素振りを見せた。

有馬があわてて、藪野の前に立ちはだかる。

「わかったわかった！　さっさと仕事しろ！」

有馬は藪野を現場に押し返した。

藪野は、ざまあみろと思いつつ、背を向けて嘲笑した。

まだ外壁を取り付けただけのビルの中に入っていく。と、短髪の若い男が駆け寄ってきた。同じ有馬建設の制服を着ている。

「熊谷さん、お疲れさんです」

「おう」

藪野は笑顔で右手を上げた。

同じ会社の河合洋《かわいひろし》だ。三十四歳で、藪野と同じく、教会で拾われ、有馬建設に就職した男だった。

出自が同じだからか、入社して社員寮に入った頃から、何かと気にかけ、声をかけてくる。

「また、赤ボンにやられてたんですか？」

「たいしたことはねえよ」

「あまりひどいようなら、社長に言っておきましょうか？」

「藪蛇だ。あんなバカでも、親にとっちゃかわいいもんだからな」

「そんなもんですかね」

「そんなもんだ」

藪野は言い、フロアの右端に置かれているクレーン車まで歩いた。河合も付いてくる。

藪野が働いているのは、上階で使う鉄骨や部品の箱を、搬送用エレベーターに運ぶ部署だ。

パレットに載せられている箱は、そのままフォークリフトで運べるが、バラで運ばれてくる部品もある。

それらを所定の箱に詰め、パレットに載せて、フォークリフトで運べるように整えるのが、藪野たちの役目だった。

「熊谷さん、どれから行きます？」

河合が訊く。

「そっちの短い鉄骨から入れるか」

「はい」

河合が右端に回った。藪野が左端に回る。

ワイヤーを両端から五十センチあたりの場所に取り付け、余ったワイヤーを中央で連結する。

藪野はクレーン車に乗り込み、吊りワイヤーを垂らした。河合が連結部を吊りワイヤーのフックにかける。

藪野が少し持ち上げる。バランスを確認して、河合が鉄骨の左右にかけたワイヤーを締め、右手を上げた。

藪野はゆっくりと鉄骨を吊り上げた。短い鉄骨が横にスッポリと入る硬質プラスチック製の箱の上まで上げる。

脚立《きゃたつ》に上った河合が、鉄骨の端を持って位置を調整する。

「右、右、右、ストップ！　下ろしてください」

河合の合図で、鉄骨が回転しないよう、慎重にワイヤーを下げていく。そして、底まで下ろし、吊りワイヤーを弛めて、器用にフックを外す。

「OKです！」

河合が右手を上げた。

藪野は小さく息をついた。

有馬建設に入社した後、一週間、徹底してクレーン操作を練習させられた。

初めのうちは操作もうろ覚えで、まるで使い物にならない腕だったが、毎日触っているうちに勘を取り戻した。

今では、小さいクレーンならベテランのような風格で扱えるようになっている。

同じような作業は、フロアの別の場所でも行なわれていた。

藪野は河合と共に淡々と仕事をこなしていた。

本当は、オリエンテーションとやらで見せられた最上階の〝心柱〟を調べたい。和のテイストを重視した飾り柱だという説明を受けたが、藪野にはそうは映らなかった。目にした瞬間、藪野はミサイルの弾頭部を連想した。

何事もなければ、それはそれでおもしろい試みだとは思う。が、万が一、ミサイルに関連する何かであれば、一気に敵との間合いを詰められる。

藪野は地味な仕事をこなしながら、上階を調べる機会を窺っていた。

作業は順調に進んでいた。

と、フロアに大きな音が響いた。

藪野と河合は手を止め、音のした方を見た。

資材を積み込んでいた箱がパレットから落ち、倒れていた。鉄骨が散乱していた。木箱が割れ、部品が転がっている。

「大丈夫か！」

藪野と河合は、資材が散乱する場所へ駆けつけた。他の作業員たちも集まってくる。

「すまねえ。鉄骨を端に引っかけちまった」

クレーンを操っていた初老の男性が、蒼い顔をして無理やり笑みを作った。

倒れた箱の脇には、同じく初老の小柄な男性がいた。

「ケガねえか？」

藪野が走り寄る。

「ゆっくり倒れたんで、逃げる時間があったよ。助かった」

小柄な男性は目を引きつらせ、滲んだ汗をタオルで拭った。

「怪我人がいねえなら、とっとと片づけちまおう。報告が上がると面倒だ」

「そうだな」

クレーンを操作していた男が一番に降りてきて、片づけ始めた。

河合や周りの作業員たちも手伝う。

藪野も片づけながら、散らばった部品を吟味していた。

木箱に入った部品を目にすることはない。いい機会だ。

散らばっているのは、銅線や銅管、パイプ、ネジ、針金などだ。これらはビル建築にも使われるもので、特に変わったところはない。

「こいつは重いな。手伝ってくれ」

小柄な男が言った。

河合が駆けつける。藪野はその部品に目を留めた。

なんだ、こりゃ？

鉛筆の先のような形の部品だった。穴を開けたい部分に凹みをつけるポンチのような部品かもしれないが、それにしても、見た目でも一五〇センチはあろうかというほど大きい。

四人の男が抱えようとするが、ビクともしない。

藪野はポケットから折りたたみ携帯の先を出し、周りを見て、写真を数枚撮った。

ついでに、散乱物の写真も撮る。

「よし、クレーンで吊り上げよう」

藪野は携帯をしまうと、クレーン車に乗り込んだ。

2

白瀬は小出と合流し、奥多摩方面へ向かっていた。

八人乗りのワンボックスカーには、小出と白瀬、他に運転手も含めて三人の男が乗っている。みな、スーツを着ていた。

小出以外は、初顔だ。

三列シートの最後尾に小出と並んで座っている白瀬は、前列の二人と運転手を注視していた。

男たちに怪しい雰囲気はない。が、会話を交わすことなく、ただ前を見ているだけだ。

白瀬は小出に顔を寄せた。

「どこへ行くんだ？」

小声で訊く。

「まあ、着けばわかりますよ」

そう答える。

運転手も小出と同じく、行き先の詳細については語らない。

一時間ほど走り、奥多摩駅《おくたまえき》を過ぎたあたりで、路肩に車を停め、運転手が声をかけた。

「すみません、みなさん。ここから先、到着まで、これを付けておいてください」

そう言い、グローブボックスからアイマスクを出した。後ろに手渡す。

男たちは自分の分を取って、三列目にアイマスクを回した。小出が受け取り、白瀬に渡す。

「目隠しするのか？」

白瀬は怪訝そうに訊いた。

「特別集会に参加する際の決まりなんですよ」

「場所を特定されたくないということか？」

「ええ。特別集会は、本当に選ばれた人だけが参加できる集会なんですが、以前、集会に参加した人が一般会員に場所を教えてしまい、その人が勝手に来てしまったという事例があったようで、それ以降、トラブルを避けるためにこういった措置を講ずることになったと聞いています」

小出が答えた。

「なるほどね。そういうことなら仕方がない」

白瀬は納得したように頷く。

「でも、寝てしまいそうだな」

白瀬が言うと、運転手が笑顔を見せ、言った。

「寝られても大丈夫ですよ。着いたら、起こしますから」

「よろしく」

白瀬はバックミラーに微笑みかけ、チラッと外を見た。停止した場所を素早く脳裏に叩き込み、アイマスクをかける。

シートに深く背をもたせかけ、上着の左ポケットに手を入れる。

こっそり、スマートフォンを起動させた。

指先で画面を三度叩く。これで位置情報が起動するように設定している。

白瀬はポケットから手を出し、腹の上で両指を組んで、あくびをした。

車が再度動き出す。

そこから、白瀬は人差し指で手の甲を小さく叩き、カウントを取った。車の揺れに集中し、道の曲がり具合や右左折、信号と思われる停止状況を頭に刻み込んでいく。

位置情報を起動しているので、あとでスマホを見れば、場所は確認できる。

しかし、なんらかの問題が起これば、スマートフォンは取り上げられる。問題がなくても、山奥へ入り、基地局がなければ、データは分断される。

一つの方法ではなく、複数の方法で情報を得るのは、潜入の基本だ。

白瀬は寝たふりをしつつ、車の挙動を全身で感じ取った。

二十分ほど走ると、車が停まった。運転手が降りるが、エンジンはかかったままだ。耳を澄ませていると、鎖《くさり》を外すような金属の擦れる音がした。

運転手が戻ってきて、車が動き出す。大きく右へ曲がった車は、傾斜を上り始めた。

車は時折大きく縦揺れし、砂利を嚙む音もする。林道のようなところを上がっているようだ。車内にも、植物の青々しい匂いがほんのりと漂ってくる。

十五分ほど車に揺られていると、急に車の揺れが少なくなった。タイヤがアスファルトを滑る音がし、傾斜もだんだんフラットになってくる。

そして、ロータリーのような場所をぐるりと回り込み、停車した。

「みなさん、着きました」

運転手が声をかける。

白瀬はアイマスクを取った。車窓から外を見やる。

瀟洒《しようしや》な日本家屋が整地された林の中にあった。玄関前のロータリーの中央にも、日本庭園ふうの小さな庭があり、カーブしたアプローチの目隠しの役割を果たしている。

おそらく、アプローチの先に門柱があるのだろうと思われるが、玄関先からは見えない。

車を降り、改めて周囲を見渡す。

「すごいね……」

思わず、声が漏れた。

敷地は広大で、林の奥は見えない。ただ、木々や芝は整理されているので、そこが建物と同一の敷地内だということはわかる。

小出も周りを見渡し、感嘆の息を漏らしていた。

「小出さんも初めてですか?」

白瀬が訊いた。

「ええ。本当にすごいですね」

小出は目を見開いた。他の二人も同じように、キョロキョロとしていた。

引き戸の玄関が開いた。スーツを着た男が二人、出てくる。体格のいい三十代くらいの男たちだ。

「お待ちしておりました。どうぞ、こちらへ」

頭髪をきっちり七三に分けた男が丁寧に声をかけ、白瀬たちを中へと促した。

玄関は、高級旅館のように広い。吹き抜けの天井には太い梁《はり》が通っていて、重厚な趣《おもむき》を訪れた者に体感させる。

壁には大きな水墨画や書が飾られている。

靴を脱いで、スリッパに履き替える。奥へ進む前に、男たち二人が四人の前に立った。

「ここから先、私物の持ち込みは禁止されています。恐縮ですが、スマートフォンや財布など、こちらで預からせていただきます」

言うと、もう一人の男が白瀬たち一人一人に布袋を配った。

白瀬は袋の口を開いた。ただの布袋ではなく、内側にはアルミシートが縫い付けられている。

電波を完全遮断するということか——。

白瀬は上着の左ポケットに手を入れた。素早く電源ボタンを二度押す。起動していた位置情報アプリはオフとなり、それまでに得たデータがマイクロSDに記録される。同時に、内部ストレージからは、位置データの記録は消えた。

スマホを袋に入れ、財布や時計も入れて、男に差し出す。

「これでいいかな?」

白瀬が言う。

男は中を確かめた。

「結構です。ご協力ありがとうございます」

丁寧に頭を下げる。

小出たちも袋に私物を入れ、男に渡した。一人の男は、その袋を持って白瀬たちに一礼し、右手の廊下の奥へ引っ込んだ。

「では、みなさん。こちらです」

七三の男は、正面にまっすぐ続く廊下へ誘導した。

四人の男がぞろぞろとついて歩く。

突き当たりを右に曲がると、左手には日本庭園が広がっていた。奥には滝もある凝った造りの庭だ。遠くで鹿威《ししおど》しも鳴っている。

小出たちは、風格ある日本家屋の雰囲気に圧倒されていた。

廊下の中央まで来ると、七三の男が立ち止まった。

「失礼します。特別集会に参加される方々が到着されました」

「入りなさい」

野太い声が響いた。

七三の男が障子戸を開けた。

中は広い和室だった。二十畳から三十畳はあろうかという広さだ。

向かって左手には、座布団が敷かれている。右手には背もたれの高い座椅子と猫脚の座卓が置かれている。

そこに、和装の男が座っていた。白髪頭をきれいにバックに流し、立派な口髭を蓄えている。

眉は太く、目も大きく、眼光も鋭い。

まさか……。

そこに鎮座していたのは、衆議院議員、江島幸一だった。

座布団が並ぶ方には、数人の男女がいる。江島の威風に圧倒されてか、みな、正座をしていた。

白瀬たちは七三の男に促され、江島に一礼して中へ入った。

小出たちはなるべく後ろの、端の方の席へ座ろうとする。先に来ていた者たちも後ろの方だ。さすがに、前の方へ来る者はいない。

アピールすべきか、目立たないようにすべきか……。

一瞬、惑う。

「今日の参加者は、これだけか？」

江島が七三の男を見やった。

「はい。揃いました」

七三の男が答える。

座布団は三十枚以上並べられているが、参加者は白瀬を含めて八名しかいない。

なるほど、と胸の内で頷く。

わざと多くの座布団を並べ、どこに座るかで、その人となりの性格を測ろうとしているようだ。

白瀬はあえて、一番前の真ん中の座布団に腰を下ろした。

七三の男が白瀬を一瞥し、下がって、障子戸を閉めた。

静かになる。

江島の圧力が部屋を覆い尽くし、空気が一気に重くなる。

誰もがその息苦しさに耐えかねる中、白瀬は江島をまっすぐ見据えた。

江島が白瀬を見返す。飲み込まれそうな凄みが迫ってきて、白瀬は息を詰めた。

それでも視線は外さない。

と、江島がふっと笑みを覗かせた。

「君は――」

「汐崎成司と申します」

「私が誰か、知っておるかね？」

軽く頭を下げる。

「衆議院議員の江島幸一先生です」

白瀬が答えると、江島は頷いた。

「なぜ、そこへ座った？」

江島が訊く。

「ここに座らなければいけない気がしました」

「理由は？」

「確たる理由があるわけではありません。ですが、失礼を承知で申し上げれば、先生の圧のようなものに負けてはいけないと感じまして」

「圧か」

江島は呟くと、大声で豪快に笑った。広い和室に野太い笑い声が響く。

「その圧に触れ、君はどうしようと思った？」

「どうもこうも……。ただ、逃げてはいけない気がしました。何かに怯えて、自分を引っ込めるようでは、真の改革は成し得ないのではと。いえ、そこまで感じていたのかは、自分でもハッキリしないのですが」

白瀬は必死に答えた。知らぬ間に、生え際には脂汗《あぶらあせ》が滲んでいた。

「良い心構えだ。君は残りなさい。それと、一番後ろに座っている二人」

江島は二十代くらいの短髪の男性と、三十代と思われるセミロングの細身の女性に目を向けた。

「君たちも残ってよろしい。他の者は、今日は帰りなさい」

江島が言う。

中程にいた小出たちが目を丸くし、互いの顔を見た。

小出が口を開いた。

「失礼ですが、私たちはなぜ、帰らされるのでしょうか？」

「汐崎君は、この空気の中、腹を決めて私の正面に座った。その度胸は買うべきものがある」

「それはわかりますが……」

「最後尾に座るのは、怯えているわけではなく、思慮深いからだ。この意味がわかるか？」

小出と中程に座っていた者たちを見やる。みな、首を傾げる。

「最後尾は全体を見渡せる。初めての場所では、そうして引いたふりをしながらも全体を把握しようという冷静さは必要。本当に怯えている者は、失礼のない場所はどこか考え、間を取って中程に座ってしまう。その忖度《そんたく》、気づかいは、改革にとって障害となる」

江島が断ずる。

「とはいえ、君たちの熱心さは、私も聞いている。君たちを排除するわけではない。もう一度、兼広君の下でしっかりと勉強し直し、改革者たる資質を得た時、再び、ここへ招こう。がんばってくれたまえ」

江島が言うと、障子戸が開いた。七三の男が顔を覗かせる。

「先生に残るよう言われたお三方以外は、退室願います」

静かに言う。

小出たちは渋々立ち上がった。一礼してぞろぞろと出ていく。小出は出ていく際、白瀬を睨みつけた。

白瀬は気づかないふりをして流した。

障子戸が再び閉まる。白瀬の全身にまた緊張が走った。

3

「舟田さん、今日はもういいよ」

泰江が声をかけた。

舟田はテーブルを拭く手を止め、壁掛け時計を見た。午後十時を回ったところだった。

テーブルを拭き終え、カウンターに布巾を置いて、一息つく。

「ビール、飲んでくかい？」

「いや、毎日は申し訳ない。今日は失礼します」

「遠慮しなくていいんだよ。給料代わりなんだから」

「いやいや、食事もほぼ三食いただいていますし、それで十分です」

「ほんと、堅物だねえ」

泰江は笑い、イスを片付け始めた。

「お疲れさまです。大丈夫ですか？」

店の掃除をしていた綾子も声をかける。

「少し慣れてきた」

舟田が微笑む。

「いやでも、手伝わせてもらえてよかったよ。飲食店がこんなに大変だとは思わなかった。

厨房からは隅々まで見渡せるし」

「そうだよ。だから、ちょっとでも悪さすりゃあ、わかるんだ。気をつけなよ」

奥にいた泰江はからかい、大笑いした。

つられて、舟田と綾子が笑う。

「じゃあ、お先に」

舟田は会釈し、ドアへ歩いた。綾子がついてくる。

「あー、ここでいいよ。明日は、遙香ちゃんの塾がある日だね」

「はい。お願いしてもいいですか？」

「もちろんだ。じゃあ、おやすみ」

舟田は微笑みかけ、店を出た。

中の様子を探られないよう、素早くドアを閉じる。

人もまばらな夜の商店街をとぼとぼと歩く。少し背の丸まった姿は、働き疲れた壮年男性の帰宅風情と変わらない。

しかし、舟田の神経は高性能レーダーのように周囲を警戒している。

ふっと人の気配が揺れた。

またか……。

左斜め後ろから現われた気配は、真後ろに付いた。足音を立てず、一定の距離を保ち、同じ方向に歩いてくる。

あきらかに尾行だ。

これは、舟田がミスター珍で働き始めた三日後から始まった。

単に、舟田の住まいを特定するだけだと思っていたが、毎日のように尾行が続いているところをみると、目的はそれだけではなさそうだ。

襲われれば、もちろん反撃するが、今のところ、そうした殺気めいたものは感じない。

目的がわからないのは不気味ではある。が、舟田はそのまま黙って尾行させていた。

何者かが尾行しているのは、日埜原に報告した。

まだ連絡はないが、尾行者の特定は進んでいるはず。それだけでも、事案解明の貴重な情報になる。

舟田は、路上駐車している車の後ろに来た時、ちらっとリアガラスに目を向けた。

尾行している男の姿が映る。

舟田の眼光が鋭くなる。

いつも尾行していたのは、喫茶店で見かけた三十代くらいのノーネクタイのスーツの男だった。

が、今宵は違う。

Tシャツに七分丈のパンツを穿いた若めな男だ。キャップも目深に被っているが、かすかに覗く目線は舟田に向いている。

男はポケットに両手を突っ込み、舟田の背を追っていた。

人を替えただけなのかとも思ったが、ミスター珍へ出向き、午後に遙香の送り迎えをした時には、いつものスーツ男が喫茶店近くでうろうろしていた。

通常なら、スーツ男が尾行してくるところだろう。

動きを変えるのか？

舟田の脳裏に思考が巡る。

尾行する者が替わっただけの話。本来であれば様子見といったところだが、敵が動いたサインであれば、状況は把握しておきたい。

どうする……。

舟田は逡巡した末、三鷹通りへ足を向けた。

普段とは違う動きだ。首を少し傾けて、一軒家のガラス戸を見やる。

男はポケットからスマートフォンを出した。ちらちらと舟田を見ながら、どこかへ連絡を取っている。

舟田はゆっくりめに歩きながら、三鷹通りを南下した。

男はついてきていた。何をしゃべっているのかわからないが、スマホを耳から離さない。

舟田は、三鷹市芸術文化センター前の側道を左に折れ、その北側にある連雀《れんじゃく》中央公園に入った。

入口を入ったところですぐ左に折れ、少し走って、木陰に身を隠す。

すぐさま、男が追いかけてきた。遊歩道の灯りの下で立ち止まり、きょろきょろと周囲を見回す。

「見失いました!」

男の言葉が聞こえた。

舟田は木陰を出て、足音を忍ばせ、背後から近づいた。

男の死角から素早く迫り、右腕で首を絞めると同時に、スマホを持った左手首をつかんだ。

いきなり襲われた男は、抵抗もできなかった。

舟田は親指を伸ばし、スマホの画面をタップして通話を切った。その後、手首を締め上げる。

男の手からスマホが落ちた。

舟田は男の左腕を背中側へ回し、首を絞めあげたまま、木陰の奥へ引きずり込む。

男は舟田の腕をつかんだが、ずるずると暗がりに連れ込まれた。

男が右手をポケットに突っ込んだ。

舟田は視界に右手の動きを捉えた。首に回した腕を解き、右前腕を押さえ、踵を脛に引っかけた。

そのまま胸を預け、うつぶせに倒す。

男は顔から地面に突っ込んだ。

舟田は体を預けたまま、強い握力で男の右前腕をつかみ、ポケットから手を出させた。

そしてすかさず自分の右手を男のポケットに入れた。

硬いものが触れた。それを取り出す。振り出しナイフだ。ストッパーを親指で外し、手首を振る。グリップから刃が飛び出した。

男は右手をつき、上体を起こそうとした。

「動くな」

舟田は耳元で囁き、首筋にナイフの切っ先を突きつけた。

男の動きが止まる。

「おまえ、何者だ？」

訊くが、男は答えない。

「なぜ、私を狙った？」

切っ先を押しつける。皮膚が切れ、血が滲む。

それでも男は口を開こうとしない。

舟田はやにわに体を起こし、立ち上がった。男がその隙に腕立て伏せの要領で起き上がろうとする。

その背中を踏みつける。男は呻き、再びうつぶせに沈んだ。

舟田はナイフの刃を収めてズボンの右ポケットにしまった。男の背中を右膝で押さえつけ、自分のズボンのベルトを外す。

男の両腕を背中に回し、両手首を縛る。そして、男のズボンをずり下げ、両足首も拘束した。

ハンカチを取り出し、男の口に突っ込む。男は息を詰め、嗚咽《おえつ》を漏らした。

立ち上がり、自分のスマートフォンを出す。日埜原に電話をした。

「──私だ。連中の仲間を一人捕らえた。連雀中央公園だ。部員をよこしてくれ。それと、すぐにミスター珍の警護を強化してもらいたい。今すぐだ」

舟田は強い口調で言い、電話を切った。

再び、ナイフを取り出し、男のTシャツを切り裂いた。上半身から引き剝がしたTシャツを丸め、ひも状にして、手首と足首を拘束したベルトとズボンの中央を背中側でまとめて結わえる。

男は物を包んだ風呂敷のようになり、動けなくなった。

舟田は遊歩道に出た。男の手からこぼれたスマートフォンを拾う。電源を入れてみたが、ロックがかかっていた。

スマホを左ポケットにしまい、男の下に戻る。

男は横向きに倒れていた。もがくものの、どうにも起き上がれない。呻きながら、舟田を睨む。

舟田は睨み返し、周囲を警戒しつつ、部員が来るのを待った。

十分後、スーツ姿の男が二人、公園に入ってきた。

「舟田さん、いますか？」

スーツの男が声をかけた。

舟田は木陰からじっと男たちの様子を見ていた。

「日埜原さんから言われてきました」

もう一人の男が言い、ポケットから身分証を出して開いた。それを掲げ、ペンライトで身分証を照らし、遊歩道を歩く。

舟田は身分証に目を凝らした。間違いなく、本物だ。

ついでにナイフも渡す。

「ここだ」

舟田は姿を見せた。

二人の男が木陰に駆けてくる。二人は舟田に敬礼をした。

「お怪我はありませんか？」

「ああ、大丈夫だ。こいつを頼む。これはこいつのスマホだ」

舟田はポケットから男のスマートフォンを出し、部員に手渡した。ついでにナイフも渡す。

一人の部員が男に歩み寄った。舟田はもう一人の部員を見やった。

「私はミスター珍に戻る」

「いえ、それはうちの仕事ですから。日埜原さんから伝言があります」

「なんだ？」

訊いた瞬間だった。

ワイシャツを通して、腕に何かが刺さった。冷たい液体が肌の奥に入ってくる。

舟田は背後に右拳を振った。拳が空を切る。男に歩み寄った部員が立っていた。手には、ペン型の注射器が握られている。

「おまえら、何を──」

目の前の部員の胸ぐらをつかむ。が、すぐに目まいがし、膝が崩れた。

部員は舟田を支えた。

舟田の体から、急速に力が抜けていく。視界や意識も薄らいでいく。

「舟田さん、余計な真似はするなとのことでしたが、こうなっては仕方がないので、新たな任務に就いてもらうとのことです」

「なん……だ……」

声を絞り出すが、立てなくなり、その場に座り込んだ。

部員が舟田を仰向けに寝かせる。

「きさま……ら……」

舟田は部員を睨んだまま、意識を失った。

部員の一人がスマートフォンを出した。

「……もしもし、竹原《たけはら》です。舟田を押さえました。指示通り、作戦を実行します」

部員は日埜原に短く伝え、電話を切った。

舟田と男を見る。男も舟田と同じく、注射を打たれ、意識をなくしていた。

部員は男と舟田を抱え、公園の入り口前に停まっているワンボックスカーへ走った。

瀧川は井野辺と共に、大浜のオフィスに出向いた。

そこには大浜の他、今村もいた。

「やあ、瀧川君。我々の思想は、君に浸透したかな？」

大浜が言う。

「ずいぶん理解はしていると思われますが」

井野辺が答えた。取り入りの成果は出ているようだ。

瀧川は、内心ほくそ笑みつつも、すぐに寝返っては疑われると思い、大浜を睨んだ。

「井野辺君だったかな？　君は見事に、瀧川に騙されているな」

今村が言う。

「あなたは？」

井野辺が睨んだ。

「私は今村。そいつの元上司だ」

今村の言葉に、井野辺の表情が険しくなる。

「心配ない。今は我々の仲間だ」

大浜が言った。

「瀧川は、人に取り入るのが実にうまい公安部員だ。おそらく、本を読んでは君にしつこいくらいの議論を吹っかけてきたんじゃないか？」

今村が見透かしたように微笑む。

瀧川は今村を見据えた。井野辺の表情がますます歪む。

「思想家の連中は議論を好む。それは俺がこいつらに教えたことだ。大浜さんくらいになると、そうした画策にも気づくが、君たちはまだ若いな。そして、術中に嵌まりかけている」

今村の話に井野辺は返せず、奥歯を噛んだ。

「こういうヤツを寝返らせるには、このくらいのことをやらないと」

今村がポケットから一枚の写真を投げた。

瀧川は拾い、写真を見た。途端、目を見開いた。

それは、捕らえられ、暴行を受けた舟田の姿だった。

4

日埜原は、会議室で鹿倉と会っていた。

「舟田は？」

鹿倉が訊く。

「予定通り、連中に渡しました」

日埜原が答える。

「ヤツもバカだな。余計な真似はするなと言っておいたのに」

鹿倉は冷たく宙を睨んだ。

「ですが、おかげで、貴重な人材がこっちの手に落ちました」

日埜原はタブレットを出した。一人の男の履歴を選んでタップし、鹿倉に差し出す。

鹿倉はモニターを見た。

ほっそりとした、キツネ目の男の顔写真と全身の写真が表示されていた。

「鎌田《かまた》清春《きよはる》、二十六歳。舟田が捕らえた男です」

日埜原が話す。

鹿倉はスクロールし、履歴に目を通した。指が止まる。

「ほう、これはいいな」

鹿倉の目が光る。

鎌田清春は、元衆議院議員・鎌田晴信《はるのぶ》の孫で、父は国際政治学者の鎌田雄章《たけあき》だ。

清春も祖父や父の跡を継ぐべく、一流といわれる大学で政治学を学んでいたが、卒業を目前にして中退。その後、市民活動に身を投じ、実家とも疎遠になっている。

「舟田も、ただでは転ばんか」

「今どきの言葉で言えば、〝持っている〟というやつですね」

「鎌田清春は完落ちか？」

「はい。身元、現在の住居、交友関係はすべて洗い出しましたし、何より、本人は舟田を〝襲った〟事実により、逮捕されることを恐れています」

「彼が舟田を〝襲った〟んだな？」

「そういうことです」

日埜原の頬に薄笑いが滲む。

「しかしなぜ、鎌田清春は逮捕を恐れているんだ？」

「一つは、実家に活動実態が知れることです。清春は自ら実家を出ましたが、自分のセーフティーネットとして、家とのつながりは持っておきたいようです」

「とんだボンクラだな。鎌田氏に同情するよ」

「まったくです。もう一つは、組織に対しての不満です。ある種、血統の自分は、組織内ですぐに上へ行けると思っていたようですが、いまだワークショップを抜けられず、アセンブリに招待されたこともないそうで、その他大勢と同様の扱いをされていることに憤っていました」

「舟田に尾行を悟られるような者が上に行けるわけないだろう。本当にどうしようもない男だな」

「ええ。だからこそ、使えるのです。彼を押し上げる情報を提供する代わりに、我々に組織内部の情報を渡す。ゆくゆくは、その功績を鎌田氏に伝え、実家へ戻すという約束を交わしました」

「大丈夫かね？」

「このタイプの人物は、一番扱いやすいですから」

「だな」

鹿倉が頷く。

「舟田を殺させるなよ。面倒なことになる」

「大丈夫です。清春の紹介で、こっちの仲間を送り込んでいます」

「舟田は納得しているのか？」

「詳細は話していません。が、〝新たな任務〟という言葉は伝えています。彼なら察するでしょう」

「そう願うよ」

鹿倉は大きく息をついた。

瀧川はジャスティスに戻された。外側から鍵をかけられ、トイレも自由に行けない。監視体制は強化された。

ドアの前には二十四時間、井野辺の仲間が張りついている。画廊の外の通りにも、仲間を立たせていた。

完全な監禁だ。

井野辺の指示だった。

井野辺は、大浜や今村との会合を終えた後、一度も瀧川の部屋に顔を出していない。

瀧川の術中に嵌まっているという今村の言葉が、よほど、堪えたようだ。

瀧川から自由を奪ったのは、二度と気を許さないという決意と、またどんな手で懐柔してこようとするかわからないという不安の表われだと感じている。

そこにもまた、付け入る隙はある。

最も落としづらいのは、柔軟な思考を持った人間だ。フラットな思考を持つ者は的が絞りにくく、弱点を突かれてもふわりとかわす。

逆に、両極の頑なな思考に振れている者は与《くみ》しやすい。

正負、どちらかの思考を解いてやれば、たちまち自分の料簡を疑い始め、信念すら揺らぎ始める。

その揺らぎを的確に捉えれば、相手はいともたやすく自分の手に落ちる。

今村はそれを狙ったのか……？

瀧川は、部屋に戻ってきてからずっと、今村の手の内の暴露と、舟田の写真の意味を考えていた。

椅子に縛り付けられ、顔が腫れ上がるほどの暴行を受けていた舟田の安否は気になる。

なぜ、舟田がそんな目に遭ったのかは、今村から聞かされた。

舟田は上層部からの指示で、交番勤務を離れ、ミスター珍の警護をしていたそうだ。

上層部というのは、おそらく、日埜原のことだろう。

鹿倉であれば、名前を出しても問題はない。が、表向き、総務部勤務の日埜原が公安部に通じていることは、ごく一部の者しか知らない。

大浜たちは、上層部と聞いて鹿倉のことを思い浮かべているはずだ。

今村はわざと、内情を知る者にしかわからないよう、言葉を吐いたということ。

それはつまり、舟田の件も含め、今回の暴露の件も作戦の一環だと捉えろ、という指示のような気がしてならない。

ミスター珍は、この事態を受けて、より警護が固められるだろうと思うが、不安は尽きない。

とはいえ、今、自分にできることは何もない。

歯がゆい思いで叫び出しそうになるのをグッと堪え、今後、自分がどうすべきかを来る日も考えていた。

ここで折れるのがいいのか、最後まで抵抗すべきか。折れるのであれば、タイミングはどこか――。

外の鍵を外される音がした。

瀧川はドア口を見つめた。

少しだけ、ドアが開く。菓子パンとパックの牛乳が放り込まれる。これが食事だ。

いつもいきなり投げ込まれ、声もかけられないまま、ドアを閉じられていた。

瀧川は菓子パンと牛乳を拾いつつ、苦笑した。

「独房みたいだな」

独りごちる。

その時、瀧川の頭に言葉が走った。

独房か！

刑務所を見学した時、独房に入れられている受刑者の話を聞いたことがある。

初めのうちは、他の受刑者や看守への反発もあり、どれほど長く収監されようとも折れない、と決意を固くするそうだ。

が、一カ月、半年、一年経つほどに、誰とも口を利かず、何もせず過ごす日々がどれほど続くのかわからなくなってきて、不安が増してくるという。

一度、不安が心身を蝕《むしば》み始めると止まらなくなり、冷静さが失われていく。

そして、焦燥感に取り憑かれ、プライドも信念も失い、独房から出たい一心で従順になるという。

瀧川は改めて、部屋を見回した。

戻ってきた時、ずいぶん殺風景になったと感じていたが、よくよく見ると、着替えも本も、戸棚やテーブルもすべてなくなっていた。

大浜らに対する怒りと、今村の真意が測れない憤りで、冷静さを失っていた。

「なるほど」

瀧川は一人、頷いた。

いったん壊れて、従順になればいい。

瀧川は、パック牛乳のストローを取り、壁に〝正〟の字の横棒を刻んだ。


椅子に縛られていた舟田は拘束を解かれ、暗い部屋の床に転がされていた。

頰に触れている床はフローリングだ。ひんやりとした床が、腫れた頰に心地よい。

連雀中央公園で注射され、意識を失った後のことは覚えていない。

なんとなく意識を取り戻した時に、椅子に座らせられ、縛られていたことは覚えている。

その時、全身に軋むような痛みが走り、顔は熱を持って重く、口の中に血の味が広がっていたことも記憶にある。

しかし、いつ誰に暴行を受けたのかは思い出せない。

連雀中央公園で、公安部の者に注射を打たれた後の記憶は、ほとんどなかった。

体を起こそうとするが、痛みが走り、すぐさま床に突っ伏す。

息が苦しい。肋骨が折れているような感じもある。

状況が把握できない中、とにもかくにも、この部屋からは脱出しなければならないことだけは確かだ。

うつぶせの舟田は、痛みを堪え、なんとか体を仰向けに返した。背中から落ち、息を詰める。

舟田は塞がった瞼を開き、真上を向いて胸元に軽く両手を添え、深い呼吸を繰り返した。

闇の中で、身体の状況を探る。

肋骨が一本、左の奥歯が二本折れていた。腕や足、脊髄《せきずい》や頭蓋骨に異常はない。指の骨も無事だ。

呼吸はつらいものの、折れた肋骨が肺を破っている感触もない。内臓の調子も探る。多少の内出血はあるようだが、問題はない。

顔を触ってみた。左側の目尻や頬は腫れている。右も若干腫れているが、左に比べるとたいしたことはない。

耳には血の塊が付いていたが、鼓膜や内耳に問題はなく、音は拾える。鼻も曲がってはいない。

痛みが走って動けないのは、筋肉を痛めつけられているせいのようだ。

筋肉は、少々痛めつけられたところで、何日か経てば再生する。

そういうことか――。

夜目が利いてきた。暗闇の中、天井を見つめる。

この暴行を行なったのは、公安部員だと認識した。

諜報員が使う拷問の方法だ。

諜報員にとって、何より重要なのは、相手から情報を引き出すこと。暴力や甘言、様々な手段を駆使して敵を痛めつけるが、それは殺すためではない。

肉体的、精神的に敵を追い詰め、口を割らせることが唯一の目的。死なせては意味がない。

肉体的な拷問にもいろいろな方法はあるが、派手に血を吐かせて痛みを与えるという方法を取る場合、血が出て腫れやすい顔周りを、脳に損傷を与えない程度に殴り、骨を折らない程度に集中して筋肉を傷めつける。

肋骨が折れたのは、勢い余ってのことだろう。しかし、肺機能に問題を来たさなければ、それは敵に本気度を感じさせ、さらなる恐怖を与えることになる。

ただ、自分がこの暴行を受けた意味は、別だと感じた。

何かの餌だ……。

記憶の奥に残っている〝新たな任務〟という公安部員の言葉がよみがえる。

瀧川に続き、自分まで人身御供にされたのは憤慨しきりだが、次のステージに進んだ以上、その場その時、瞬時に状勢を判断し、的確に行動していくしかない。

ドアが開いた。

舟田はとっさに目を閉じた。

複数の足音が近づいてくる。軽そうな音もあれば、革靴の音もする。

四人か……。

足音は舟田の右脇で止まった。影が顔に被る。

「こいつか、元公安部員というのは」

落ち着いた中年男性の声がした。

「元と言っても、現場に出たのは一度だけ。所詮半端者ですよ」

この声には聞き覚えがあった。

今村だ。

「よく捕らえたね、鎌田君」

中年男が言う。

「いきなり襲ってきたんで、返り討ちにしただけです。鍋島《なべしま》も手伝ってくれましたから」

若い声だった。

私を尾行していた男だろうと察する。

「生かしておいて大丈夫か？」

中年男が言った。

「瀧川を落とすまでは生かしましょう。使い勝手のいい獲物ですよ、大浜さん」

今村が中年男の名を口にした。

「君が言うなら、そうするか。鎌田君、鍋島君。しっかり見張るように」

大浜という男はそう命じた。

5

白瀬は、残った男女と共に大広間を出て、十畳ほどの和室に連れていかれた。

大きな座卓を挟んで、江島幸一と向き合っている。

白瀬は真ん中にいた。右に三十代のセミロングの女性、左に二十代の短髪の男が座っている。

女性は清川奈波《きよかわななみ》、男性は谷津忠司《やつただし》と名乗った。

三人とも、江島を前にして正座し、緊張した面持ちで身を固くしていた。

「まあ、そう硬くならず。楽にしなさい、楽に」

江島が微笑みかける。

しかし、誰一人、脚を崩そうとはしなかった。

江島は苦笑し、話を始めた。

「私たちは、各所で特別集会を開いている。なぜかわかるかね？」

三人を見回す。

白瀬が口を開いた。

「先生や先生に賛同されている方々のお考えを、直接教授するためですか？」

「それもあるが、もっと大切な役割がある。それは、ワークショップに集まった者の中から、君たちのような優秀な者を見いだすことだ。なぜ、優秀な者を探し出すのか？」

江島は谷津を見た。

「……兼広さんや江島先生の後継者候補を探すためですか？」

「それもある。他には？」

江島は奈波に目を向けた。

「ええと……新たなワークショップの開設者を選ぶため、ではないでしょうか」

「それも一つ。他にないか？」

白瀬を見やる。

「うーん……。すみません、思いつきません」

素直に言う。

「谷津君と清川君は？」

江島に問われ、二人は顔を横に振った。

「君たちのように優秀な者が気づかないか。あるいは、気づかないふりをしているのか」

「気づかないふりとは？」

白瀬は思わず訊いた。

「特別集会に呼ばれるほどのプレーヤーであれば、我々が常に悩まされている事象には気づいているはず。それに気づかないのは、私や兼広の見立て違いか、もしくは――」

江島の顔から笑みが消えた。

「我々の敵だ」

江島が言った瞬間、背後の障子戸が開いた。黒スーツの男たちがなだれ込んでくる。

白瀬だけでなく、谷津と奈波も二人の男に挟まれ、両脇をつかまれた。

白瀬は抵抗を見せた。江島を睨む。

「どういうことですか、これは！」

白瀬の声が響く。

江島は見返した。

「君たちが〝シロ〟とわかるまでは、我々の監視下にいてもらう。大事な時期なのでな。連れていけ」

江島が命じた。

男たちは白瀬らに目隠しをした。無理やり立たせ、和室から引きずり出す。

白瀬は腕を振ったり、体を揺さぶったりと抗ったが、谷津と奈波はさしたる抵抗も見せず、素直に従った。

「シロとわかれば、再度、君たちを招待しよう。一つ上の世界へな」

江島が言った。

白瀬はここで振り切って逃げだすこともできた。が、もがいて見せつつも、男たちに勝てず連れていかれる様を演じた。

江島がどのようなルートでどこまで調べるのかはわからない。しかし、ここを乗り切れば、本丸に限りなく近づくことになる。

賭けるしかない——。

白瀬は覚悟を決め、男たちに引かれるまま、江島の許から離れていった。


今村は大浜に呼ばれ、オフィスに赴いていた。

入口の近くにある応接用のソファーで向かい合っている。

「瀧川君は落ちるか？」

大浜が訊く。

「あと一週間から十日で、完落ちするでしょうね」

今村はほくそ笑み、脚を組んだ。

「しかし、わからん。君はなぜ、瀧川君にこだわる？　君の情報を基にこちらでも彼の経歴を調べてみたが、大きな事案に関わっているものの、まだ作業班員としての経歴は浅い。

しかも、来年には公安部を辞める予定だというじゃないか」

「公安部は、一度足を踏み入れると、なかなか抜けられないところです。まあ、特例はありますが、瀧川はこれからも、なんらかの形で公安には関わっていくでしょう」

今村は一息つき、話を続けた。

「私が瀧川を推すのは、彼が上層部の寵愛を受けているからです」

「上層部とは、鹿倉か？」

「はい。鹿倉もそうですが、舟田を通じて、副総監などにもパイプがあります」

「君としては、腹立たしい後輩というわけか」

大浜が少し挑発するような言葉を投げる。

今村は鼻で笑って、流した。

「私も長年、公安に身を置いた人間。私怨では動きません。そのことは大浜さんもよくご存じのはず。私の情報がなければ、今頃、ＭＳＬＰは組織ごと潰されているでしょうね」

そう言い、脚を組みかえる。

「話は戻りますが、瀧川をこちらの手中に収めれば、公安情報だけでなく、警視庁の、いや、警察庁の情報にもアクセスできるようになるかもしれません。それは、我々にとってメリットでしょう」

今村は〝我々〟という言葉を強調した。

「なるほど。それはそうだね。わかった。瀧川君の件は任せよう」

「ありがとうございます」

今村は軽く頭を下げた。

「ところで、江島先生から問い合わせがあったんだが――」

大浜はスーツの内ポケットから、プリントアウトされた写真を三枚出した。

手前のテーブルに並べる。

「この写真は、江島先生の別邸で行なわれた特別集会に参加した者の顔写真だ」

「ほお、江島先生の別邸ですか。どちらです？」

「君は知らなくていい」

大浜はきっぱりと言った。

「失礼しました」

今村はあっさりと退いた。

「この中に、公安部員はいるかね？」

大浜が問う。

今村は写真を覗き込んだ。にやりとする。

「この男はうちの人間です」

指を差す。

白瀬の写真だった。

「白瀬秀一郎。作業班員としては、瀧川の三期先輩です」

「やはり、潜り込んでいたか……」

「江島先生の関係ということは、兼広氏のアントレプレナーオンネット関連ですか？」

今村の言葉に、大浜は頷いた。

「君は、兼広君のところに作業班員が潜入していたことを知らなかったのか？」

大浜が訝る。

今村は涼しい顔で見返した。

「私は、他の公安部員より内情を知る立場ではありますが、すべての工作を知るのは、鹿倉部長ただ一人です。部長の描いた絵図の中で、我々は役割を与えられ、駒のように動く。危険を承知で」

「君たちも大変だね」

大浜がせせら笑った。

「新しい時代になれば、そうした現況も変わるでしょう。私はそう信じ、大浜さんたちの革命に協力しているのですから」

「人権を軽んじるような国は創らないことを約束しよう。他の二人は？」

「見たことのない顔です」

「ということは、この白瀬という男だけが公安の人間ということだな？」

「はい。部員の顔は把握していますので」

「ありがとう。すぐ、江島先生に連絡を――」

大浜が上着の中に手を入れる。

「白瀬をどうするつもりですか？」

今村が訊いた。

大浜が手を止める。

「もちろん、処分する」

「待ってください。白瀬も利用価値のある男ですよ」

今村の言葉を聞き、大浜は上着の内側から手を出した。今村に向き直る。

「白瀬は、瀧川ほど上に寵愛されているわけではありませんが、彼の取ってくる情報は確度が高いと評価されています」

「なおさら、早めに処分をした方がいいじゃないか」

「いえ、ですから、攪乱《かくらん》要員に使うのです」

今村がうっすらと笑みを浮かべる。

「現場に出ていない上層部にとって、作業班員から上がってくる情報が判断材料のすべて。その情報が間違っていれば、公安部の判断も的が外れたものとなります。白瀬のように信頼されている部員からの情報であれば、上が判断材料に使う確率も高く、陽動作戦にはもってこいです」

「しかし、一歩間違えれば、こちらの手の内が、敵に漏れることにもなりかねん」

「兼広氏ならともかく、江島先生は政治の世界で長年、海千山千の者と切磋琢磨してきたお方。いち公安部員を手玉に取るくらい、たやすい話でしょう。江島先生に提案していただけませんか？　操る情報は、私が大浜さんに提供します。それを江島先生に大浜さんの方から話してもらい、陽動がうまくいけば、大浜さんの手柄にもなるのではありませんか？」

今村は脚を解いて、身を乗り出した。大浜をじっと見つめる。

大浜は目を逸らした。が、その頬にはかすかに笑みが滲む。

「私は、大浜さんの話を聞いて、ＭＳＬＰの活動に参加し、協力することを決めました。私を導いてくれた方には、革命後、確固たる地位に就いていただきたい。そのためであれば、なんでもさせてもらうつもりですよ」

畳みかける。

大浜はうつむいて、笑みを噛み殺した。真顔を作り、頭を起こす。

「わかった、提案してみよう。だが、江島先生に拒否されれば、それ以上は通せない。その時はこの白瀬という部員を処分することになるが、かまわんか？」

「仕方のないことです」

今村はすぐに言った。

大浜は深く頷いた。

「大浜さん、近日中に瀧川に会わせてもらいたいのですが、かまいませんか?」

「それはかまわんが。何をするつもりだ?」

「瀧川は、白瀬とも懇意にしています。舟田に続いて、白瀬の命まで天秤にかけられていると知れば、我々に協力せざるを得なくなるでしょう。これで三日は早く、瀧川を落とせます。大浜さんに許可をいただければ、これから高円寺へ行こうと思うのですが」

「早速だな」

「好機は逃さず。追い込むときは、相手に考える隙を与えないのが鉄則です」

「……わかった。井野辺には連絡をしておく」

「ありがとうございます」

今村は深く頭を下げ、席を立った。

監禁されている舟田の部屋に、鎌田と鍋島が入ってきた。

舟田は薄暗い部屋の真ん中に横たわっていた。両手首は後ろで縛られ、足首も拘束されている。

顔に付いた血は固まり、ぽろぽろと床に落ちていた。

「おら、メシだ！」

鎌田が乱暴に怒鳴り、顔の横にシリアルに牛乳を浸した皿を置いた。

「これなら、顔突っ込んで食えるだろう。犬みたいに食え！」

鎌田が笑う。鍋島も横で大笑いした。笑い声がコンクリートの壁に反響する。

「鍋島、食わせろ」

鎌田が命令した。

鍋島は舟田の脇に屈み、髪の毛をつかんだ。顔を皿の中に押しつける。

牛乳で鼻をふさがれた舟田は、むせて吹いた。

「おら、犬！　さっさと食え！」

鎌田が大声ではやし立てる。

鍋島がさらに舟田の顔を押しつけながら、自分の顔を近づけた。

「記憶してください。大浜らＭＳＬＰ幹部の会合には、江島幸一の別邸が使われている模様。現在、特定中です」

鍋島は小声で素早く伝えた。

そして、立ち上がる。

「さっさと食え。食わなきゃメシはねえぞ！」

鍋島は舟田の背中を蹴り、鎌田と共に出て行った。

舟田は背を仰け反らせながら、ドア口を見つめた。

記録装置ということか――。

舟田は自分の〝新たな任務〟を認識した。

6

今村は、高円寺のジャスティスを訪れた。大浜から連絡を受けた井野辺が出迎える。

「お疲れ様です」

井野辺が頭を下げる。

「瀧川は？」

「上の部屋に閉じ込めています」

「そうか。店の前、若いのに見張らせているんだろうが、目立つぞ。もう少し工夫しろ」

「すみません」

詫びるも、不愉快そうな表情を覗かせる。

二人で二階に上がる。

瀧川の部屋の前に座っていた若い男二人が、井野辺の姿を認め、立ち上がって礼をした。

「変わりないか？」

井野辺が訊く。

「物音一つしません。寝てんじゃないですかね」

一人が言った。

「開けろ」

井野辺が命ずる。

男は鍵を開け、ドアを開いた。

瀧川は窓の方を向いて横になっていた。

「起きろ！」

井野辺が怒鳴った。

瀧川は気だるそうに上体を起こした。ドアの方に体を向け、胡坐をかく。

井野辺の後ろの今村にも気づくが、顔を背け、あくびをした。

井野辺と今村が部屋へ入った。井野辺がドアを閉める。

今村は瀧川の前に座った。井野辺は出口を塞ぐように、ドアのすぐそばに腰を下ろし、
二人を見つめる。

「敵のど真ん中で眠れるとは、たいしたもんだな、瀧川」

「やることがねえからな。わかんだろ」

瀧川ががらんどうの部屋を見回す。

「鍛えたりしないのか?」

「今さら鍛えてもしょうがねえ」

瀧川は眠そうな目で、面倒くさそうに返す。

「相当まいってるな」

今村は、瀧川が壁に刻んだ〝正〟の字に目を向けた。初めは深くまっすぐな線を刻んでいたが、次第に薄い線になっている。

「まいってねえよ。いい機会だから、骨休めしているだけだ」

瀧川は今村と、その後ろにいる井野辺を交互に睨んだ。

が、挑むような目力はない。

「無理するな。俺にはわかる」

今村がにやりとした。後ろで井野辺も嘲笑を滲ませていた。

「そろそろ、俺たちに協力する気になったか?」

「誰が」

毒づくが、その語気も弱い。

「わかっているだろう。井野辺や他の連中を落とす手がもうないことを」

「わからねえだろう、そんなこと」

「俺が教えた手口は、すべて、井野辺に伝えておいた。おまえが取れる手立てはない」

今村が断ずる。

瀧川は渋面をした。

「さらに、おまえには悲報だ」

今村が言葉を溜める。

瀧川が今村の方を向いた。

その時、今村の手元が動いた。瀧川は今村の胸元あたりを見つめたまま、視野で今村の指の動きを認知した。

「白瀬も正体がバレたぞ」

「なんだと!」

瀧川は目を見開いた。そして、顔を伏せる。

しかし、視界は今村の手元を捉えていた。

「まだ、生かしてある。おまえ次第だ」

今村の言葉に、後ろで井野辺がほくそ笑んだ。

「おまえの返事次第では、白瀬も舟田も処分する。どうする?」

今村は瀧川を見据えた。

その手元で、指はずっと動き続けている。が、井野辺からは見えない。

瀧川は逡巡するふりをした。

その間もずっと、井野辺に悟られないよう、今村の指の動きを見ていた。

「明日、もう一度来る。そこで返事を聞かせろ。わかったな」

今村は言い、一方的に立ち上がった。井野辺も立ち上がり、ドアを開ける。

今村は振り返りもせず、部屋を出た。井野辺は瀧川を一瞥して外へ出て、ドアを閉めた。

若い男が鍵をかける。

「見張ってろ」

井野辺は命令して、今村と共に階下へ降りた。

「今村さん、白瀬というのは？」

「公安部の人間だ。兼広氏のところに潜り込んでいたらしい」

「いったい、何人潜り込んでいるんですか。調べられないんですか？」

「作戦は一つじゃない。俺が知らない作戦も多数ある。その全容を知るのはうちの部長だけなんだ」

「作戦行動は記録されているんじゃないんですか？」

「記録はない。その場で言い渡されるだけだ。万が一、作戦行動の記録が外部に漏れれば、それは即、潜入している公安部員の死につながるからな」

今村の言葉に、井野辺が息を呑む。

「それだけに、舟田や白瀬を生かす意味はある。捕まった公安部員は死を覚悟する。すぐに処刑されれば、それも本望だろうが、公安部員とて人間。いったん、死を覚悟したにもかかわらず、その死がなかなか訪れないと、心は揺れ始める。そして、揺れ始めたら最後、死の恐怖に怯えることになる」

今村はうっすらと笑った。

井野辺はその冷徹な笑みを目にし、薄ら寒くなった。

「瀧川は我々に従いますか？」

「今晩一晩で、間違いなく落ちる」

「なぜです？」

「まず、仲間に死が迫っていることを瀧川は認知した。本来、仲間がどうなろうと作戦を遂行するのが我々の使命なんだが、瀧川はそこを割り切れない。仲間を助けようとするだろう」

今村が玄関口で立ち止まる。

「もう一つは、瀧川の精神状態」

井野辺を見つめる。

「気づいたか？　壁の正の文字」

「いえ……」

「日にちを刻みだすのは、自分が弱っている証拠。一種の拘禁反応だ」

「拘禁といっても、まだ数日ですよ」

「日数は関係ない。隔絶されて動けないということが重要なんだ。だから、すべてを排除して何もない部屋に閉じ込めろと指示をした。なぜかわかるか？」

「いや……」

「瀧川には心配事がある。することのない部屋に閉じ込められれば、必然、心配事が思考を蝕んでいく。人間の心というのは頭の中にある。思考が蝕まれれば、心が蝕まれることになる。一度、そのサイクルに入ると、人は負の思考を止められなくなる。特に、瀧川のように、自分の言動が周りの者の生死も決めるという立場に置かれると、負の思考サイクルは加速する」

「つまり、今の瀧川はその状態だと？」

「見たろう。あの覇気を失った瀧川の様子を」

「ええ、まあ……」

井野辺は小さく頷いた。

「そこに白瀬の正体がバレたとの情報が入る。白瀬は、瀧川の戦友のような存在だ。その生死も自分の決断が左右するとなれば、冷静ではいられない。夜は、負の思考に拍車をかける。明日の天候は雨だ」

「雨が何か？」

井野辺が首を傾げる。

「人の心理を操りたければ、天候にも気を配れ。敵を落とす時は、曇りから小雨が降り続くようなときがいい。太陽は脳を活性化させる。豪雨は恐怖を与えるが、その恐怖が心身を警戒態勢に導き、意外と冷静な判断をさせてしまう。ぐずぐずとした雨が続く時が最も、人を不安にさせる。そういう意味では、明日はヤツを落とすのに最高の日よりだ」

今村はそう言い、顔を寄せる。

「俺たちはここまで考えて、ターゲットを狙うんだ。おまえらも少しは学べ。わかったか？」

「はい」

井野辺は気圧され、少し仰け反った。

「じゃあ、また明日来る。しっかり見張っていてくれ」

今村は井野辺の肩を叩き、玄関を出た。

井野辺は今村の背を見据えながら、大きく息をついた。

瀧川はドアに背を向け、横になっていた。

監視している井野辺の手下が、何度か瀧川の様子を覗き見た。彼らには、瀧川は変わらず寝ているように見えただろう。

が、瀧川は目をつむっていながらも起きていた。

頭の中で、何度も今村の指の動きを思い出し、翻訳する。

今村は手話を使っていた。

気づいたのは、最初に指を動かしたときからだ。井野辺に気づかれないよう、あきらかに意図を持った指の動きを見せた。

ただ、一般的な手話ではない。公安部員が使っている暗号のようなものだ。

今村は素早く右手と左手で番号を示す。右が横、左が縦の数字に当たる。その縦線と横線が合致したところにある文字が、今村が伝えたい文字となる。

五十音の照合表には、いくつかのパターンがある。

今村は、まず最初にどの照合表を使うのか、番号で示した。その後、両手の指を動かし、縦横の番号を示していく。

瀧川に普通の話をしながら、指ではメッセージを的確に伝えてくる今村の手腕は目を瞠るものがあった。

普段は、今村が瀧川たちに指示を送り、瀧川たちはその指示通りに動くだけ。実際、現場で共に仕事をしたことはない。

瀧川は正直、今村の実力には懐疑的だった。

しかし、現場での今村の動き方は秀逸だった。

今でも、本当に今村がこちら側なのか、敵なのか、判別できない。ひょっとすると、また今村の手のひらで踊らされているのかもしれないと疑念を抱くこともしばしばだ。

が、裏を返せば、それだけ敵の懐深く潜り込んでいることになる。

今村がこの作戦に参加したのがいつなのか、正確な時期はわからないが、短期間に大浜を籠絡したことは事実だ。

自分にはできない芸当だと、瀧川は感じていた。

瀧川は何度も今村の指の動きを思い出し、頭の中に叩き込んだ照合表と数字を突き合わせた。

今村のメッセージは、こうだった。

《江島幸一が動きだした。決行の日は近い。ミサイルの有力情報もある。明日、寝返ろ》

江島という者が何者なのかは知らない。だが、今村がわざわざ伝えるということは、MSLPの関係者の中でも大物ターゲットの一人なのだろう。

ミサイルの有力情報というのも気になる。

詳細はわからないものの、今村の耳に情報が入るということは、敵の作戦が情報漏れをある程度黙認するまでに進んでいるということでもある。

寝返るしかない。

瀧川はどんな顔で陥落させられるかを思案した。

「確かか?」

鹿倉が日埜原に訊いた。

「ああ。陸自のミサイルの専門家に見てもらった。藪野が送ってきた写真の鉛筆の先のようなものはペイロード。転がった部品の中には、起爆装置の一部に使う部品や配線もあると断言した。さらに、藪野からの情報で、ビルの上部に円柱形の心柱を設置しているようだ。おそらくミサイルの胴体だろう。ビル全体を発射台に仕立て上げているとみて間違いない」

「踏み込むか?」

日埜原は自信ありげに語った。

鹿倉に訊く。

「いや、まだ早い。MSLPの中心人物が一堂に会すところを狙いたい」

「気持ちはわかるが、連中が一カ所に集うとは限らんぞ」

「いずれ、その時は来る。今、拙速に動いて、中心メンバーの一部を取り逃がすことの方が面倒だ」

「江島や神月を拉致するという手もあるが」

「まだ、ミサイルの燃料となる素材が大きく動いたという報告はない。現時点でそこまでする必要はなかろう。ただ、急ぐ必要はあるな」

「どうする？」

日埜原が訊く。

「かき回す」

鹿倉は言い、宙を見据えた。

7

翌日、再び今村が高円寺を訪れた。井野辺は今村と共に、瀧川の部屋を覗いた。

瀧川は胡坐をかいて座っていた。ドアが開く音がしても、目を向けず、ボーッとしたまま、宙をなんとなく見つめている。

傍らには、仲間が投げ入れたパンとパックの牛乳が手つかずで転がっていた。

井野辺は、瀧川の姿を見た途端、驚いて目を丸くした。

瀧川の頰はたった一日でげっそりとこけていた。目の下のクマもひどく、顔も蒼白い。

白目は充血し、覇気を失っていた。

今村は、さもありなんという笑みを浮かべ、井野辺を見やった。

今村がゆっくりと部屋に入る。瀧川に近寄り、肩に手を置いた。

瀧川はびくっとした。やおら、顔を上げる。涙が滲み、救いを求めるように今村を見上げる。

「決めたか？」

今村が静かに声をかけた。

瀧川は頷いた。瞬間、今村の腕をつかみ、引き寄せた。今村の上体が傾く。

井野辺とその仲間が、二人に駆け寄ろうとした。

今村は片手を上げ、井野辺たちを制した。

「おまえらに協力はする。だが、約束しろ。俺はどうなってもいい。しかし、舟田さんや白瀬さん、小郷さんや綾子たちには手を出すな。俺の周りの人間を誰も殺すな。約束しろ、今村！」

充血した両眼をひん剝いて、声を張る。

今村は涼しい顔で微笑んだ。

「約束する。おまえの周りの者は誰も殺さない」

そう言って、空いた手で瀧川の腕を軽くポンポンと叩いた。

瀧川は一度大きくうなだれた。そして、顔を上げると同時に立ち上がる。足下がふらついた。

今村が腕を握って支え、その場に座らせた。

「何か食え。そんな状態じゃ、話もできない。井野辺、何か精のつくものを食わせてやれ」

今村が言う。

「すぐに用意します」

井野辺は素直に従い、仲間と共に階下へ走った。

束の間、二人きりになる時間ができた。今村は瀧川の脇に屈んだ。

「いい役作りだ。食事後、大浜のところへ連れていく。部長から、かき回せという指示が出た。俺の言う通りに動け」

小声で素早く話す。

「ミサイルの情報は？」

顔は横に向けたまま、今村を見ずに訊く。

「藪野が発見した。ほぼ間違いないだろうとの話だ。あとは、ＭＳＬＰの主要メンバーを炙り出し、一気に潰す」

話している途中で、かすかな足音が聞こえてきた。

意識していなければわからないほどの軋みだが、今村と瀧川は的確に足音を捉え、落とした者と落とされた者の顔に戻った。

井野辺が唐突に姿を見せる。気配に気づき、今村だけが振り向いた。

「カレーぐらいしかないですけど」

「十分だ。香辛料は目覚ましにいい」

「下に用意しています」

「ありがとう。瀧川、行くぞ」

腕を握り、立たせる。

瀧川はふらつきながら立ち上がり、今村に引かれるまま、一階へ降りていった。

店内の会合ルームのテーブルに、カレーが用意されている。

今村は瀧川を座らせた。

「食えなくても、口にねじ込め。一時間後にここを出る」

そう言い、瀧川から離れた。

井野辺がついてくる。店内の展示スペースで、今村に話しかける。

「驚きました。あんなふうになるんですか？」

「おまえにも体験させてやろうか？」

今村はじとっと井野辺を見据えた。

「遠慮しておきます」

井野辺の頬が引きつる。

「メシを食わせたら、大浜先生のところへ連れてこい。混み入った話をするから、同行者はおまえだけでな」

「わかりました」

井野辺の返事に今村は頷き、出て行った。

井野辺は今村を見送った後、生気のない瀧川に目を向け、身震いした。


一時間後、瀧川は井野辺に連れられ、大浜のオフィスに赴いた。

今村と大浜はテーブルを挟んで向かい合い、話をしていた。

「やっと来たか。座れ」

今村が立ち上がり、大浜の横に移る。井野辺が瀧川の背中を押し、大浜の対面に瀧川を座らせた。出口に近い方に井野辺が腰を下ろす。

大浜が瀧川に笑みを向けた。

「瀧川君、ようやく我々に協力してくれる決心を固めたとか」

「はい。なんでもさせてもらいます」

瀧川が抑揚のない声で答える。

大浜は怪訝そうに今村を見やった。

「大丈夫。観念した者は、一様にこんな感じになりますから」

今村はさらりと言い、瀧川と井野辺に交互に目を向けた。そして、瀧川を見つめる。

「瀧川。さっそくだが、働いてもらうぞ」

「何をすればいいんでしょうか？」

ぼんやりと今村に顔を向ける。

「おまえに情報を渡し、公安部に戻す。それと引き換えに、ＭＳＬＰ関連の捜査資料を根こそぎ集めてこい」

「どの程度までですか？」

「過去の情報から最新情報まで、根こそぎだ」

「今村君。そんなことができるのか？」

大浜が訊く。

「できますが、少し肝の情報が必要です。公安部もずいぶん調べているので、適当な情報では、瀧川がこっちに寝返ったことなど簡単にばれてしまいます。大浜さん、あなたの知る限りでいい。ＭＳＬＰの構成員はどのくらいの人数と規模か、教えていただけませんか？」

今村が訊いた。

大浜は目を丸くした。井野辺もあんぐりしている。

「その情報を持ち帰れば、上層部は瀧川を信頼するでしょう。そこで私は連絡を絶つ。瀧川には、私があなた方に寝返ったと言わせる。公安部は私を切り、瀧川を捜査の中心に据えるはず。そうすれば、あなた方の欲しい情報はいつでも手に入るようになります」

「しかし……」

「大浜さん！　俺も命懸けなんだ！　あんたも懸けてくれ！」

今村は乱暴だが熱のこもった言葉を浴びせた。すぐ、井野辺にも顔を向ける。

「井野辺！　おまえにとっても賭けだ！」

「僕は関係な――」

「大浜グループがMSLPの中心になるんだ！」

今村は井野辺の言葉を遮り、強い口調で言った。

「瀧川を公安部の中枢に送り込めば、おまえたちの活動記録を消去できる。大浜グループの他の者の記録もな。公安情報が手に入る上、こちらの活動状況は一切相手に悟られない。情報を牛耳ることは、覇権を得ること。大浜さん」

今村は、大浜を直視した。

「天下を獲りましょう」

天下という言葉に、大浜の目が開いて輝いた。

落ちたな。

今村は瀧川を見た。瀧川は腹の中でほくそ笑んだ。

白瀬は、江島の別邸敷地内にある離れに監禁されていた。

山肌を背にした小さな小屋で、元は作業小屋だったようだ。土間があり、畳も土で汚れて陽に灼け、ささくれている。

入口の前には江島の部下が二人、立番をして見張っていた。

先ほどまで、奈波と谷津も共にいたが、二人は江島に呼ばれ、小屋から出ている。

一人残された白瀬は、多少の不安を感じていた。

バレたかもしれない……。

スマートフォンの操作にミスはない。アントレプレナーオンネットのセミナーや小出たちとの付き合いでもしくじった覚えはない。

露見するとすれば、どこだ？

白瀬は細かいことまで記憶をたどり、自分の言動に失態がなかったかを内観していた。

と、入口の引き戸が開いた。

奈波と谷津が戻ってきた。

「なんだったんだ？」

白瀬が訊く。二人は答えない。立番の男は三人を一瞥し、引き戸を閉めた。掛金をかけ、南京錠を閉じる音がした。

二人は、白瀬から離れて座った。体を横に向けて、白瀬とは目も合わせない。問いに対する返事もなかった。

白瀬は一つ息をついて、そっぽを向こうとした。

と、奈波が壁をトントンと指でつついた。音に気づき、白瀬が目を向けた。

谷津が引き戸と奈波の間に座り直した。奈波の左半分が入口から死角になる。

奈波は細くて白い指を動かし始めた。横目で手元を覗いた白瀬の目が鋭くなる。

奈波は公安部員同士の手話を使い始めた。返事をせず、メッセージを受け取れという。

白瀬は小さく頷いた。

奈波が指で数字を示す。白瀬は照合表を頭に浮かべた。奈波は次々と数字を示した。白瀬が素早く、頭の中で文字を並べていく。

奈波と谷津は、今村班の作業班員だということだった。

白瀬の正体はバレていて、奈波と谷津には、江島から白瀬を監視するようにとの指示が出たという。

さらに奈波は、江島の周りに集まるＭＳＬＰの幹部とおぼしき者たちの顔と名前が判明したら、白瀬を逃がすので、この別邸の場所も含めて、鹿倉に報告するようにと伝えた。

白瀬は前を向いたまま、頷いた。

奈波の話は終わった。

白瀬はメッセージを聞いて、一つの事実を知った。

自分たちとは別に、今村直轄の作業班が動いている。

そのことを白瀬たちは知らされていない。

嚙ませ犬か……。

今村の顔を思い浮かべて憤り、藪野や瀧川のことが心配になったものの、現状ではこのまま作戦を遂行するしかなかった。

藪野はクレーンを操りながら、内心、頭を抱えていた。

昨夜突然、鹿倉から指示があった。

作業中、現場で大きな事故を起こし、騒ぎになっている隙に、上階の心柱を調べてこいというものだった。

藪野が送った写真で、上階へ運ばれている部品の一部に弾頭や起爆装置に使われる部品があることが判明した。

鹿倉からの指示は必然だとは思うが、現場の人間から言わせれば、簡単なミッションではない。

事故を起こせば、もうこの現場にはいられなくなる。

その後、自分の姿がなければ、当然、敵は藪野のことを疑うだろう。

それだけでもかなりのリスクを背負うのに、さらに心柱を調べるために上階へ向かわなければならない。

滞在時間が長くなるほど、敵に捕まるリスクは高まる。サポートもない中、独りでこの作戦をやり遂げるには、相当の覚悟が必要だった。

俺に死ねというのか……。

メールで指示を見た時、さすがの藪野も憤った。

とはいえ、命令が出た以上、実行しないわけにもいかない。

午前中をやり過ごし、昼食を終え、現場は午後の作業に入っていた。

藪野はタイミングを計っていた。

混乱を演出するには、人が多い方がいい。午後になると、関係者の出入りも多くなる。

その時を狙っている。

「熊谷さん、大丈夫ですか？」

作業の相棒を務める河合が、運転席を覗き込んだ。

「ああ、大丈夫だ」

藪野は力ない笑みを浮かべ、額に滲む汗を拭った。

朝から、体調不良を演じている。事故を起こして当然な空気を作るためだ。

搬入トラックが数台入ってきた。多くの荷物が降ろされ、クレーンの作業場まで運ばれてくる。

木箱が堆《うずたか》く積まれた。

ここしかねえな。

薮野は決断し、意識が朦朧とするふりをして、クレーンの鉤付きワイヤーを大きく振り回し、積まれた木箱をなぎ倒した。

# 第五章　逆襲

## 1

藪野が振り回したクレーンの鉤付きワイヤーは、積み上げられた木箱をなぎ倒した。

現場にけたたましい音が轟き、木箱の中身が四散し、埃を舞い上げる。

「大丈夫か！」

砂塵で白む現場に作業員の声が響いた。

その声をきっかけに、作業員たちが次々と声を上げ、崩れた荷物やクレーンの下に駆けてくる。

現場はたちまち騒然となり、人があふれた。

藪野は運転席から飛び降りた。

このまま気を失ったふりをして管理事務所の医務室に運ばれたところで抜け出そうと考えたが、想像以上に混沌とした状況を見て、瞬時に判断を変えた。

ここは一気に心柱を攻め、すばやく情報を集め、撤退するに限る。

腰のタオルを鼻から下に巻き、ヘルメットを放り、顔を隠して集まってくる人の流れに逆行した。

人垣を抜けると、現場を監督している有馬良康が後ろの方から走ってきていた。

藪野は柱の陰に隠れ、叫んだ。

「赤ボン！　大変だ！　えれえ事故が起こっちまってる！」

「なんだって！」

有馬の顔が強ばった。声の出所に目を向ける余裕もない。他の現場を担当している別の建設会社の者たちも集まってきていた。

「死人が出てるかもしんねえぞ！」

藪野はもう一度、叫んだ。

別の会社の人間の顔も一様に引きつった。

藪野はそれを見て、彼らの脇を抜け、上階へ向かう建設用エレベーターの前に走った。

途中、藪野と同じくらいの背格好のスーツ姿の中年男性に出くわした。一人で事故現場へ向かおうとしている。

藪野は中年男性に駆け寄った。

「管理の方ですか！」

「視察に来た者だ。何があった？」

「大変な事故です！　私は救急車の手配をするよう命じられたのですが、管理事務所はどこですか？」

藪野はあわてている様を演じた。

中年男性も緊張した面持ちになる。

「それは大変だ！　こっちだ！」

中年男性が藪野を連れて行こうと背を向けた。

瞬間、藪野は男性の後頭部を殴った。男性が頭を押さえて前のめりになる。

藪野は男性の首にタオルを巻き付けた。周りを見つつ、現場の資材の陰に男性を連れ込む。男性は目を剝いて、喉元を掻きむしった。

タオルを放すと、男性は仰向けに倒れた。藪野はすぐさま左手のひらで男性の目を覆った。

鳩尾《みぞおち》に拳を叩き込む。

男性が息を詰めた。まもなく、強ばった体から力が抜けていく。

「すまねえな」

藪野は気絶した中年男性のスーツを脱がして着替え、自分が着ていた服で手足を縛り、タオルで猿ぐつわを嚙ませて、人目に付かないところへ置いた。

洗面所に駆け込み、スーツの埃や汚れを拭い、顔を洗い、水をつけて髪型を整えた。

「よし。さっさと済ませよう」

鏡に映る自分にはっぱをかけ、洗面所を駆け出た。

デスクの内線電話が鳴り、鹿倉は受話器を取った。

「もしもし……ああ、わかった。私がそちらへ行く」

短く話し、受話器を置いた。席を立って、スーツの前裾を整え、急ぎ足で部屋を出る。

エレベーターに乗り、警視総監室のあるフロアに上がった。降りて、静かな廊下を奥へ進む。

上層部が会議を行なう部屋の前に立った。ドアを開ける。

中には、日埜原と瀧川の姿があった。二人は、鹿倉の姿を認め、立ち上がって一礼した。

鹿倉は頷き、一番奥の席に座った。鹿倉からみて、左に瀧川、右に日埜原が座っている。

「さっそくだが、報告を」

鹿倉は瀧川を見やった。労いもない。

そうした態度は腹立たしいが、今、文句を言ったところで何かが変わるわけでもない。

瀧川は淡々と話し始めた。

「大浜の話で、ＭＳＬＰの組織図が見えてきました。ボードを借りていいですか？」

鹿倉の後ろにあるホワイトボードを見やる。鹿倉が頷いた。

瀧川は図を描き始めた。

「ワークショップの上にカノプスという階級があります。大浜は今、この階級のようです。その上にはホルという階級があり、さらにその上にヘリオポリスという階級が置かれているようです」

下から上に図を描き上げていく。

「エジプト神話か」

日埜原が呟いた。

「つまり、カノプスがホルを押し上げ、ヘリオポリスを完成させるということだな」

鹿倉が言った。

「そう理解しました」

「自分たちを太陽と呼ぶか。ふざけた話だな。組織全体の構成員の人数は？」

「全国四十七都道府県にワークショップを展開し、その数は百カ所を超えているそうです。高円寺のような小規模会合をしているところもあれば、ビジネスや自己啓発のセミナーと称して人を集めているところもあるそうなので、概算ですが、最低でも千人超、多く試算すれば一万人近くになるかと」

「多いな……。カノプスにあたる人物は、大浜以外に特定できなかったのか？」

「大浜の口からは、他の同階級の者の名は聞き出せませんでした。それより上の階級も同様です」

「上層部の人数は？」

「それもわかりません」

「困ったな……」

鹿倉が眉間の縦皺を濃くした。

「今、つかんでいる人物だけでも拘束しますか？」

日埜原が訊く。

「いや、上層部の人数が把握できなければ、討ち漏らす可能性がある。これ以上、潜られるのはうまくない」

鹿倉が険しい顔をして、大きく息をつく。

「その件なんですが」

瀧川は鹿倉と日埜原を見やった。

「ミサイルの所在を特定しつつあると今村主任から聞いたのですが、本当ですか？」

「今、確認中だが、おそらく間違いない」

日埜原が答える。

「なら、ミサイルを破壊しましょう」

瀧川が言う。

鹿倉と日埜原は目を見開いた。

「正気か？」

日埜原が思わずこぼした。

瀧川は日埜原に目を向けた。

「はい。おそらくですが、ミサイルはまだ完成していません」

「なぜそう思う？」

鹿倉が訊く。

瀧川は鹿倉の方を向いた。

「主任は今、大浜に天下を獲ろうとけしかけています。大浜もまんざらでもない様子。つまり、まだ内部の力関係は定まっていないということ。権力闘争をする時間的余裕があるということ。ひいては、なんらかの作戦を実行するまで、まだ時間があるということです」

「君の言うことはわかるが、それとミサイルの完成は関係ないだろう」

「いえ、そうは思えません。完成したミサイルを長期間隠しておけば、我々に発見されるリスクは増します。また、ミサイルは彼らの行動原理、スクラップ・アンド・ビルドの精神を引っ張る存在だと考えれば、完成後、いつまでも狼煙《のろし》が上がらない状況では士気が下がるでしょう。ミサイルを使わないまま、我々が接収してしまえば、ＭＳＬＰの賛同者も激減します。おそらく、ミサイルを完成させるというモチベーションで仲間を引っ張ると同時に士気を高め、その勢いで革命を起こそうとしている。僕はそう読んでいます。だからこそ、彼らの行動原理の象徴であるミサイルを完成前に破壊すれば、組織に混乱が生じ、敵を炙り出しやすくもなるでしょう」

瀧川は一気に自分の考えを話した。

日埜原が口を開く。

「今、確認中のミサイルが、君の言うように未完成で、我々が追っていたものなら、その策も嵌まるかもしれない。が、ミサイルと思われていたものが的外れで、別の場所に本物があるとすれば、それこそ空振りに終わる。そうなれば、ＭＳＬＰの解明もミサイルの発見も困難になるのではないか？」

「もし、ミサイルが偽物だったとしても大丈夫です。公安部が近々、ミサイルを破壊するという情報が敵に流れればいいだけですから。そして、的外れでも、実際に破壊行為に出たとなれば、彼らは本物を特定されまいと動くはず。当然、幹部も集結するでしょう」

「ギャンブルだな」

鹿倉が言う。

「僕たちを当て馬にして別班を送り込むような作戦を立てられる部長なら、この程度のギャンブルは平気でしょう」

瀧川は皮肉を込め、睨んだ。話を続ける。

「どのみち、僕はMSLPに関する捜査資料を持って、大浜の下に戻らなければなりません。僕が捜査資料を得られるのは、今村主任が敵に寝返ったことを部長に報告し、組織の貴重な情報を持ち帰ったことで、主任の代わりに指揮を任されたからという前提に立ちます。その僕が、詳細な捜査資料に加えて、ミサイルを発見し、破壊するという情報を彼らに渡す。彼らが動かない道理はないと思いますが」

鹿倉を強く見据えた。

鹿倉はじっと瀧川を見返した。

「わかった。やってみよう」

「ありがとうございます」

瀧川は頭を下げた。

藪野は、他の視察団と共にエレベーターに乗り込んだ。渡されたヘルメットを目深に被り、箱の端に立っている。

無精ひげはあるものの、スーツを着ているせいか、怪しまれることもなく、上階へ上がっていった。

エレベーターを降りて、少し、視察団にまぎれて歩いた。

そして、上階への階段手前で列を外れた。しらっとして、階段を上がっていく。

心柱の土台を作っているフロアに出た。中では、下の喧騒とは関係なく、工事が続けられている。

藪野は自分の携帯で録画を始め、胸ポケットに入れ、レンズだけを上に出した。

そのまま視察している関係者を装い、歩き回る。

細かく撮影したいところだが、余裕はない。

心柱の脇まで来て、背を反らせながら上を見上げた。

円柱が最上部にまで伸びている。その先に円錐形の冠が乗っていた。一度上まで撮影し、腰を折って足下の方を映す。

そして、その場にしゃがみ込んで、円柱の下を覗いてみた。

途端、藪野の顔が曇った。

てっきり、推進装置の片鱗《へんりん》が拝めるだろうと思っていたのだが、中はがらんどうだった。

弾頭部分にだけ、推進装置を仕込んでいるということか？

胸元が入るほど深く、円柱の真下に潜る。

と、声をかけられた。

「何やってんだ？」

顔を出す。作業着姿の中年男性が、藪野を睨んでいた。

「申し訳ない。中はどうなっているのかと思いましてな」

藪野は微笑み、筒の中から上体を出して立ち上がった。

「あなたは？」

怪訝そうに見つめる。

「視察の者です」

そう告げ、上着の内ポケットに手を入れる。名刺入れがある。藪野はそこから名刺を出した。

名倉工務店常務取締役の柳徹夫《やなぎてつお》と記されている。

「名倉工務店の柳です」

名乗って、名刺を差し出す。

「ああ、柳さんですか。いつもお世話になっております」

「いやはや、立派なものですな。すごいものを見させていただきました。では、私はこれで」

藪野が踵を返す。

「あー、柳さん」

「なんですか？」

藪野は動揺を悟られないよう、微笑んで振り返った。

中年男性も笑みを返す。

「私も名倉工務店の者ですが、うちに柳という者が二人いるという話は聞いたことがないんですよ」

男性が右手を上げると、他の作業員数名が、藪野を取り囲む。

「あんた、誰だ？」

男性から笑みが消えた。

2

名倉工務店の者たちが藪野を取り囲んだ。素手の者もいれば、手に鉄パイプやバールを握っている者もいる。

「観念しろ。おとなしく捕まるなら、手荒な真似はしない」

中年男性が睨む。

藪野は顔を回し、一同を睥睨《へいげい》した。そして、ふっと笑みを漏らす。

「ツイてねえな。よりによって、張り倒したヤツの部下だとは」

ゆっくりと上着を脱ぎ、右手に握る。

「抵抗するな。面倒だ」

「うるせえ。捕まえてみろ」

藪野は言うなり、回転した。

真後ろの、鉄パイプを握っている男に向かって上着を振る。

男は不意に攻められ、ガードを上げ、首をひっこめた。

藪野は突進した。上着で視界を遮り、その後ろから左ストレートを放つ。

上着が男の眼前から消えた瞬間、藪野の拳が現われる。

男は避けられず、まともに拳を食らった。鼻柱が歪み、血が噴き出す。男は真後ろによろけ、もつれて、腰を落とした。

藪野は男の顔面に、右膝を叩き込んだ。男の顎が跳ね上がり、後方に倒れた。背中と後頭部をしたたかに打ちつける。

男の右手もコンクリートの床にあたり、握っていた鉄パイプがこぼれた。

藪野は左手で鉄パイプをつかんだ。先へ走る。目の前にバールを持った男が躍り出た。

藪野の顔をめがけて、L字に曲がったバールの先を振る。

藪野は深く屈み、相手の右脇に踏み出した。同時に、左手一本で鉄パイプを水平に振る。

男の腹部に鉄パイプがめり込む。男が体をくの字に折った。

藪野は鉄パイプを振り抜き、振り向きもせず、そのままエレベーターへ走ろうとする。

その前に、二人の男が出てきた。左の男がいきなり鉄パイプを振る。藪野は足を止め、左手で握った鉄パイプを垂直に立てた。

金属音がフロアに響いた。藪野の手から鉄パイプが飛び、床に転がった。

右の男が藪野に回し蹴りを放った。顔面を狙っている。

藪野は上着を持った右腕を上げた。前腕に男の脛が食い込む。腕の骨が軋んだ。

素人じゃねえな——。

藪野は左手で上着の裾をつかみ、前腕で止まった男のふくらはぎに素早く上着を巻き付けた。

胸元に引き、脚が伸びたところで、軸足になっていた男の左脚を右脚の甲で払った。

男の体が浮き上がった。宙で腰が折れ、そのまま真下に落下する。

男は背骨をしたたかに打ちつけ、呻いて仰け反った。

もう一人の男が鉄パイプを振り上げた。藪野の頭頂を狙って振り下ろす。

藪野は上着から手を放し、後転した。的を失った鉄パイプがコンクリートの床を叩く。

床が抉れ、コンクリのかけらが飛ぶ。

藪野は男から距離を取った。

と、別の男が後ろから藪野を腕ごと抱き留めた。

藪野はとっさに頭を後ろに振った。後頭部が男の鼻先を打つ。男は顔をしかめた。男の腕が一瞬弛む。

その隙を逃さず、藪野はまっすぐ真下にしゃがんだ。

藪野の体が男の腕の輪から抜けた。両腕を上げ、男の服をつかむ。しゃがんだまま、少し後ろに下がり、尻を男の股間の下に入れる。

そして、服を引き下ろしつつ、立ち上がった。

男の体が藪野の腰から背中に乗った。藪野は男の腕をさらに引き、上体を深く前に倒した。

男の体が宙で半回転した。前方へ飛ぶ。鉄パイプを持って追ってきていた男にぶつかる。

二人の男はもつれ、床にひっくり返った。

再び、エレベーターを目指そうとしたが、名倉工務店の者が次々と現われ、行く道を塞いだ。

藪野は後退を余儀なくされた。フロアの中央に押し戻される。

背中が心柱の外壁に当たった。名倉工務店の人間が取り囲む。

中年男性が藪野を見据えた。

「あんた、強いな。公安か？」

「なぜ、そう思う？」

「俺たちの敵だからな」

「そうだと言えば？」

「容赦はしない」

中年男性が右手を上げた。

男性の後ろに隠れるように立っていた男が右腕を上げた。

藪野は手元を見た。高圧釘打ち機を握っている。

男がトリガーを引いた。プシュッとエアの噴き出す音がした。

藪野は右へ避けようとしたが、わずかに遅れた。左肩を釘が射貫く。

藪野の相貌が歪んだ。

釘打ち機はまだ藪野を狙っている。藪野は右側に飛び、前回り受け身を取って転がった。

藪野を狙って放たれた釘が、カンカンカンと音を立て、心柱の外壁に突き刺さる。

立ち上がったところに、敵の男が待っていた。右回し蹴りで藪野の顔面を狙う。

藪野はガードのため、左腕を上げようとした。が、左肩の傷が疼き、一瞬、腕が止まった。

蹴りが藪野の左顔面を捉える。藪野は顎を引いた。

強烈な蹴りに弾き飛ばされ、心柱の外壁に右半身がぶち当たった。反動で床に突っ伏す。

間近にいた男が藪野を踏みつけようとした。

藪野は気配を感じ、転がった。心柱の円柱の中へ入る。

仰向けになり、心柱の内壁を見上げた。壁に沿うように上まで螺旋階段が続いている。

「引きずり出せ！」

中年男性の声が聞こえた。

藪野は内壁に手をついて、立ち上がった。蹴りを食らって脳が揺れたせいか、足元がふらつく。

が、踏ん張って頭上を見上げた。

「こうなったら、こいつの中身を全部見てやる」

藪野は内壁の螺旋階段を上り始めた。

白瀬たちは、江島別邸の大広間で、江島本人からの講習を受け、屋敷を出て、離れに戻っていた。

スーツを着た男に真後ろで監視されながら、裏山の道を上っていく。

先頭の白瀬に、奈波が近づいた。

「白瀬さん。本部からの指示です。これを持って逃げてください」

奈波が背中をつついた。

白瀬はバトンパスの要領で、後ろに手を出した。奈波が体で白瀬の手を隠しつつ、手のひらに小さなものを乗せる。

白瀬は腕を戻し、手の中にあるものを見た。極小のUSBメモリーだった。

「ここに、これまで江島別邸を訪れたMSLP幹部と思われる者の名前、ここの位置情報を入れています。これを本部に持ち帰ってください」

「いつ、決行する？」

「もうすぐです。合図をしますので、最後尾の監視者を倒し、山の中へ逃げてください。右手の方向へまっすぐ行くと、敷地を囲う金網があります。その一部が破れているので、そこから敷地外へ出てください。金網には高圧電流が流れていますから、触れないように。敷地外に出たら、さらに右へまっすぐ進んでください。そうすれば、幹線道路に出ます。そこで本部の人間が待っている予定です」

「わかった」

白瀬はUSBメモリーを握り締め、ズボンのポケットの奥深くに入れた。

それから百メートルほど歩く。離れへの山道が木々に囲まれた。

「あっ」

奈波の声がした。木の根につまずいて転ぶ。

白瀬と谷津が足を止めた。

「大丈夫か？」

二人は屈んで、奈波に手を伸ばした。

「ごめんなさい」

奈波はもたもた起き上がろうとする。スーツの男が近づいてきた。

「何やってんだ」

スーツ男が三人の様子を覗き込もうと、上体を倒した。

瞬間、白瀬は立ち上がり、スーツ男の顎に頭突きをかました。

スーツ男が呻き、仰け反った。

白瀬は右脚を振り上げた。甲が男の股間に食い込む。

男は目を剝き、息を詰めた。股間を押さえて、両膝を落とす。

「貴様……！」

男は震えながら、白瀬を睨み上げた。

谷津が襲いかかってきた。白瀬は右腕を振り、頭の側面を押すように殴り、なぎ倒した。

白瀬は男を見下ろし、右回し蹴りを首筋に叩き込んだ。男の血流が一瞬途絶える。

男の意識が瞬時に飛び、横倒しになって動かなくなった。

倒れたままの谷津に駆け寄る。

「すまなかったな」

「いえ」

谷津は笑顔を見せた。

「あとは任せろ」

白瀬は笑みを返し、山道を外れた。

道なき道をひたすら右方向へ走る。

「白瀬が逃げたぞ！」

谷津の声が山に響いた。

白瀬は、谷津が見事に敵を演じていることに頷いた。

木の幹や根をつかみながら、山をかける。着ているものが泥だらけになる。時折、足が滑るが、しっかりと踏ん張って体勢を立て直し、先へ進む。

「待て、こら！」

男たちの怒声が轟いた。複数の足音や枝葉を揺らす音が聞こえる。追っ手の気配は距離を詰めてきていた。

「山慣れした猿は早いな」

白瀬は独り言《ご》ち、右先を見つめた。

江島別邸を囲む金網が見えてきた。白瀬は一気に駆け寄った。

金網を確認する。上部には有刺鉄線が張られている。金網には無数の電線が縦横無尽にめぐらされていた。

金網の外には、高圧電流にやられた猪《いのしし》も倒れていた。

相当の電圧だな……。

白瀬は金網沿いに歩き、欠損しているところを探した。

追っ手の気配が濃くなってきた。

急がなければ――。

白瀬に多少の焦りが滲む。

と、左側に、金網がめくれた部分を発見した。

腐葉土を踏みしめ、その場所へ駆けあがる。

金網の下左部分が錆びて切れ、内側に反っていた。しかし、人が通るには狭い。

他に空いたところがあるのか?

周囲を見回す白瀬の目に、追っ手の姿が映った。

白瀬は上着を脱いだ。上半身裸のまま、上着を右手に巻きつけ、金網の端をつかむ。電流が流れてスパークする。その火花が、上着に飛んだ。

火が点く。白瀬は一気に金網をめくり上げた。バチバチと電流が火花を散らす。

なんとか、大人一人が通れそうな隙間ができた。

白瀬は火の点いた上着を投げ捨てた。手は軽いやけどで赤くなっていた。

炎とスパーク音、煙の臭いに気づいた追っ手が、白瀬を見つけた。

「こっちだ!」

男の一人が叫ぶ。

白瀬は腹ばいになって、隙間に頭を通した。なんとかいけそうだ。猪の死骸を見やり、ほふく前進で慎重に進む。

足音はすぐ近くまで迫っている。

出てしまえば、金網が防護壁になる。そう思い、白瀬は急いだ。

上半身が金網の穴から抜けそうだった。

いける！

思った時だった。追っ手の一人が金網に向かって木の枝を投げた。

枝が金網にあたった。火花が白瀬の体に降りかかる。

もう一本、大きな枝が飛んできた。金網が大きく揺れ、めくれた網の端が白瀬の体に触れた。

電流が流れた。白瀬は顔をしかめた。筋肉が硬直する。動きが止まった。

また、木の枝が飛んできて、金網を揺らした。再び、金網の端が体に触れ、電撃を食らう。

白瀬の肉体が痙攣した。

男たちの息づかいがわかる。

白瀬はポケットに手を入れた。ＵＳＢメモリーをなんとか取り出し、金網の外に投げる。

追っ手が白瀬を取り囲んだ。

「手間取らせやがって」

一人の男が金網を蹴る。

強烈な電流を浴びた白瀬は、よだれを垂らして震えて呻き、気を失った。

3

藪野は壁に体をぶつけ、螺旋階段を駆け上った。壁には左肩の傷からあふれる血の筋が走る。

下から、敵が釘打ち機で狙ってくる。放たれた釘が階段に当たり、金属音を響かせ、落下していく。

左肩を押さえる。指の間から血が滲む。

藪野は走りながらワイシャツの袖を破いた。傷口に巻きつける。重い痛みに相貌が歪む。

痺れる左腕が揺れないよう、左手のひらをズボンに差し込み、上を目指した。

ようやく、作業用の鉄板床が敷かれた場所まで上がってきた。床の端に作業員の昇降用の小さな入口がある。

藪野は、真四角の小さな穴に体を入れた。床に右手を置き、体を押し上げる。

「侵入者だ！」

下から誰かが怒鳴った。その声が円柱内に反響する。

藪野は小さな昇降口を上がってすぐ、周囲を睥睨《へいげい》した。

叫びを聞いた作業員が五名、手に武器を持って迫ってきた。

藪野は手前にあった脚立を右手でつかんだ。

先頭で突っ込んできた男がバールを振り下ろす。

藪野は脚立を回転させ、自分の前に立てた。けたたましい金属音が轟いた。

藪野は脚立の脚を前に蹴り出した。目の前にいた男の脛に、脚立の踏ざんが直撃した。

男はたまらず、脚立に倒れ込んだ。藪野が手を離す。男は脚立を抱いて倒れた。男と脚立が、鉄板床の昇降口を塞ぐ。

男の手からバールがこぼれた。

藪野はすぐさまバールを拾い、L字の曲がった部分で男の首筋を打った。

男が呻き、顎を反らせた。そのまま意識を失い、脚立の上に伏せた。

藪野は右手一本でバールをぶん回し、向かってくる敵の列に突っ込んだ。

果敢に攻めてきた藪野に、男たちが一瞬怯む。動きが止まった右側の男の腕に、バールの先が突き刺さった。

男は悲鳴を上げ、腕を押さえた。

藪野は先端を抜くや、手の中でバールを反転させ、曲がった部分で、男の首筋を殴った。

男は横倒しになった。側頭部を打ちつけ、呻く。

藪野はその男の顔面を踏みつけた。

男の頬が歪み、折れた歯と血糊が口から噴き出した。

「てめえら！　これ以上やるってんなら、皆殺しだ、こら！」

藪野は腹の底から怒鳴り、男の顔を再度思いきり踏みつけた。

男の鼻からもおびただしい血が噴き出した。瞬間、意識が飛んで白目を剝く。

それでも、藪野は踏み続けた。

目が血走っている。狂気に満ちた凄惨な暴行を目の当たりにし、男たちは顔を引きつらせた。

一人の男が、手に持っていた鉄パイプを落とした。

カランという音が響く。

それを合図に、鉄パイプを落とした男が逃げ出した。

他の男たちを睨む。戦意を喪失した男たちは持っていた道具を投げ出し、踵を返して退散した。

鉄板床の反対側にある昇降口から降りていく。

あまりに慌てていたようで、下から追ってきていた者たちと絡み合い、階段を転げ落ちた。

悲鳴が聞こえる。

藪野は大きく息を吐いた。踏みつけた男の脇にしゃがみ、首筋に指を当て、鼻先に指をかざす。

息はあった。

脚立を抱いて倒れた男も、かすかに呻きを漏らしている。

「本気で殺すところだったぞ、おまえら……」

藪野は踏みつけた男の頭を軽く叩き、立ち上がった。

全体を見回す。弾頭にあたるであろう鉛筆の先のような円錐部分は、まだ十メートルほど上にある。

「ほんと、デケえな。東京を丸ごと破壊するつもりか？」

独りごち、バールを握ったままフロアを見て歩く。

西の脇にドラム缶が置いてあった。重機の燃料にしては多すぎる。

藪野はドラム缶の脇に行き、バールを蓋の端に差し込んだ。固い蓋が小さく開く。開けてみた。

黒い粉末がぎっしり詰まっている。

藪野は指ですくった。少しざらっとした粉末だ。臭いを嗅いでみる。鼻腔をツンと突く刺激臭だった。

「マジか……」

藪野が目を見開く。

ドラム缶に詰まっていたのは、黒色火薬だった。ロケットの推進剤に使うにしても多すぎる量だ。

「何をする気だ？」

再び、注意深く周囲を見回す。

壁の隙間を覗いてみる。その時、藪野は奇妙なことに気づいた。

均等に見えていた円柱の壁の厚さが違っていた。

落ちていた金槌を拾い、円柱の壁を叩いてみる。

装甲板のように分厚く響かない音が続いていたが、あるところからは薄い鋼板を叩いた時のような甲高《かんだか》い音が響いた。

柱としてビルの中央に立てる場合、壁の厚さは均等でなければならない。少しでも厚さが狂えば、薄い部分に負荷がかかり、いずれ柱は大きく傾き、倒壊することになる。

ロケットと考えても同じことが言える。推進剤を爆発させた時、壁の厚さに違いがあれば、弱いところが衝撃で破れ、飛び立つことなくその場で炎上するだろう。

「どうなってんだ……？」

藪野は頂上の円錐に向けて伸びている螺旋階段を上がり始めた。

手に持った金槌で壁を叩く。どうやら、ビルの南側にあたる壁は厚く、北側にあたる壁が薄くなっているようだ。

藪野は円錐の先端にまでたどり着いた。ハッチがあった。レバーを倒してロックを外し、重い扉を押し上げる。

顔を出した。途端、冷たい風が吹き付ける。太陽が眩しい。藪野は腕で顔を塞ぎ、目を細めた。

白んだ視界が戻ってくる。藪野はゆっくり回りながら、外の景色を見つめた。

あちこちに高層ビルはあるものの、視界は良好だ。街の方を見つめる。

藪野の目が留まった。じっと北西方向を見やる。視線の先には霞が関がある。

しばらく霞が関を見つめていた藪野の双眸が見開いた。

「まさか……クレイモアか！」

思わず、声が漏れた。

クレイモアとは、湾曲した箱に鉄球を詰め込んだ地雷の一種だ。円形の地雷が三百六十度四散するのとは違い、クレイモアの鉄球は箱の曲線に従って飛び出し、扇状に広がって、敵を殺傷する。

狙う方向を決められるのだ。指向性散弾とも呼ばれる。

藪野はすぐに下に下りた。もう一度、壁の鉄板を叩いて歩く。音が変わったところから上を見上げ、再び、ハッチに戻っていく。

分厚い装甲は、円柱の南東側を占めている。

つまり、爆風や散弾は、霞が関のある北西方向へ向かう。

ビルから霞が関が見えるあたりまでは、目視で六キロ近くあるが、下に積み上げていた黒色火薬の量であれば、仕込む散弾次第では問題なくダメージを与えられるだろう。

その間にある、銀座、新橋、虎ノ門にも被害が出る。

また、広がり次第では、浜松町や東京駅周辺、六本木、赤坂、皇居まで狙える。

日本の中枢が破壊される恐れがある。

「なんて、連中だ……！」

藪野は円錐の螺旋階段を駆け下りた。

一刻も早く、本部に連絡を取らなければならない。藪野の推論が杞憂であっても、周辺の町一つを吹き飛ばしそうなほどの黒色火薬を見逃すわけにはいかない。

仮に、円柱内部に散弾を仕込まなかったとしても、爆破の衝撃波は北西方向へ向かう。

強大な衝撃波を浴びれば、中枢の通信機能が麻痺することも考えられる。

そうなれば、状況は混沌として、その機に乗じて、ＭＳＬＰがさらなる暴挙に出るかもしれない。

藪野は倒れている男に駆け寄り、ポケットを探った。しかし、二人とも携帯電話は持っていなかった。

「くそったれ！」

下りるしかない。そう思った藪野は、逃げた男が落ちていった方の昇降口へ走る。

が、ふと足を止めた。

昇降口から、次々に作業員たちが上がってきた。

いや、作業着を着ているが、手に持っているのはナイフや短刀、銃もあった。

藪野は後退した。

三人、四人と上がってくる。十人ほど上がってきた後、河合が有馬の襟首をつかみ、上がってきた。手には釘打ち機を握っている。

最後に宮近が姿を見せる。

有馬は顔が腫れ上がるほど殴られていた。作業着は破れ、見るも無惨に傷ついている。

「あれほど、公安には気をつけろと言ったのに、作業班員を雇ったとはな」

宮近は藪野を睨む。

河合が有馬を手前に押した。

有馬はよろよろと前に出て、頭から突っ伏した。虫の息だ。

「ひでえことするな、あんたら」

「似たようなものだろう」

宮近は倒れている男たちに目を向けた。そして、蓋の開いたドラム缶を見やる。

「作業班員なら、私たちの計画に気づいただろう？」

「ああ、だいたいな。とんでもねえことを考えやがる。俺も、いろんな悪党を見てきたが、てめえらは最悪だ」

「権力の犬にしかなれない公安の連中に最悪との称号をもらうのは、我々にとって光栄なことだ」

「その根性が腐ってやがる」

藪野は話しつつ、隙を窺っていた。

敵は銃器を持っている。掃射を食らえば、ひとたまりもない。

逃げ切るには、黒色火薬を盾に、自爆覚悟でしのぐしかない。

ドラム缶までの距離は五十メートルほど。わずかな隙が生まれれば、駆け込める距離だ。

宮近を睨みつつ、目の端でドラム缶を捕らえ、少しずつ横に動いて、距離を詰めていく。

が、宮近は片笑みを滲ませた。

「それ以上、動くな。おまえの魂胆はわかっている」

宮近は右手の人差し指を振った。

銃を手にした作業員たちが、ドラム缶の方へ走った。ドラム缶を囲むように立ち、銃口を藪野に向ける。

藪野は舌打ちをした。

「下で騒ぎを起こし、ここまで来た手腕は認めてやろう。しかし、ここで終わりだ。おまえにはもう逃げ道はない。どうする？」

勝ち誇ったように笑む。

藪野は睨み返すことしかできない。

逃げ場はなかった。

死は覚悟した。が、せめて、この事実を本部には報せたい。

「おまえが知っている公安情報をすべて話せ。そうすれば、このブタは助けてやる」

有馬を見下ろす。

「そんな豚一匹、勝手に殺せ」

藪野は言った。

「そうか。河合、殺れ」

宮近が言う。

河合は宮近の前に出て、有馬の前に立った。

「てめえもクソだな」

「騙すあなたが悪い」

河合は藪野に目を向けた。瞬間、河合が左手の指を動かした。

藪野は胸の内で驚いた。

河合が見せたのは、公安部のサインだった。

河合は有馬に釘打ち機の先端を向け、右腕を伸ばした。

藪野は手の金槌をしっかり握った。宮近の部下たちがニヤニヤしながら、状況を見ている。

あきらかに油断していた。

河合がトリガーに指をかけた。瞬間、河合は右腕を真後ろに振った。

宮近の笑みが引きつった。放たれた釘が宮近の右腿を貫く。

藪野はドラム缶の前を固めている男に金槌を投げた。避けられなかった男の頭に当たり、一人倒れる。

河合は有馬の背に仰向けに倒れた。寝たまま、ドラム缶のそばにいる男たちに釘の弾幕を浴びせる。

藪野は足下にあったバールを拾い、作業員たちにかかっていった。

## 4

河合は藪野以外の者に釘を放った。一人、また一人と釘に射貫かれ膝を突く。

そこを藪野がバールで殴り倒す。

藪野は黒色火薬のドラム缶を背に戦う。銃を持った者たちは、不慮の爆破を恐れ、発砲できずにいる。

河合は動きを止めた敵に向け、容赦なく釘を浴びせる。

一人の男の右手の甲を釘が貫く。手からこぼれた銃が、藪野の足下に転がってきた。

藪野はバールを投げ捨て、銃を拾った。片膝をついたまま、天に向かって二発発砲した。

途端、その場が凍りついた。

誰もが固まり、顔を引きつらせる。

藪野は立ち上がり、銃口をドラム缶に当てた。

「武器を捨てろ！　ドラム缶、ぶち抜くぞ！」

藪野の声が反響する。

男たちは硬直したまま、藪野を睨む。

藪野はドラム缶に手をかけ、引き倒した。蓋が開き、黒色火薬がこぼれ、フロアに広がる。

靄のような黒い煤が舞う中、火薬の山に銃口を向け、引き金に指をかけた。

藪野の近くにいた男が銃を置いた。それをきっかけに、次々と男たちが銃を置き、両手を挙げる。

「河合、そいつを連れてこい」

宮近を顎で差す。

河合は宮近の襟首をつかんだ。強引に引っ張る。宮近は右脚を引きずった。

藪野の前まで来る。

「他の連中の銃と武器を集めてこい」

命ずる。

河合は釘打ち機を宮近から離れたところに置き、武器と銃を集めて回った。

「撃ってみろ、熊谷」

宮近が右膝をついたまま、藪野を見上げる。

「そんな度胸はないだろう?」

負け惜しみに片笑みを見せる。

藪野は宮近を蹴り飛ばした。

宮近が黒色火薬の山に倒れた。藪野は火薬を蹴り、宮近の体に浴びせた。顔やスーツが真っ黒になる。

藪野は髪の毛をつかんで、火薬の山から宮近を離した。

そして見下ろし、銃を向ける。

「てめえの股間を撃ち抜いてやろうか? 痛え思いした後、生焼きになるぞ」

藪野は口角を上げた。目が血走る。

余裕を見せようとしていた宮近はたちまち蒼ざめた。

藪野は宮近の顎を蹴り上げた。黒い顔が跳ね上がる。

宮近はそのまま仰向けになり、気絶した。

河合が武器を集めて戻ってきた。

藪野の脇に武器を置く。

「どうします？」

「ちょっと手伝え。おい、そこの二人、来い！」

藪野から近い二人を見据える。河合が彼らに銃を向ける。

男二人は、渋々藪野の下に来た。

「倒れたドラム缶を立てて、こいつを放り込め」

宮近を見やる。男二人は驚いた。

「さっさとしろ！」

怒鳴り声が響く。

藪野は男たちに銃を向けた。それを見て、河合が両手に銃を握り、他の男たちに銃口を向ける。

二人は、ドラム缶を起こし、宮近を抱えて、中へ入れた。宮近は、ドラム缶の中に残った火薬の上に正座した。膝と脛が火薬に埋まる。

「こぼれた火薬をドラム缶に入れろ」

命令する。

男たちは手で火薬を掻き集め、ドラム缶に戻していった。

宮近の体が火薬に埋まっていく。ほとんどの火薬を戻した時には、宮近の胸下くらいまで埋まった。

「よし、いいぞ。スマホ、持ってねえか、おまえら」

藪野が訊く。

二人の男はポケットからそれぞれのスマートフォンを出した。

「ロックを解除して、パスワードを１２３４にしろ」

藪野が銃口を振る。男たちは素直に従うしかない。

言われるままの操作をし、藪野に差し出す。藪野は一つのスマートフォンを河合に渡し、もう一つは自分が握った。

「本部に連絡しろ。ミサイルは発見したと」

「わかりました。こいつら、どうします？」

男たちを見やる。

藪野も男たちに目を向けた。

「怪我人を連れて、下に降りろ」

「逃がすんですか！」

河合が驚きの声を上げる。

「こいつら、仲間を呼ぶかもしれませんよ!」

「かまわねえ。どうせ、どれだけ人数を集めてもここには上がってこられねえし、逃げたところで必ず見つけ出す」

藪野は男たちを見つめた。

「おまえら、一つだけ言っとく。国家権力は怖えぞ」

そう言い、にやりとする。

男たちが色を失う様子がありありとわかった。

「下に行ったら、上で事故が起こったとだけ報告して、怪我人と一緒に病院へ行け。で、俺らの仲間が来たら、指示に従え。そうすりゃ、協力者として、俺たちを襲ったことはなしにしてやる。つまらねえ真似をすりゃあ、国家がおまえらを追い詰める。わかったな?」

藪野が問う。

男たちは究極の状況に逡巡していた。

「わかったな!」

藪野が大声を出す。

男たちは大きく首を縦に振った。

「よし、行け」

藪野が言うと、男たちは倒れた仲間を担ぎ、作業用エレベーターに乗り込んだ。

人数ギリギリまで乗り込み、降りていく。

「おまえも、有馬を連れて降りろ」

河合に言う。

「熊谷さんは、どうするんですか?」

「俺はこいつの口を割らせるよ」

宮近を見やる。

「どのみち、この件は上に伝わる。そうなりゃ、MSLPは一気に動く。手配しろと伝えとけ」

「一人で大丈夫ですか?」

「大丈夫だ。万が一のことがあれば、ここを爆破する。急げ」

「わかりました。連絡用に、番号だけ交換を」

河合は藪野のスマホの番号に自分のスマホから電話をし、番号を確認した。

ポケットにスマートフォンを入れ、有馬の下に走る。そして、有馬を抱え、階段を下り始めた。

フロアには誰もいなくなった。

「さて、吐かせるか。起きろ!」

藪野は宮近の頬を平手打ちした。

瀧川は資料をコピーしたUSBメモリーを持って、今村に連絡を入れ、大浜のオフィスに駆け戻った。

今村の呼びかけで、オフィスには大浜と井野辺の顔があった。

「瀧川君、緊急の話とはなんだね？」

大浜が訊く。

「ミサイルが発見されました！」

瀧川は肩で息を継ぎながら言った。

大浜と井野辺が両眼を見開いた。今村も大浜たちに合わせる。

「バカな！　わかるわけがない！　どこにあるというんだ！」

今村が瀧川を問い詰める。

「有明地区4－2－Cに建設中のビルです。神月先生が設計したビルです。そうですよね、大浜先生！」

瀧川が訊いた。

井野辺は大浜を見やった。ミサイルのことは知っているようだが、場所までは教えられていないようだ。

大浜の黒目はあからさまに泳いでいた。間違いないようだ。

「この中にも、神月先生の情報は入っているんです！」

瀧川はポケットからUSBメモリーを出し、テーブルに叩きつけた。

大浜の肩がびくっと震える。

「この情報が本当なら、公安部は一気に決着を付けに来ます。いや、もう動き始めています。大浜先生！　至急、上の人に連絡を！」

瀧川は急かした。

迷っていた大浜は、立ち上がって机の脇に立ち、スマートフォンを出した。

「もしもし、すみません、大浜です。今しがた、私が飼っている情報源から、ミサイルの所在が公安部に知られたという話を聞かされたのですが。はい……えっ！　なんですと！」

大浜の声がひっくり返った。

全員が視線を大浜に向ける。その隙に、瀧川はポケットからメモを出し、すばやく今村に渡した。

瀧川が大浜に近づくふりをして、井野辺と今村の間に立つ。今村は、すかさずメモを開いた。

鹿倉からの指示が箇条書きで記されている。

ミサイルの破壊と江島別邸にＭＳＬＰ幹部を集めて一網打尽にするとの指示が記されている。

ワークショップは半分程度しか特定されていないが、そこにも公安部が踏み込むと書かれていた。

今村は瞬時にその指示を頭に叩き込み、瀧川のポケットにメモを戻した。

「はい……わかりました。すぐ、伺います」

大浜が電話を切る。顔は強ばり、蒼ざめていた。

「どうしました！」

今村が立ち上がって駆け寄る。

大浜は今村越しに瀧川を見やった。

「君の情報は本当だったようだ」

声が震える。

「私はすぐ出かけなければならない。井野辺君、運転を頼む」

「私も行きましょう」

今村が言う。

「いや、それは――」

「私は公安部のやり方を誰よりも知っています。裏をかくなら、私の知識は必要になると思います。瀧川、おまえはミサイルを奪還してこい」

今村が命ずる。

「ミサイルを奪取したのは、俺たちの仲間だ。おまえが行けば、仲間だと油断する」

「わかりました！」

瀧川がドア口へ走る。

「待て！　勝手な真似はするな！」

「何を言ってるんですか！」

今村が割って入った。

「今は一分一秒を争う時。ここで誰かが奪還しなければ、革命は達成できない。革命の核となるものを取り戻すのは誰ですか！　大浜先生、あなたでしょう！」

今村が焚きつける。

大浜は苦悩の表情を覗かせた。が、意を決し、顔を上げた。

「わかった。瀧川君、頼む。井野辺、おまえは瀧川君と行ってくれ。運転は今村君に任せる」

「わかりました」

井野辺が瀧川に駆け寄った。

瀧川は井野辺を見て、共にオフィスを出た。

「私たちも行きましょう」

今村はＵＳＢメモリーを取って大浜を促し、部屋を飛び出した。

舟田が監禁されている部屋に、鎌田と鍋島が入ってきた。

鍋島が舟田の脇に屈み、手足を縛っていたプラスチックカフをナイフで切った。

「舟田さん、状況が変わりました」

鍋島が言う。

「動けますか？」

「ああ、大丈夫だ」

舟田は手首や足首を回した。やや滞っていた血流が戻ってきて、少し指先が痺れ、むず痒い。動かしていると、感覚が戻ってきた。手を握ったり開いたりしてみる。舟田は頷いた。

「何があった？」

舟田が訊く。

「ミサイルが発見されました」

「本当か！」

「はい。本部は一気にＭＳＬＰ壊滅に動いています。私は、このビルの上階にある大浜のオフィスから、ＭＳＬＰに関するデータを盗ります。舟田さんは鎌田を連れて、本部へ戻ってこいとの指示です」

「瀧川君はどうしているんだ？」

「ミサイルを破壊しに行きました」

「なんだと！」

舟田は思わず立ち上がった。

「場所はどこだ！」

「それは……」

鍋島が言い淀む。

舟田は鍋島の右手首をつかんだ。外側にねじり、指が開いた瞬間、ナイフを奪い取る。

切っ先を首に当てた。

「ミサイルはどこにある！」

「有明地区4－2－Cの建設中のビルです」

鍋島は思わず答えた。

「すまなかった。ここは頼む」

舟田はナイフを鍋島に返し、監禁部屋を飛び出した。

5

瀧川と井野辺は、車を飛ばして、二十分後に臨海副都心有明地区4－2－Cの建設現場に到着した。

仮囲いの周りには、救急車やパトカー、消防車も停まっている。

運転していた井野辺は、入口をゆっくりと通り過ぎた。

「まずいな……」

井野辺が呟く。

「角を曲がったところで停めてくれ」

瀧川が言った。

「どうする気だ？」

「俺は警察官だ。俺なら中に入れる。おまえは曲がったところで待っていてくれ」

「一人で行く気か？」

「一緒に行くか？　おまえはパクられるかもしれんぞ」

瀧川が言うと、井野辺は黙った。

「様子を確認して連絡を入れる」

瀧川が静かに言う。

井野辺の横顔には不信感が滲んだ。が、他に方法はない。仕方なく、角を左折したところで車を停めた。

「待ってろ」

瀧川は命じ、助手席を降りた。

小走りで入口に向かう。ゲートには黄色いテープが貼られ、立ち入り禁止になっていた。

立番をしている警察官に声をかける。

「公安部の瀧川です。中へ入れてもらえますか？」

「身分証の提示を願います」

警察官が言う。

瀧川は小さくため息をついた。

「捜査中で身分証はありません。公安部に確認してください」

そう言うと、警察官は瀧川を睨んだまま、無線で本庁に照会した。

「はい……はい。わかりました」

警察官が手短に交信を済ませる。

「失礼しました。どうぞ」

テープを開き、道を開ける。

「上階へ行くルートを教えてくれませんか？」

「左手奥に建設作業用のエレベーターがあります」

「ありがとう」

瀧川は礼をし、中へ入った。

一階フロアは警察官や工事関係者でごった返していた。資材が地面に散乱している。

瀧川はその様子を一瞥し、作業用エレベーターへ急いだ。

車にいた井野辺は、どうにも瀧川への不信感が拭えなかった。

苛立った様子で、指先でハンドルをコンコンと叩く。

が、じっとしていられず、グローブボックスから銃を取り出して後ろ腰に挟み、シャツで隠して車を降りた。

周囲を見回しながら、ゲートに近づく。立番の警察官を見て、一瞬躊躇したが、歩を進めた。

「すみません、公安部の佐々木《ささき》です。瀧川さんに呼ばれてきました」

声をかける。

万が一、疑われ、捕まりそうになった時は……と考え、手はやや後ろの方にあった。

が——。

「そうですか。どうぞ」

警察官はすんなりとテープを開いた。

「ありがとうございます」

井野辺は拍子抜けした。一礼して、中へ入った。

一階フロアに瀧川の姿を探す。

「あ、佐々木さん」

警察官が声をかけてきた。

井野辺はかすかに震えて身を固くした。笑顔を作り、振り向く。

「なんでしょう?」

「瀧川さんなら、左手のエレベーターで上に行きましたよ」

「エレベーターは左手ですね。どうも」

笑顔のまま会釈し、エレベーターへ走る。

「ちょろいもんだな」

ぎこちない笑みは余裕に変わった。

「いい加減に吐け、こら」

藪野は宮近の頬を平手で打った。肌が弾ける音と共に、顔についた黒色火薬が舞い上がる。

宮近は傾いた顔をゆっくりと起こした。

「撃て。おまえも道連れだ」

にやりとする。

藪野は再び宮近の頰を張って、歯嚙みをした。

初めこそ、火薬のドラム缶に埋まっている自分の状況に怯えていたものの、尋問を始めると、宮近は余裕を見せ始めた。

覚悟と言ってもいいのか。

藪野が撃てないことを見越し、口を割ろうとしない。

確かに、藪野の目的は宮近と共に心中することではない。

とはいえ、このままでは埒が明かない。時間が経てば経つほど、藪野の心情を見透かされるだけだ。

本気で心中してやろうか……と幾度も思い、引き金に指をかけた。しかし、思い直して指を外す、という行為を繰り返していた。

「なあ、いい加減にゲロしてくれよ。二人してぶっ飛んでも、いいことはねえだろ」

「少なくとも、犬一匹殺せる」

宮近は笑みを濃くした。

藪野は深いため息をついた。うなだれついでにあたりを見回す。倒した男が握っていた短刀が、集めた武器の山にあった。

藪野は銃を左手に持ち替え、短刀を拾った。

宮近の笑みが凍りつく。

「なるべく、傷つけねえようにと思っていたんだがな。仕方ねえ」

切っ先を宮近の左頬に当てる。少し突き刺し、ゆっくり下方へ引いた。

宮近が顔をしかめた。皮膚が切れ、一筋の傷から血が滲み、滴る。

「刃物なら、爆破させることなく、おまえを殺せる」

藪野がうっすらと微笑んだ。

「俺はこう見えても、残酷なのは嫌いだからよ。話してくれりゃあな、と思ってたんだが」

右頬にも切っ先を刺し、スッと引く。宮近がまた顔を歪めた。

藪野を見上げる。藪野の眼差しは無感情だ。宮近は身震いし、鳥肌が立った。

「このドラム缶の火薬もよお。てめえの血を全部吸っちまえば、濡れて使い物にならなくなるだろうよ」

今度は宮近の額を真横に切った。

「こ……殺す気か！」

宮近が声を上げた。

「おまえ次第だ」

左耳の上縁に刃を当てる。

背後で、エレベーターの動く音がした。宮近がエレベーターに救いを求めるように目を向ける。

「無駄だ。ここまでは上がってこねえ。さっきから動いてんのに、ただの一度もここへ上がってきたヤツはいねえだろ。俺がそう指示したからな」

藪野が刃を上縁にめり込ませる。肉に刃が食い込んだ。

「待て！　待ってくれ！」

宮近の声が上擦った。

「さっさと仲間の名前を言え」

藪野はポケットに入れたスマートフォンを出し、録画状態にして、宮近の前に置いた。と、途中で止まるはずのエレベーターが上まで上がってきた。宮近がエレベーターの方を見やる。

藪野は宮近の耳に刃物を当てたまま振り向き、左手に握った銃を向けた。

「藪野さん！」

「なんだ、おまえか」

瀧川を認め、銃口を下ろす。

瀧川が駆け寄ってきた。エレベーターはすぐ下に降りていった。

「仲間か？」

宮近が瀧川を見やる。

「こいつは？」

瀧川は宮近を見下ろした。

「MSLPのお偉いさんだ。おまえ、何しに来た？」

藪野は宮近に目を向けたまま、瀧川に訊いた。

「破壊命令が出ました。ここを破壊します」

「吹き飛ばすつもりか？　やめろ」

「なぜです？　ここにあるのは、全部黒色火薬でしょう？　これだけあれば、この建設中のビルは吹き飛びます」

「ビルだけならいいがな」

「どういうことです？」

「こいつら、とんでもねえことを考えてやがった」

藪野は宮近を睨みつけた。

「ここの壁は片側半分だけ分厚くしてある。湾曲してんだろ」

ちらりと上を見る。瀧川は顔を上げ、円柱の壁に目を向けた。

「クレイモアと同じ原理で、鉄片や衝撃波を品川や新橋方面へ飛ばそうとしてやがった」

「まさか……」

瀧川は目を見開いて、宮近を見据えた。宮近は顔をうつむけた。その顔に、笑みが滲む。

瀧川は武器の山から銃をつかんだ。銃口を押し当てる。

宮近の顔が引きつった。

「ふざけるな、おまえら！」

撃鉄を起こす。

藪野がリボルバーのシリンダーをつかんだ。

「話、聞いてなかったのか、おまえは」

呆れ顔で拳銃をもぎ取った。

「つまり、完成はしてねえまでも、こいつをふっ飛ばしゃあ、今でも小さくねえ被害が出るというわけだ。で、銃は使えねえんで、こいつで刻んでやろうかと思ってな」

耳の上縁にさらに刃を入れる。また宮近の顔から余裕が消えた。

「俺にやらせてください」

瀧川が言う。

「殺すなよ」

藪野は短刀をそのまま瀧川に渡した。

瀧川は両眼を吊り上げ、宮近を睨みつけた。

「知ってること、すべて話せ。俺は藪さんみたいに優しくも気長でもないぞ」

言いながら、耳を切っていく。

鬼気迫る形相を目の当たりにし、宮近は震えた。

「わかった。わかった！」

宮近が叫んだ。

瞬間、銃声が轟いた。

藪野は左肩に被弾した。弾かれ、回転し、ドラム缶に背を打ちつける。反動で手から銃がこぼれた。

瀧川は振り向いた。

「やはり、寝返ったのは嘘だったな」

井野辺だった。

瀧川に銃口を向ける。とっさに右横へ飛び転がった。

的を失った弾丸が、宮近が埋められているドラム缶を抉る。

「やめろ！」

宮近がたまらず声を張った。

「発火したらどうするんだ！」

怒鳴り、井野辺を睨む。

「あんた、誰だ？」

「三村地所の宮近だ！　神月先生の右腕だ！　君も我が組織の者なら知っているだろう！」

「ああ、カノプスの宮近さんですか。初めまして。大浜先生の下で勉強させてもらってる井野辺と申します。お会いできて光栄です」

一礼する。が、銃口は下げない。エレベーターの近くに立ち、近づいても来ない。

「で、宮近さん。この犬どもに何を話されたんですか？」

「何も話してはいない」

「相当、傷つけられているようですが？」

疑いの眼を向ける。

「私はカノプスだ。組織を裏切るわけがないだろう」

「そう願いますが」

井野辺は左に目を向けた。藪野が銃を取ろうとしている。躊躇なく、藪野に向け、発砲した。

藪野は手を引っ込めた。

「撃つなと言っているだろう！　状況がわからんのか！」

宮近の悲鳴にも似た叫び声が円柱の壁に反響した。

「状況は理解していますよ。この場に散乱しているのは黒色火薬。おそらく、宙にも舞っているでしょう。銃のマズルフラッシュや弾丸の摩擦による発火で火薬に着火すれば、いっぺんに爆発を起こし、ビルごと吹き飛ぶ」

「わかっているなら撃つな！」

「いえ、わかっているから撃つんです」

井野辺は宮近を見据えた。

時折、おどおどしていた井野辺の目も、今は澄みきったように落ち着いている。

危険な目だ……と、瀧川は感じた。

「宮近さん。この公安の犬二匹を道連れに、我々の狼煙を上げましょう」

「ふざけるな！」

「本気です。我々が、この腐った国を変えるのです。そのための号砲を放ちましょう！」

井野辺が引き金を絞る。

藪野も瀧川も動けない。

「待て。待て！」

宮近が怒鳴った。

瞬間、井野辺が立っていた場所の床の鉄板が跳ね上がった。

6

轟音と共に、フロアに敷き詰められていた床の鉄板が跳ね上がった。

井野辺の体が鉄板と共に宙に弾き飛ばされた。

フロア全体も傾き、揺れた。

瀧川も藪野も宮近も、何が起こったのかわからなかった。瀧川たちは立ち上がれず、体勢を低くして、床に伏せた。

鉄板が壁に当たり、鐘を打ったような太い音を響かせた。井野辺の体が壁に当たった音も聞こえてきた。

壁に弾かれた鉄板がドラム缶の山に落ちてきた。

凄まじい金属音が響き、崩れる。宮近のドラム缶も倒れた。黒色火薬と共に飛び出て、フロアに転がる。

腕が自由になった宮近が両手をついて起き上がろうとした。

その顔の前に、井野辺が落ちてきた。

頭から鉄板に叩きつけられた。頭部が砕け、血肉と骨片が飛び散る。体の骨もひしゃげ、肉の塊のように丸まった。

井野辺の血を被った宮近は、ショックで動けなくなった。

床の揺らぎが収まったところに雨が降り注いだ。

「なんだ……？」

藪野は天井を見上げた。瀧川も上を見やる。

円錐の先のハッチは閉じていた。

よく見ると、エレベーター近くの床の隙間から、水柱が打ち上がっている。その大量の水が円錐の壁に当たって四散し、雨のように降り注いでいた。

黒色火薬が濡れ、床の隙間から流れ落ちていく。倒れたドラム缶の蓋も開き、中の火薬も湿っていった。

黒ずんでいた宮近の体や顔の血が洗い流される。

藪野と瀧川はゆっくりと立ち上がった。

「どうなってんだ？」

藪野はフロアの端まで行って、下を覗いた。

消防車のはしごがまっすぐ上に伸び、そこから水が打ち上がっていた。

藪野は下に向け、両腕を大きく振った。

放水が停まった。水柱が消え、壁を叩く轟音も収まった。

天井からは数多《あまた》の水滴が落ち続ける。

藪野は大きく息をつき、その場に座り込んだ。

エレベーターが上がってきた。

格子戸が開くと同時に、数人の男が飛び出してきた。

「瀧川君！　無事か！」

名前を呼ばれ、エレベーターの方を見やる。

「舟田さん！」

目を丸くした。

「熊谷さん、大丈夫ですか！」

舟田の後ろから飛び出してきた河合が、藪野に駆け寄る。

舟田は瀧川の脇に走り寄った。

「大丈夫か？」

ずぶ濡れの瀧川に目を向ける。

「はい、大丈夫です。でも、舟田さんがなぜここに？」

「話せば長くなる」

舟田が微笑む。

藪野は河合に脇を抱えられ、立ち上がった。

「さっきのは、なんだったんだ？」

水滴にまみれた天井を見上げる。

「舟田さんから瀧川君が向かっている現場の様子を訊かれ、答えたところ、爆破はダメだと言われ、黒色火薬だと伝えると、消防車で水を撒けと指示されたんです」

「おい、待て。舟田といやあ、鹿倉と同時期に圧倒的な実力で公安研修を首席で卒業したというヤツじゃないのか？」

「そうです」

「しかし、公安部にはいないはずだ。確か――」

「三鷹の地域課の巡査部長ですよ」

「それで瀧川を知っていたのか。にしても、今村のガキ、そんなヤツまで引っ張り出して、ひっかき回してたのか。食えねえな」

「これも作戦です」

河合はさらりと流した。

「ここまで俺たちを当て馬にしやがったんだ。MSLPの上はしっかり押さえてんだろうな？」

「そろそろ踏み込む頃だと思いますよ。僕らの役目はここで終わりです。病院へ行きましょう」

河合はエレベーターの方へ歩きだした。藪野が途中、足を止めた。

先に、宮近が運ばれていた。茫然自失になり、硬直したまま運ばれていく。

「大丈夫ですか、宮近は？」

河合が言う。

「目の前で人間がひしゃげるのを見ちまったからな。立ち直れねえだろう。自業自得だ」

藪野が宮近に冷ややかな眼差しを向ける。

瀧川も舟田に脇を抱えられ、立ち上がった。

「よく、がんばったな」

舟田が声をかける。

「がんばるしかないですからね、現場は」

瀧川は苦笑した。

共に歩き、藪野たちに近づく。

「また、病院ですね」

瀧川が藪野を見やる。

「俺にとっちゃ、別荘みてえなもんだ」

藪野は片笑みを滲ませた。

「行きましょう」

河合が声をかける。

四人は上がってきた作業用のエレベーターに乗り込んだ。

江島別邸には、MSLPの幹部が続々と集まっていた。神月や兼広、野越の顔もある。

その他、公安部が把握していなかった者たちも顔を揃えていた。

上座に鎮座する江島の隣には神月がいる。前列には、江島に協力をしていた与野党議員も顔を揃えていた。

誰もが重苦しい顔つきだ。

そこに、大浜と今村が入ってきた。

一同が開いた障子戸の方に目を向ける。江島は今村を睨んだ。

「誰だ、そいつは？」

大浜が口を開こうとする。

今村はそれを制するように前に出て、江島を見据えた。

「公安部の今村です」

名乗った途端、室内がざわついた。

「大浜さん！　なぜ、公安の人間など連れてくるんですか！」

神月が怒鳴った。

「彼は私の支持者だ。公安情報はすべて彼が提供してくれた」

大浜は答え、中へ入った。

今村は神月の横に歩み出た。一同を見渡す。

「そういうことです。私は大浜先生を支持し、MSLPの革命に協力してきました。今回は、公安部が大きな動きを見せたので、それを幹部の皆様にお知らせしようと、大浜先生にお願いし、馳せ参じた次第です」

大きな声で言い、江島を見やる。

「大きな動きとはなんだ？」

江島は腕組みをし、今村を見上げた。

「話をさせていただいてもよろしいのですか？」

「早く話せ！」

「ありがとうございます」

今村は一礼し、今一度、集まった者たちを見回した。

「みなさんもすでに聞き及んでいると思いますが、革命の狼煙を上げるミサイルは、公安部に発見されました」

改めて言われ、またも室内がざわめく。

が、神月が言った。

「ミサイルというのはなんですか？　我々は、そのようなものを用意した覚えはない」

「あなたが建設中のビル、有明地区4-2-C。ここへ来る途中、公安部が現場を制圧したとの報告も入りました。あなたが設計した上階の心柱がミサイルでなく、都心部に衝撃波を放つためのクレイモア式の爆破装置だったことも判明しています」

神月を見据え、静かに話す。

神月の顔が強ばった。江島も渋い表情を覗かせる。

「瀧川君は間に合わなかったのか？」

大浜が訊く。

「そのようですね……」

今村は返し、小さく顔を横に振った。

「江島先生。これをご覧ください」

USBメモリーを出し、江島の前に置いた。

「私がここへ来る前までに公安部が調べたMSLPに関するデータがすべて入っています」

「おい！」

江島は一番後ろにいた部下に声をかける。

部下はいったん部屋を出てノートパソコンを取り、戻ってきた。

神月がパソコンを受け取った。ジャックにメモリーを差し、中のデータを表示する。

江島にも見えるように画面を向け、スクロールした。二人の表情がみるみる強ばっていく。

「見ていただいてわかるように、組織の実態は、おそらく、MSLPのみなさんが想像している以上に解明されています」

「しかし、この程度は――」

神月が反論しようとする。

「君！」

江島が神月を睨んだ。神月があわてて口を噤む。

今村は、内心、ほくそ笑んだ。

「おそらく、ここまで情報をつかんでいることは、江島先生や神月先生は承知していると思いますが」

「当たり前だ」

江島が答えた。

「ところがです。私もそれを見ましたが、重要な情報が抜けています」

「なんだね、重要な情報とは？」

江島が訊く。

今村は江島を見やった。

「この報告書にある公安部員たちとは別に、ＭＳＬＰの捜査を専門とする作業班チームがあるのです」

今村の報告に、江島を始め、部屋にいる者たちがあからさまに動揺を見せた。

「間違いないのか、その情報は？」

大浜が訊いた。

「はい、間違いありません。そのチームの名は――」

今村は一同を睥睨《へいげい》した。

「今村班ですから」

にやりとし、スマートフォンを取り出した。

画面を親指でタップする。

大音量でアラートが鳴った。

瞬間、障子戸や部屋を仕切っていた襖が一斉に開いた。

奈波や谷津の姿がある。江島別邸の警護をしていた黒スーツの男の姿もある。

そして、傷を負い、顔が腫れ上がった白瀬の姿もあった。

大浜が立ち上がった。

「どういうことだ……」

「見ての通りです」

「騙したな！」

今村の胸ぐらをつかんだ。

奈波が駆け込んできた。大浜の右肩と右手首をつかみ、背後に反転しつつ、斜め右後ろに引き倒す。

大浜の体が浮き上がった。うつぶせに回転した大浜の脚が、座っていた兼広の顔面に当たった。

横っ面を弾かれた兼広が横倒しになった。隣の男が煽りを食らって、共に倒れる。

奈波は大浜の肘裏と肩を押さえた。大浜は足をばたつかせて抗うが、起き上がることはできない。

「動くな、貴様ら！」

今村が怒鳴った。

室内は、一瞬にしてシンとなった。

ゆっくりと江島を見据える。

「江島先生。この場所はすでに我々の仲間が包囲しています。ここを警護していた者もすべて検挙しているでしょう。状況はおわかりいただけると思いますが」

「この場所がわかるわけないだろう」

「いえ。彼がこの屋敷の外に投げたＵＳＢメモリーには発信装置がついていましてね。その電波を追って、ここを特定しました」

今村は白瀬を見やった。白瀬は苦笑し、頭を掻いた。

「勝ったと思うな、小役人」

江島は今村を睨み上げた。

「我々の仲間は、まだ各地に点在している。我々が捕まったとわかれば潜伏し、再び、我が国を再興させるべく、革命に身を投じるであろう。その時は、おまえも無事ではいられないと思え」

語気を強め、眉間に縦皺を立てる。

が、今村は涼しい顔をして、笑みを浮かべた。

「先生こそ、勘違いなさらないでください。我々は相手が誰であろうと関係なく、すべてを吐かせますよ。どんな方法を使ってもね」

「許されるわけがないだろう」

「許されるんです。そもそも、我々公安部作業班員は、日の当たる場所に存在しない人間ですから」

口角を上げる。

薄ら笑いを滲ませる今村を見て、室内にいるMSLP関係者は絶句した。

7

江島別邸でMSLP幹部を一斉検挙した今村班は、用意した倉庫の一室に関係者を集め、連日、一人一人に事情聴取を行なった。

拘置所ではないどこかで終わりのない尋問を受けることに耐え兼ねた関係者たちは、一人、また一人と口を割り、判明していなかった幹部やワークショップの所在も知ることとなった。

公安部は、今村の情報を基に次々と拠点を制圧していった。

そして、一カ月後には、MSLPの全容をほぼ解明し、組織を壊滅に追い込んだ。

当然、こうした手法は違法であり、表沙汰になれば、江島や神月など、力を持つ者は無罪放免となるだろう。

だが、そこにも手は打っていた。

公安部長の鹿倉は、上層部を通じて有力者と接触した。

事は国防に関わる話だ。

政府としては、オリンピックを控えたこの時期に、国を転覆させかねないほどのテロ活動が行なわれていたと知れれば、諸外国に向けての面目を保てない。

鹿倉は、事件の全容を秘匿とすることを条件に、今回の捜査手法に関しては免責にするよう働きかけた。

政府与党は、鹿倉の申し出を請けた。

MSLPの件は公安部と政府与党の一部の者が知るだけの事案となり、事件そのものが無きものとなった。

これで、江島や神月、MSLPに関係した者たちが反証する機会は永遠になくなった。

臨港地区のビル工事現場での出来事は事故として片づけられ、神月の事務所や三村地所は、その責任を取って開発から手を引くこととなった。今は整地され、別の業者が新たなビルを建設すべく動いている。

野越が運営していた聖母救世教会は、ＭＳＬＰと関係していなかった教会関係者が引き継ぎ、今もよりどころのない人たちの居場所となっている。

白瀬が潜りこんだアントレプレナーオンネットは、兼広が姿を消したことで自然解散した。

大浜に関係していたワークショップはすべて摘発され、ＭＳＬＰに関係していた者は、公安部に検挙された。

瀧川は、近くのホテルで寝泊まりをし、日中は今村班の取り調べを手伝った。

そして、全貌があきらかになった一カ月後、ようやく任務から解放された。

瀧川は疲れた体で電車に乗り、途中、高円寺で降りた。

駅前商店街を歩いてみる。

笹口直緒が営んでいた高円寺のセレクトショップ８ワンズや瀧川がかつて監禁されたジャスティスもきれいさっぱりなくなり、今は貸店舗の張り紙が貼られていた。

ゆっくりと一駅歩いてみた。

見慣れた商店街や町の景色。若者が笑いながら行き過ぎ、商店には老齢の男女が集い、子供連れがファミリーレストランに入っていき、勤め人が忙しなく闊歩する。

なんとなく眺めていた日常ばかりだ。

が、この日常の中に狂気は潜んでいた。

今回、MSLPの企てを止められたことは、心底よかったと思っている。

一方で、作業班の仕事に身を投じるほど、目に映るもの、見聞きするもの、人が信じられなくなってきていた。

瀧川が取り調べたのは、主にワークショップに出入りしていた若者たちだった。

彼らは、偏狭な思想に傾倒していたものの、見た目や日頃の暮らしぶりは自分たちと何も変わらなかった。

ほんの少し、思考が外れただけ。そのわずかなズレが次第に自分のアイデンティティーを形成する核となっていく。

やがて狂気は狂気でなくなり、その人を形作る〝信念〟となる。

そして、その〝信念〟から逃れられなくなる——。

経過の違いはあるものの、ほとんどの若者が、ほんの少しのきっかけで狂気に走っていた。

大浜や野越のような指導的立場にある者たちも、若き頃に傾倒した思想信条から逃れられず、暴走した者が多かった。

彼らがそうした思想に走るのには、様々な理由があるのだろう。

ただ、瀧川にとって、その理由はどうでもいい。

どのような状況であろうと、人は何かのはずみで、常識では考えられないような行動を起こすもの。

公安部員として捜査に携わり得たものは、人という生き物が危うい存在だという真理だった。

すれ違う人々のほとんどは、市井を懸命に生きている人だ。

一喜一憂し、幸せと絶望を感じながらも、日々を生き抜こうとする人々だ。

しかし、その中に、狂気を抱いている者がいるかもしれない。

与えられた人生を一途に生きる人たちを悪意から守りたい。

そう思い、警察官になった。

しかし、今は何を信じればいいのか、わからなくなっている。

商店街を歩いて、再び、電車に乗った。

三鷹に戻ってきた。

改札を抜け、商店街の方へ歩いていく。

落ち着くはずの風景なのに、どこか別の街並みを見ているような感覚に見舞われる。

思わず、足を止めた。

こんな気分のまま、日常に戻っていいのだろうか。

綾子の下に戻れるのだろうか。

笑えるのだろうか……。

人の行き交うロータリーのど真ん中で立ち尽くしていると、後ろから肩を叩かれた。

びくっとして振り向き、相手を睨む。

「大丈夫か？」

舟田だった。警察官の制服を着ている。

「勤務に戻ったんですか？」

「一週間前に。ケガも治ったんでな」

そう言い、微笑む。

「少し歩こう」

舟田に促され、共に歩き出した。

ゆっくりと、しかし確実に、ミスター珍に近づいていく。

瀧川は足取りが重くなり、顔をうつむけた。

「信じられなくなったか？」

舟田がさりげなく訊く。

「お見通しですか？」

「私も研修中に、君と同じような思いを味わった」

舟田が前を見つめる。

「公安部が扱う事案の多くは、単純な悪意ではない。むしろ、敵対する者たちは、自分たちのことを正義と信じて疑わない者たちだ。見方を変えれば、とても純粋な人々だ。そういう人々を騙し、褒めそやし、信用させた後で裏切る。時には仲間すら裏切らねばならない。悪と対峙しているはずなのに、自分が正義なのかどうかわからなくなる。今、君は、他人が信じられなくなっていると思うが、それは違うぞ。今、君が最も信じられなくなっているのは、自分自身だ。そうだろう?」

舟田が瀧川に目を向けた。

「そうかも、しれませんね……」

瀧川は呟いた。

悪との駆け引きに明け暮れているうちに、自分自身を見失っているような気もする。騙し騙され、裏切り合い、上司には人身御供にされ——。寄る辺ない状況に置かれる中で、自分が何をしているのか、誰なのかすら忘れる時がある。

自分というものを確かめてしまうと、精神を保てなくなることがあるからだ。感情を殺して任務に没頭しなければ、乗り切れない時もある。

「それでいいんだよ、瀧川君」

「えっ？」

瀧川は顔を上げて、舟田を見やった。

「当たり前の反応だ。任務中、君が行なっていることは、時に敵と同じような非道であることもある。任務中は遂行することに必死で、いや、もっといえば生きて帰ることに集中していて、それを非道とは感じない。しかし、任務を終えて日常に戻ってくると、たとえ仕事とはいえ、自分がしてきたことに罪悪感を覚える。そういうことをする自分が信じられなくなる。でも、それでいいんだ。君が任務中に行なっていることは、普通ではない。そこに罪悪感を覚えなくなり、内省する気持ちを失えば、君はただの機械に成り下がる。君がそうして悩んでいることこそ、君が人である証拠だ。そして、私たちのように犯罪と向き合う者は、その心をなくしてはいけない。どんなにつらい思いをしようと、人であることを捨てちゃいかんのだよ」

話しながら歩いていると、ミスター珍の三軒手前まで来ていた。

瀧川は足を止めた。

舟田も立ち止まる。

「僕はまだ、人であるんでしょうか……」

「確かめてみるといい」

舟田が背中を押した。二人で歩きだす。

店の前に立った舟田は、ドアを開いた。中を覗き、声をかける。

「瀧川君が帰ってきたぞ」

すると、中から遙香が飛び出してきた。

「達也くん、おかえり！」

駆けてきた遙香が、瀧川にしがみついた。

瀧川は戸惑った。舟田を見やる。舟田は微笑んだ。

瀧川は遙香を見下ろした。背中に腕を回してぎゅっと抱きしめ、腹に頬をこすりつける。

温かかった。

瀧川は遙香の背を抱き寄せ、頭を撫でた。

「ただいま」

自然に笑みがこぼれる。

それを見て、舟田は深く頷いた。

「遙香ちゃん、今日は塾だろう？」

「あ、そうだ。急がなきゃ！」

舟田が言う。

「瀧川君に送ってもらいなさい」

「そうする。達也くん、送ってくれる？」

「ああ、いいよ」

瀧川は言った。

「待ってて！」

遙香は店の中に駆け込んだ。

舟田は瀧川の二の腕を軽く叩いた。

「今、君が感じたことがすべてだ。大丈夫。君は何があっても人であることを捨てない。自分を信じなさい」

話していると、舟田が瀧川の背後に目を向けた。

瀧川も振り向く。

「あ、おかえり！」

綾子だった。小走りで駆け寄ってくる。

「今日は早上がりかな？」

舟田が訊く。

「いえ、遙香を塾へ送っていかなきゃいけないから、休憩をもらって戻ってきたんです」

「僕が送っていくから、いいぞ」

瀧川が言う。

「戻ってきたばかりでしょ？　休んでていいよ」

「いや、少し歩きたい気分だから」

「そう？」

綾子はじっと瀧川を見つめる。そして、ふっと笑みを覗かせた。

「だったら、お願いしようかな」

「ああ、任せて」

瀧川は笑みを返した。

綾子は何かを察したようだった。が、訊いてくることはない。そうした心遣いが、瀧川の胸に染みる。

「いってきまーす！」

遙香が出てきた。

「あ、お母さん！　今日は達也くんがいるから大丈夫だよ」

「そうね。でも、職場も同じ方向だから」

「じゃあ、三人で一緒に行こう！」

遙香は二人に駆け寄った。

瀧川と綾子の間に入り、二人の手を取る。瀧川と綾子は思わず顔を見合わせた。その顔に笑みがこぼれる。

「行くか」

瀧川は遙香の手を握り締めた。綾子も娘の手を握る。

舟田に一礼して、駅方向へ歩き出した。

「達也くんがいない間さあ。塾で学力テストがあって、私、クラスで一番だったんだよ」

「それはすごいな」

「それとね、学校でもテストがあったんだけど――」

遙香は話しながら、何度も何度も瀧川の手を握る。瀧川はそのたびに握り返す。

綾子は、いつになく饒舌な娘を愛おしそうに見つめ、深く微笑む。

瀧川は二人の温かい空気に包まれながら、実感した。

ここが自分の帰る場所である限り、僕が人であることを捨てることはない、と。

本書は「週刊大衆」2019年2月11日号～12月2日号に
連載された作品に大幅に加筆修正したもので、完全なフィクションです。
実在する個人・団体等とはいっさい関係ありません。

双葉文庫

や-30-04

警視庁公安0課《けいしちょうこうあんぜろか》 カミカゼ
首都爆発《しゅとばくはつ》

2020年3月15日　第1刷発行

【著者】
矢月秀作《やづきしゅうさく》

【発行者】
箕浦克史
【発行所】
株式会社双葉社
〒162-8540 東京都新宿区東五軒町3番28号
［電話］03-5261-4818(営業)　03-5261-4833(編集)
www.futabasha.co.jp
(双葉社の書籍・コミックが買えます)
【印刷所】
中央精版印刷株式会社
【製本所】
中央精版印刷株式会社

【表紙・扉絵】南伸坊
【フォーマット・デザイン】日下潤一
【フォーマットデジタル印字】飯塚隆士

落丁・乱丁の場合は送料双葉社負担でお取り替えいたします。
「製作部」宛にお送りください。
ただし、古書店で購入したものについてはお取り替えできません。
［電話］03-5261-4822(製作部)

定価はカバーに表示してあります。


ISBN978-4-575-52331-7 C0193
Printed in Japan

双葉文庫　好評既刊

## 警視庁公安0課　カミカゼ

矢月秀作

市民団体を内偵中の公安0課作業班員二名が行方不明に。警視庁上層部は新たな駒として「刑事の匂いがしない」警官、瀧川に目をつける。少年課への異動を望む彼に仕掛けられる罠。壮絶な公安教育を経て0課に配属された瀧川の運命は⁉